Gustave Flaubert

フローベール

蓮實重彥 訳

三つの物語｜十一月

Kodansha Bungei bunko

目次

三つの物語

純な心

一

半世紀にもわたって、フェリシテのような女中のいるオーバン夫人は、ポン＝レヴェック に住む主婦たちの羨望のまととなっていた。

年に百フランもらうだけで、フェリシテは、台所仕事から家事の雑務までをきりまわした。裁縫をし、洗濯をし、アイロンをかけ、馬の手綱のつけかたから家禽の飼育法、バター作りまで得意だった。そして、オーバン夫人のいうことなら何でもよくきいた。――もっとも、その女主人という人は、さばけた性格の持ち主ではなかったのだが。

資産はないが顔だちだけは立派な男と結婚していたオーバン夫人は、一八〇九年のはじめに夫にさきだたれ、あとには二人の幼い子供と、さらには多額の借金までが残されてしまった。そこで、自分名義の土地や家屋を売りはらったが、トゥックとジェフォスの小作地だけはとっておいた。年収はせいぜい五千フランだったので、いままで住んでいたサン＝ムレーヌの家を引きはらって、もっと費用のかさまない家に移り住むことになった。それは、祖先伝来の持ち家で、市場のむこう側に面していた。

その家というのはスレート葺きで、車の入れない細い通路と、川べりにつきあたる露地とにはさまれてたっていた。内部は、床の高さに違いがあってつまずきやすい。入り口を入ってすぐのせまい部屋を境に、台所と広間とがあった。そしてその広間には、オーバン夫人が、終日、窓ぎわの籐の肱掛け椅子に腰かけているのだった。白塗りの腰板のきわには、八脚のマホガニーの椅子が並べられていた。晴雨計の下をみると、一台の古いピアノがピラミッド状に積みあげられた缶やボール箱を支えている。ルイ十五世風の黄味がかった大理石の暖炉の両脇には、つづれ織りの布を張った安楽椅子が据えられていた。振り子時計は中央にあって、ヴェスタの神殿をかたどっている。――そして部屋全体がいささか黴《かび》くさかった。というのは、床《ゆか》が庭よりも低くなっていたからである。

二階には、まず「奥様」の寝室があった。ごく大きな部屋で、淡い花模様の壁紙がはりめぐらされ、大革命当時をしのばせる瀟洒な王党派風の身なりをした「御主人様」の肖像画がかかっている。それと隣あったもっと小さな寝室には、子供用のベッドが二台見えていたが、マットレスはついていない。そのさきがサロンになっていた。いつも閉めきったままで、布でおおった家具類でいっぱいだった。さらに廊下をぬけてゆくと書斎があった。本棚には書物や古い書類がぎっしりつまっており、黒い材質の大きな机を三方からとり囲む恰好になっているのだ。張りだした鏡板一面を、ペン画のデッサンやグァッシュの風景画、オードランのエッチングがすっかりおおいつくしている。それは、楽しかった時代と今はみるかげもない豪華な暮らしとの思い出であった。三階になると、フェリシテの寝室に射しこむ光といえば天窓ひとつだけだったが、そこからは牧場に向かって視界が開けていた。

フェリシテは、夜明けとともに床を離れることにしていた。ミサを欠かさぬためである。そして、休む暇もなく夕暮れまで仕事をした。やがて夜の食事もすみ、食器のあとかたづけもすっかり終わり、もう戸締まりも大丈夫だとなると、彼女は残り火を灰に埋め、暖炉の焚き口を前にうとうとしはじめるのだった。数珠を手にしたままである。ものを値切ろうとして頑としてあとにひかないことでは、誰ひとり彼女にかなうものはなかった。きれい好きという点にかけては、フェリシテの台所のピカピカに磨かれた銅の手鍋類が、よその家の女中たちにとても太刀打ちできないという気持ちをおこさせるほどだった。何ごとにもこまかいたちだったので、食事をするにも時間をかけた。こぼしたパンのかけらまで、テーブルの上に指でかきあつめるのである。——パンは六キロもあって、わざわざ自分のために焼いたものだった。全部たべるには二十日もかかった。どんな時候であろうとも、彼女は更紗の襟まきをかけてピンで背中にとめていた。ボンネットですっかり髪をかくし、灰色の靴下をはき、赤いスカートに上着をつけ、その上には胸あてのついたエプロンをしているさまは、まるで病院の看護婦のようだった。

顔はやせていて、声はかん高い。二十五の年に、四十だと思われた。五十になってからというものは、もう年恰好がわからなくなってしまっていた。――おまけに、だまりこってばかりいて、胴体をまげずに小刻みな動作をくりかえすので、機械仕掛けで動く木の人形のようにみえるのだった。

二

こんな女にも、ごくありきたりの恋の物語があった。父親は建築工事の足場から落ちて死んだ。石工だった。それから母親が死に、姉妹はちりぢりになった。フェリシテはある小作人に拾われ、まだ幼いうちから野原で牛の番をいいつかった。ぼろをまとってぶるぶるとふるえ、腹ばいになっては沼の水をのみ、何でもないことでぶたれたりした。あげくの果てに、三十スー盗んだという理由で追いだされてしまった。身に覚えのない罪であった。彼女は別の小作地に移った。そこでは、家禽や家畜の世話をするのが役目だった。が、主人一家に受けがよかったので、仲間たちからねたまれた。

八月のある晩（十八歳の時である）、仲間たちは彼女をコルヴィルのお祭りにひっぱっていった。着くやいなや、フェリシテは目がまわるような気がした。何がなんだかわからなくなってしまったのである。村のヴァイオリン弾きが騒々しい調べをかきならし、木々の間には明かりがゆれ、衣裳は色とりどりだったたし、レースがあれば金の十字架もある。それに人々の群れが一斉に跳びはねているのだから大変だった。彼女は、ひとりつつましく離れてたっていた。すると、見たところ金まわりのよさそうな若い男がやってきて、踊りに誘った。荷車の梶棒に両肱をもたせかけてパイプをくゆらしていた男である。彼はりんご酒やコーヒー、菓子パンにネッカチーフを買ってフェリシテにあたえた。その上で、女もこちらの心は読んだものと思いこみ、送ってゆこうと誘いをかけた。男は、麦畑の土手に、いきなりフェリシテをおし倒した。彼女は怖ろしくなり叫び声をたてた。男は行ってしまった。

それからしばらくたったある晩のこと、ボーモンに通じる街道を、干し草をつんだ大きな荷車がのろのろと進んでゆくので、車輪の脇をすりぬけて追いこそうとすると、テオドールの姿が目にとまった。

彼は、表情もかえずにフェリシテに近づいてきた。先夜の話はなかったことにしてくれ、なにぶん「お酒が入っていた」のだからという。

何と答えていいものかわからなかった。逃げだしたくてたまらない。

男は、すかさず収穫や部落の長老の話をきりだしてきた。それに、親父がコルヴィルを引きはらってレ・ゼコの小作地に移ったのだから、今ではおたがいに隣同士のわけではないか。

「まあ」と彼女はいった。

するとと男は、家のものが、自分に家庭を持たせたがっているといいそえた。が、何もあせることはない。自分の気に入りそうなひとを待っている。彼女はうつむいた。すると男は、結婚する気はないのかとたずねた。からかったりしてはいけませんわ、とフェリシテははにかんで答えた。

「からかってなんかいない、本当だとも」

それから、男は左手を女の胴にまわした。彼女は、抱かれたままよりそって歩いていった。二人の足はおそくなった。風はなまあたたかかった。星がかがやいていた。荷車いっぱいにつみあげられた干し草が目の前でゆれていた。それにつれて四頭の馬が、足をひきずるように砂の埃をまきあげていく。やがて、馬はひとりでに右にまがった。男は、いま一度女を抱いた。彼女は、暗がりに姿を消した。

テオドールは、次の週、何度か逢いびきの約束をとりつけることに成功した。

二人は、中庭の奥まったところで逢うことにしていた。塀の裏手や、一本しか立っていない木の下である。良家の娘のようにうぶなフェリシテではなかった。――動物をみて知っていたのである。――が、分別もあったし、本能的に女としての道もわきまえていたので、あやまちは犯さずにすんだ。こうした護身の術にであって、テオドールの心はかえって燃えさかった。そこで、その気持ちをはらそうとして（おそらくそんな風には考えていなかったろうが）、彼は結婚しようといいだした。彼女は、すぐさまその言葉を信じるわけにはいかなかった。男は、大げさに誓ってみせた。

ほどなく、彼は、ちょっとやっかいな話を持ってきた。両親が、去年、金をつんで兵役に代人をたててくれてあった。が、またいつとられぬともかぎらない。軍隊生活と考えただけで怖ろしくてたまらないというのだ。この臆病ぶりも、フェリシテにしてみれば愛情のしるしだった。そう思うと、彼女の愛情はいっそうつのった。夜になると、彼女はいつでもこっそりぬけだした。が、約束の場所にきてみると、テオドールは心配だ心配だといってみたり、是非にとせがんだりしてフェリシテを苦しめるのだった。

結局、彼は、自分から県庁に出むいていってはっきりした話をきいてくる、そしてその結果を、つぎの日曜の夜の十一時から十二時までのあいだに知らせにくることにしようといった。

その時がくると、彼女は愛する男のもとに駆けつけた。

テオドールはいなかった。そのかわり、友人の一人がきていた。

ことによると、もうあの男には逢えないのではないかと思う、とその友人はいった。徴兵される心配のないように、テオドールは、ある大金持ちの未亡人と結婚してしまったのだ。ルウッセ夫人といって、トゥックの人である。

悲しさで目の前がまっくらになった。地面にころがり、泣きさけび、神様にたすけをこうた。ひとりきりで野原でうめいていると夜が明けてしまった。それから農園にもどった。ここから出ていかせて下さいときっぱりいった。ひと月たって、もらうべきものを手にすると、ほんのわずかな持ちものを襟まきにくるんだ。そして、ポン＝レヴェックにやってきたのである。

宿屋の前で、未亡人のかぶる頭巾姿の婦人に言葉をかけてみた。すると、折りよく台所の仕事をしてくれる女をさがしているところだという。こんな娘では大したことはできまい。が、ごく気はよさそうだし、条件についてもこまかいこともいいそうにない。そこで、あれこれ考えあぐんだすえに、オーバン夫人はいった。

「きめたわ。うちで使ってあげましょう」

フェリシテは、十五分後に、オーバン家の人になりきっていた。

はじめのうちは、わけもわからずおろおろして過ごした。「この家の流儀」だとか「御主人様」の思い出がそうさせたのである。あらゆるところに、その思い出が漂っていた。ポールとヴィルジニーは、フェリシテにとって、何か貴重なものでできているように思われた。ポールは七つ、ヴィルジニーはやっと四つになるかならぬかだった。馬のまねをして、二人を背中に乗せてやった。いっぽうオーバン夫人は、何かにつけてキスばかりしてはいけないというのだ。フェリシテの心は傷つけられた。それでも彼女はうれしかった。この場の落ちついた雰囲気のなかで、悲しみがまぎれていったのである。

木曜日には、きまっていつもの常連がやってきて、トランプでボストンをすることになっていた。フェリシテは、前もってトランプと足行火《あんか》を用意しておいた。みんなは八時ちょうどにやってくる。そして時計が十一時をうつ前にかえっていった。

毎週、月曜日の朝になると、家の脇の通路に住んでいる古物商が、市場に古い鉄具類を持ちだして地面に並べる。やがて、人々のざわめきが街にひろがってゆく。馬のいななきや仔羊の鳴き声、豚の唸り声がそれにくわわっていった。さらには、荷車のかわいた響きも通りに聞こえていた。お昼ごろ、市場が盛んになりきったとき、家の門口に背の高い年とった百姓が姿を見せるのだ。鳥打帽をあみだにかぶり、鼻が鉤型にまがっている。それはロブランだった。ジェフォスの小作人である。それからいくらもたたないうちに――こんどはリエバールだ。トゥックの小作で、背が低く、あから顔で、おそろしく太っている。ねずみ色の上着に、拍車のついた脚絆といういでたちだった。

二人とも、地主のオーバン夫人のところに、めんどりやチーズをとどけにきたのである。フェリシテは、そこにどんな魂胆がかくされているか、必ず見破ってみせた。あれは大した女だとすっかり感心しながら、彼らは引きさがっていった。

いつと決まっていたわけではないが、オーバン夫人はグルマンヴィル侯爵の訪問をうけることがあった。夫人の伯父にあたる人で、放蕩のあまり身をもち崩し、ファレーズの、残された最後の地所で暮らしていたのである。彼は、かならず昼食時に、きたならしいむく犬をつれてあらわれた。犬は、足で、家具という家具をよごしてしまう。貴族の姿勢を崩すまいとして、「亡き父上が」というたびに帽子を持ちあげてみせさえするのだが、習慣の力はおそろしい。自分から酒をついではたてつづけにグラスを乾してしまう。あげくのはてに、きわどい冗談をとばす。「もうじゅうぶんおあがりになりましたよ、グルマンヴィルの旦那様。またこのつぎにおみえになったときさしあげましょう」と、フェリシテはじょうずに外に追い出してしまう。そうしておいて、扉を閉めるのだ。

その扉も、元代訴人のブーレ氏にはいそいそと開かれるのだった。白いネクタイと禿げあがった頭、ワイシャツの胸飾り、たっぷりとした茶色のフロック・コート、腕をまるくして嗅ぎ煙草を鼻に持ってゆくしぐさ。フェリシテにしてみれば、そうしたブーレ氏の人がらのどこをとっても、そこらへんにはころがっていない人間を目にしたときの、あの何ともいえない人なつこさを覚えずにはいられないのだ。「奥様」の所有地管理にあたっているので、彼はよく何時間もオーバン夫人と「御主人様」の書斎にとじこもることがあった。いつも自分の評判ばかり気にしている人だった。心の底から司法官を尊敬していた。得意がってラテン語を使ったりする。

面白くものが覚えられるようにといって、ブーレ氏は子供たちに版画入りの地理の本を贈った。その版画というのは、世界各地の風物を描きだしていた。頭に羽根をつけた人喰い人種がいる、猿が女の子をさらってゆく、また砂浜にはベドウィン族が、そして鯨には銛がうちこまれる、といったものだった……。

ポールは、フェリシテに版画の説明をしてくれた。この女にとっては、それが読み書きに関する教育のすべてだった。

子供たちの教育はギュヨーが受け持った。役場ではたらいているつまらない男だが、きれいな字を書くという評判であった。もっとも、平気で長靴でナイフをといだりする。

天気のよい日には、朝早くからみんなでジェフォスの農場へでかけた。

囲いの中の庭は斜面になっていた。その中央に家がある。また、海は遠くに灰色のしみのように見えていた。

フェリシテが、手さげ籠から切った冷肉をとりだす。するとみんなは、乳をしぼったりチーズやバターをつくる部屋に続いた一棟にきて昼の食事をするのだった。そこは、いまはもう見る影もない別荘のたった一つのなごりであった。壁紙がはげかけて、すきま風でふるえている。オーバン夫人はうつむいてしまう。思い出が、重くのしかかってきたのである。子供たちも、もうしゃべろうとはしない。「そんなことより、遊んできたらどう!」と彼女はいうのだった。二人の子供は、わっとかけだしてゆく。

ポールは納屋にあがり、小鳥をとらえ、溜め池で石切り遊びをしたり、大きな樽をたたいてまわったりした。樽は太鼓のように響いた。

ヴィルジニーはうさぎに餌をやり、一目散に矢車草を摘みにゆく。駆け足になると、長い下ばきがちらちら見えた。

ある秋の夕暮れ、みんなは牧草地をぬけてかえろうとした。

上弦の月が、空の一隅を照らしだしていた。霧が、うねりながら流れるトゥック川の水面に、スカーフでも浮かべたようにたなびいていた。牛が草地の中央にねそべって、四人が通りすぎるさまを静かにながめていた。三つめの放牧場にさしかかると、何頭かの牛がたちあがって、一行を遠まきにした。――「何にもこわがることはありません！」とフェリシテはいった。それから、何か哀調を帯びた歌のようなものを口ずさみながら、いちばん近くにいた牛の背中のところを軽くなでた。すると、くるりと向きを変え、ほかの牛もそれに従った。が、つぎの牧場を横ぎっていると、すさまじい唸り声がおこった。一頭の牡牛であった。霧にかくれていたのである。それが二人の女の方に向かってくる。オーバン夫人は駆けだそうとした。――「いけません、いけません。もっとゆっくり！」そういいながらも、二人の足は速くなった。また、背後には、激しい息づかいが迫るのが聞こえた。ひづめが、まるでハンマーのように、牧場の草をたたきつける。いまや、おそろしい勢いで走っているのだった！　フェリシテはふりかえった。そして、泥の表面を両手でこそぎとっては、その目に投げつけた。牛は顔を低くかまえ、角をふりまわし、怒りにふるえておそろしい唸り声をたてる。オーバン夫人は、二人の子供をせきたてて牧場の境までたどりついたものの、どうして高い囲いをこえたらいいのか途方にくれていた。フェリシテは、あいかわらず牡牛を前にしてあとずさりする。そして、手を休めずに泥のついた草株を投げては目潰しをくらわせながら、叫びつづけていたのだ。――「急いで下さいまし、急いで！」

オーバン夫人は溝におりた。ヴィルジニーを、続いてポールを押しあげる。それから斜面をはいあがろうとして何度もころんだ。が、勇気をふるいおこしてやっとのぼりきった。

牡牛は、フェリシテを柵の一角にすっかり追いつめてしまっていた。よだれが彼女の顔にとびちった。あと一瞬で腹をやられてしまう。フェリシテは、危いところで杭のあいだをくぐりぬけた。すると、大きなかたまりのようなその牛は、とっさのことにたじろいで、立ちどまってしまった。

このできごとは、長年にわたって、ポン゠レヴェックの住人の語り草となった。フェリシテは、これっぽっちも得意顔はみせなかった。とりたてて勇敢な行為をしたとも思っていないのである。

フェリシテは、ただただヴィルジニーにかかりきりだった。――というのは、ヴィルジニーは、恐ろしい思いをしてからというもの、すっかり神経がたかぶってしまったからである。医師のプパールさんは、トゥルーヴィルで海水浴をするのがよかろうといった。当時は、この海水浴場も、ほとんど人影がなかった。オーバン夫人は、いろいろと問いあわせてみたり、ブーレにも相談し、まるで遠い土地への旅にでもでかけるように用意を整えた。

荷物は前の日に送りだした。リエバールの荷車に積みこんだのである。翌日、彼は二頭の馬を引いてきた。そのうちの一頭には婦人用の鞍がのせてあり、ビロードの背もたれがついている。そして、いま一方の馬の腰には、マントをまいて鞍のようなものがつくってあった。それにオーバン夫人がのった。リエバールはその前だった。ヴィルジニーはフェリシテが引きうけた。そして、ポールはルシャプトワさんのろばにまたがった。とても大事に世話をするからといって借りてきたものだった。

道路がひどく悪かったので、八キロゆくのに二時間もかかった。馬は脛までぬかるみに踏みこんでしまい、そこからぬけだそうとしてぶるぶると腰をふる。かと思うと、わだちのあとにつまずいた。また、跳びはねねばならないときもあった。リエバールの牝馬は、ところどころでふと足をとめてしまう。リエバールは、それがまた歩きだすまで、根気よく待っていた。そして、街道ぞいの土地を持っているのが誰々だ、というような話をし、一人一人をとりあげては、生き方についての感想めいたものをつけくわえるのだった。そんな風にしながらトゥックの街の中ほどにさしかかり、カプシーヌの花の鉢をいっぱいに飾った窓の下を通りすぎると、彼は肩をすくめていった。——「ここにもルウッセ夫人みたいなのがいましてね。例の、間男をこさえそこなって……」フェリシテは最後まで聞きとれなかった。馬は早足で進んだ。ろばは駆け足だった。みんなは小径をはしりぬけていった。柵が開かれ、二人の子供が顔をみせた。それから、みんなは肥だめの前におりたった。ちょうど、戸口の敷居のところだった。

リエバールの女房は、地主の奥さんをみるなり、ありったけの喜びの表情を披露してみせた。女は昼食を持ってきた。牛の背肉、臓物、豚の腸詰め、鶏のシチュー、シャンパン風のりんご酒、果物の砂糖煮のパイ、リキュール漬けのすももが出た。それにつれて、奥様はますますお丈夫そうだし、お嬢様は「何とも可愛らしく」なられ、ポール様はことのほか「がっちり」してこられたとお世辞を並べたてる。おまけに、リエバール家は亡くなったおじいさまおばあさまをも存じあげているといいそえることも忘れなかった。何しろ、代々奉公人として仕えてきた人たちだったのである。農園のたてものは、昔かたぎのリエバール夫婦にふさわしい外観を呈していた。天井の梁は虫に食われ、壁面は煤で黒ずみ、窓ガラスは塵埃で曇っていた。柏の木でできた食器棚の上には、ありとあらゆる台所道具がのせてあった。水さしがあり、皿があり、錫の大皿があり、狼のわながあり、羊の毛を刈る大きな鋏がある。途方もなく大きな噴霧器が子供たちを笑わせた。囲いの中にある三つの庭のりんごの木には、きまってきのこが生えている。そうでなければ、枝のたわみにはやどり木が密生していた。風が倒してしまった木も何本かあった。それも、中ほどからまた生きかえっている。そして、木という木は無数の実をつけてたわんでいた。わらぶきの屋根は、茶色のビロードを思わせ厚さは一定でなかった。猛烈な突風にやられてもびくともしない。が、荷車小屋は崩れかかっている。オーバン夫人は、何とかしてみようといった。それから、馬具をつけるように頼んだ。

トゥルーヴィルにつくには、まだ半時間あった。一行は、「断崖」と呼ばれている所を通るので馬からおりた。足もとは船を見おろす絶壁だった。それから三分もすると、船着き場のはずれにある「金のひつじ」の中庭に足を踏み入れた。ダヴィッドおばさんがやっているところである。

ヴィルジニーには、幾日もたたないうちに少しずつ力がついてきた。新しい空気に触れたり、海水浴をしたおかげである。下着をつけたまま海に入った。水着がなかったからだ。それからフェリシテが、脱衣場がわりにつかわれていた税関の監視小屋で、着物を着せてやるのだった。

午後になると、みんなでろばをつれてロッシュ・ノワールを通り、エヌクヴィルの方まで出かけていった。小径は、まず公園の芝生のような土地と土地とのあいだの峡谷を登っていた。やがて丘の上に達すると、牧草地と畑とがかわるがわるひろがっていた。道ばたの黒いちごの繁みのあいだには、ひいらぎの木がたっている。ところどころに大きな枯れ木が枝をひろげて、青い空にじぐざぐ模様を描きだしている。

　必ずといっていいほど、みんなは牧場でやすんだ。左手にはドーヴィルが、右手にはル・アーヴルが見えて、正面は見わたすかぎり海だった。海は陽に照りはえ、鏡のようになめらかだった。そのおだやかなさまといったら、潮騒の音さえほとんど聞こえぬほどである。すずめが、姿も見せずにさえずっている。無限にひろがる空が、そうしたものいっさいをすっかりおおいつくしていた。オーバン夫人は、腰をおろしていつもの針仕事をする。ヴィルジニーが、そのかたわらで灯心草の花づなを作る。フェリシテはラヴェンダーの花を摘む。ポールは、退屈して、早く行きたがった。

　また、あるときは、トゥックの川を舟で渡って、貝がらを拾いにいった。潮が引くと、うに、帆立て貝、くらげなどが姿をあらわしている。すると子供たちは、風がまきたててゆく波の泡をつかまえようとして走りまわった。眠たそうな波がしらが、砂浜に崩れては、渚いっぱいにひろがっていった。渚は、見わたすかぎり続いていた。が、陸地の側は砂丘が境となって、「沼地」と呼ばれる一帯からへだてられていた。それは、競馬場のようなかたちをした広い草地であった。そこを通ってかえっていくと、トゥルーヴィルは、向こう側の丘の斜面に、一歩ごとに大きくなってくる。そして、どこをとっても家並みに差があるので、思い思いの花々がどっと咲き乱れたようだ。

　暑すぎる日には、誰も部屋から出なかった。まぶしいほどの戸外の陽光が、鎧戸の板と板との隙間に、ぎらぎらとした光線の縞をつくりだしていた。村にはもの音ひとつ響かない。すぐそこの歩道には人かげもない。いたるところにひろがったこの沈黙が、静まりかえったあたりのありさまをいっそうきわだたせていた。遠くで、造船工が船体をハンマーでたたいていた。そして、どんよりとした微風にのってタールのにおいが運ばれてきた。

おもだった楽しみはといえば、船が港に帰ってくるときだった。航路標識を通りすぎると、船はじぐざぐに進みはじめる。帆は、マストの三分の二ほどまでおろされている。前帆を風船のようにふくらませて進み、波が揺れうごくなかをすべる。港の中央までくると、たちまち錨がなげこまれる。それから、船は岸壁に横づけになった。水夫が、船の覆いごしにぴちぴちはねる魚を投げる。それを、一列になった荷車が待ちうけている。木綿のボンネットをかぶった女たちが駆けだしていって、籠をうけとり夫に接吻するのだった。

そうした女の一人が、ある日フェリシテに近づいた。彼女は、しばらくしてから部屋に入ってきた。何とも嬉しそうにしている。妹のひとりと、再会できたのだった。それから、ナスタジー・バレットがあらわれた。いまではルルーの女房になっており、胸には生まれたての赤ん坊をかかえ、右手にもうひとり子供をつれていた。そしてその左には、小さな水夫が、こぶしを腰にあてがい、ベレーをななめにかぶってたっていた。

十五分もすると、オーバン夫人は、その女にひきとってもらった。

妹の家族とは、いつでも台所口のまわりだとか、散歩の途中で出あった。夫は姿を見せなかった。

フェリシテは、彼らに何か心を惹かれるものを覚えた。毛布や、シャツや、こんろなどを買ってやった。勿論、連中からいいようにつけこまれていたのである。こうした情にほだされやすいところがオーバン夫人をいらだたせた。おまけに、あの甥のなれなれしいところが気に入らない。――ポールをつかまえて、お前と呼んだりするのだ。――で、ヴィルジニーも咳をしはじめるし、季節ももうよくなくなっていたので、オーバン夫人はポン=レヴェックにひきあげた。

ブーレ氏が、中学の選択に関して、夫人のはっきりしない点を解きあかしてくれた。カンの中学がいちばんすぐれていると考えられていた。ポールは、そこにおくりこまれた。彼は、堂々と別れの挨拶をした。寄宿生活をすれば仲間もできるだろうと嬉しかったのである。

オーバン夫人は、泣く泣く子供を手離すことに承知した。それよりほかに、途《みち》がなかったからだ。ヴィルジニーは、だんだん兄のことも考えなくなった。フェリシテは、ポールの乱暴ぶりがなつかしかった。が、また一つのできごとが持ちあがって、それが彼女の気持ちをやわらげてくれた。クリスマスの日から、毎日、ヴィルジニーを教理問答につれてゆくことになったのである。

三

フェリシテは、教会の扉をくぐったところでうやうやしくひざまずくと、本堂の高い天井の下を通って、二列に並んだ椅子のあいだを進んでゆき、いつものオーバン夫人の席をおろしてそこにすわるのだ。それから、あたりに目をくばる。男の子は右側、女の子は左側に、内陣の祭壇前をいっぱいにうずめていた。司祭は、譜面台のかたわらに立っている。祭壇の裏がわのステンド・グラスの一枚には、純白の鳩のかたちをかりた聖霊が聖母マリアの上たかく舞っていた。また別の一枚は、幼な児イエスの前にひざまずく聖母マリアを描きだしていた。そして、聖櫃の奥には、木彫りの像があって、首天使聖ミシェルが龍をうちすえている情景をあらわしていた。

司祭は、まず、聖書をかいつまんで話してきかせた。エデンの園、ノアの洪水、バベルの塔、すっかり炎につつまれた都市、亡滅しようとする諸民族、くつがえされた偶像。フェリシテは、そうしたものをまざまざと目にする思いがした。そして、ただもう呆気にとられてしまいながら、至上なる神へのうやまいの心と、その怒りをおそれる気持ちとが心に刻みつけられたのである。さらに、キリスト受難の話をききながら泣いてしまうのだった。なぜあの人たちはは りつけにしたりしてしまったのだろう、子供たちをいつくしみ、人びとの飢えをいやし、盲人の視力をよみがえらせ、慈悲の心から貧しいものたちの中に、うま小屋のまぐさの上に生まれでて下さった方だというのに。種まき、とりいれ、果物の圧搾など、福音書が語っている日常的な作業はことごとく自分の生活に含まれている。神様が通りぬけてゆかれたあとで、神聖なものとなっていたのだ。だから、神の仔羊イエスへの愛ゆえに仔羊たちを、そして聖霊をかたどるものが鳩であればこそ鳩を、いっそう心をこめていつくしむのであった。

フェリシテは、聖霊が本当はどんなものなのかうまく想像することができなかった。それは小鳥であるばかりか、火でもあり、またあるときには風でもあるからだ。夜になって湿地帯のあたりに飛びかうものは、あるいは聖霊の光かもしれない。雲のかたまりを吹きはらうのは聖霊の吐息かもしれない。鐘の音色が美しく響きあうのは聖霊の声ゆえであろうか。そんなふうにしてフェリシテは、壁の冷ややかさと教会の静けさとに心をふるわせながら、恭しい思いにすっかりひたりきっていた。

教理はといえば、何ひとつ理解がゆかない。彼女は、わかろうとさえしなかったのである。司祭が説教を続ける。子供たちがいつまでも暗誦している。フェリシテはついうとうととしてしまう。それからふと眼がさめる。すると、立ち去りかける子供たちの木靴が、床石の上にかわいた音を響かせているところだった。

彼女が公教要理をおぼえこんだのは、こんな風に、幾度もくりかえし耳にしたためである。娘時代に、宗教教育がなおざりにされていたのだ。だからそれからというもの、何から何までヴィルジニーのする勤めの真似をした。お嬢さまにならって金曜日には肉を断ち、そのあとについて懺悔にでかけてゆく。聖体祭の祝日には二人して行列の通る道に仮祭壇をこしらえるのだった。

まだその日もやってこないうちから、ヴィルジニーのはじめての聖体拝受のことが気がかりでならなかった。靴や、数珠、それに祈禱書や手袋などを用意するのに落ちつく暇もない。奥様を手つだって着つけをするときなどは、手のふるえがとまらないほどだった。

ミサが続いているあいだ、フェリシテはただ心配でならなかった。ブーレさんがいるので聖歌隊の姿は見えない。だが正面には、聖体拝受を待っている少女たちが身をよせあっていた。ヴェールをおろして頭には白い冠をいただいている。まるで雪におおわれた野原のようだった。誰よりも愛くるしい首すじと敬虔な様子から、離れていてもあれがお嬢様だとフェリシテにはわかっていた。鐘が響く。みんなは頭をたれる。あたりは静まりかえった。と、オルガンが鳴りわたって、聖歌隊と列席者とが「神の仔羊」をとなえるのだった。それから少年が列になって歩きはじめる。続いて少女たちが席を立った。ゆっくりとした足どりで、両手を組んだまま、灯明に照らしだされた祭壇へと進んでゆく。一歩壇をのぼったところでひざまずき、聖体を受ける。そして列をくずさずにもとの祈禱台までもどってゆく。ヴィルジニーの番になると、フェリシテは身をのりだしてじっと見つめた。

本当に心のやさしいものだけが持ちうるあの想像力のはたらきで、自分がすっかりその少女になりきったような気がした。自分の顔がお嬢様の顔のように思えてくる。あの衣裳にくるまれているのは自分のからだなのだ。お嬢さまの心臓がその胸の中でときめいている。目を閉じて口を開く瞬間には、あやうく気を失うところだった。

翌日、フェリシテは朝はやくから教会へでかけていった。司祭に頼んで聖体を拝受するためだった。彼女は敬虔な気持ちで聖体を口に含んだが、前日のような無上の喜びにひたることはできなかった。

オーバン夫人の希望は、娘を申しぶんのない女に育てあげることだった。ギュヨーには英語も音楽も教えられなかったので、心をきめて娘をオンフルールのユルシュール修道院にあずけることにした。

ヴィルジニーはだまって母親のいうことを聞いた。フェリシテは深く悲しんで、奥様を心の冷たいひとだと思った。が、やがて考えなおしてみた。きっと奥様のおっしゃるとおりなのだろう。いくら頭をひねってみても、こうした話にはついてゆけないのだ。

ある日のこと、遂に一台の古ぼけた乗合馬車が戸口の前にとまり、お嬢様を迎えにきた尼さんが降りたった。フェリシテは荷物を屋根につみこみ、御者にあれこれと注意を与えると、荷物置き場にジャムを六つと梨を十二ばかりつみこんだ。それにすみれの花束を一つそえた。

別れのときがくると、ヴィルジニーはしゃくりあげて泣きはじめた。すがりつく娘のひたいに接吻しながら、オーバン夫人はこうくりかえした。――「さあさあ、しっかりして、しっかりしましょう」。踏み板がはねあがった。馬車は出発した。

それをみていたオーバン夫人は、がっくりと気を落として倒れこんでしまった。夕方になると、友達が慰めの言葉をかけに顔をだした。ロルモー夫妻、ルシャプトワ夫人、例のロッシュフィーユの二人の老嬢、ウップヴィル氏、それにブーレだった。

娘を手離してしまった当初は、オーバン夫人の悲しみぶりは大変なものだった。だが週に三度は便りを受けとった。便りのない日は自分が手紙を書き、庭を散歩しては本を読んだりしてみる。彼女はそんなふうにしてむなしい時をうめていった。

毎朝、フェリシテは今までどおりヴィルジニーの部屋に入っていった。そしてまわりの壁に視線を向ける。もうお嬢様の髪を梳《くしけず》り、編みあげの靴の紐を結び、おやすみの前に毛布をベッドのへりに折り込んであげることもできない。――あのかわいらしい顔をいつでもながめ、外出する折りに手を引いてあげられないのが悲しくてならなかった。閑なときにはレースを編もうとしたが、指がいうことをきかず糸が切れてしまう。何を聞いても頭に入らず、ぐっすり眠れなくなり、フェリシテ自身にいわせると「やつれて」しまったのだ。

「気をまぎらわせる」ために、彼女は甥のヴィクトールを家によぶ許しを求めた。

ヴィクトールは、日曜日のミサのあとにやってきた。頬をバラ色に染め、胸をはだけて、横切ってきた野原の香りをただよわせていた。甥が姿をあらわすと、彼女はすぐさま食卓を整えた。二人は向かいあって昼の食事をとった。自分はできるだけ節約しようと料理をさしひかえ、甥にはどっさり食べさせてやるので、甥はついうとうとと眠りこんでしまう。晩禱の鐘が鳴りはじめると起こしてやる。ズボンにブラシをかけ、ネクタイを結びなおし、母親のような誇りたかい気持ちでその腕にすがると、教会へ出かけてゆくのだった。

両親からいい聞かされているので、ヴィクトールはきまって何かをせがみとる。赤砂糖を一袋とか、石鹼とか、蒸留酒の類であるとか、ときにはお金をということさえあった。つくろってくれと古着を持ってくることもある。フェリシテの方としては、またとりにきてくれるのが嬉しくて、こうした仕事をひきうけてやるのだった。

八月に入ると、甥は父親のあとについて沿岸航海にでてしまった。

折りから夏休みであった。子供たちが還ってきたのでフェリシテの心は慰められた。が、ポールはわがままになり、ヴィルジニーは敬語で話しかけねばならぬ年齢にきていた。何かしっくりしないものが、越えがたいものが二人のあいだに置かれてしまっていた。

ヴィクトールはモルレ、ダンケルク、ブライトンへと休む暇なく出かけていった。旅から還ってくるごとに、フェリシテに土産をおくった。最初は貝がらをはりつめた小箱だった。二度目はコーヒー茶碗、三回目は香料入りのパンでつくった大きな人形だった。彼は風采があがり、からだつきも立派になって、口ひげなどたくわえ、透んだきれいな目つきになった。皮の小さな帽子をかぶると、まるで一人前の水夫のようだった。彼は航海用語をまじえていろいろな話を語って聞かせ、フェリシテを面白がらせた。

ある月曜日、それは一八一九年の七月十四日（忘れがたい日付だ）のことだった、ヴィクトールが、遠洋航海に乗り組むことになったと告げたのである。その言葉によると、二日後の夜にオンフルールをたつ商船に乗って、近くル・アーヴルを出航する帆船に乗り移るのだという。ことによると、二年は帰ってこられないかもしれない。

そんなに留守にされるのかと思うと、フェリシテの心は痛んだ。そしていま一度わかれの言葉を交わそうとして、水曜日の晩、奥様の夕食が終わってから木靴をはきこみ、ポン＝レヴェックからオンフルールまでの四里の道のりを歩きぬいた。

キリスト像のたっている前までくると、左にまがるところを右にいってしまった。造船所に踏みこんで道がわからなくなりもときた道を引きかえす。人にたずねてみると急いだほうがよいという。船でいっぱいになった碇泊所をひとまわりすると、纜《ともづな》に足をとられた。やがて地面が平坦になり、光が行きかっていた。フェリシテは、自分の頭がおかしくなったのかと思った。空中に馬の姿が見えたからだ。

岸壁では、残りの馬が海におびえていないないていた。それを滑車装置でつりあげては船に積みこんでいるのだ。船の上では乗客が、大きなりんご酒の樽やチーズの籠、穀物袋などに囲まれてごったがえしていた。にわとりの鳴き声が響きわたり、船長がどなりたてている。少年水夫がひとり、こうした騒ぎにはそしらぬ様子で船首に肱をついたままでいた。フェリシテは、はっきりそれと見わけもつかぬまま「ヴィクトール！」と叫んだ。少年は顔をあげた。彼女が駆け寄ろうとすると、ちょうどそのときタラップがはずされてしまった。

船は、かけ声をかける女たちに引かれて港をあとにした。船体がきしみ、重たげな波が舳先《へさき》に落ちかかる。帆は向きを変えてしまっていた。もう人の姿は見えない。――そして月光を浴びて銀色に輝く海上に、船は黒い汚点のようになり、その色もどんどん薄れていった。闇の中に姿を消し、船は見えなくなった。

フェリシテは、キリスト像のそばを通りすぎるときに、誰よりも好きな甥のお加護を神に祈りたいと思った。ながいこと、彼女は立ったままで祈った。頰を涙にぬらし、目は雲を見あげていた。オンフルールのまちは眠りに入り、税関吏が歩きまわっている。水門のくぼみから、逆まく音をたてたえまなく水が流れ落ちていた。二時が鳴った。

修道院の面会所は夜明け前には開かれないだろう。それを待って遅れでもしようものなら、奥様が心配なさるのは間違いない。お嬢様に接吻したい気持ちにかられながらも、フェリシテは帰途についた。ポン゠レヴェックのまちにたどりついたときは、宿屋の女中たちが目覚める時間になっていた。

かわいそうに、あのヴィクトールは何ヵ月も波に揺られて暮らすのだ。これまでの航海は心配だったためしがない。イギリスからもブルターニュからも、無事に戻ってきたではないか。それがアメリカ大陸や植民地、西インド諸島となると、もうどこにあるのか見当もつかない。それは世界の果てだった。

それからというもの、フェリシテの頭にはもう甥のことしかなかった。陽照りが続けばのどが渇きはしまいかと気になるし、嵐がくれば甥を思って雷がこわくなる。暖炉を不気味にうならせ屋根瓦を吹きとばす風に聞きいっていると、同じ暴風に襲われた甥の姿が目に浮かぶ。折れたマストのてっぺんですっかりのけぞった恰好で水しぶきを浴びている。そうかと思うと、――絵入りの地理の本の影響だろうが――野蛮人にたべられたり、ジャングルで猿に襲われたり、人けのない砂浜で死にかけていたりするのだ。それでいて、彼女はこうした心配を口にだしたりすることはなかった。

オーバン夫人も、娘のことでいろいろ心配の種があった。

修道女たちの意見では、ヴィルジニーはこまやかな愛情の持ち主だった。だがいかにも繊細すぎるという。ほんのちょっと興奮しただけで神経がたかぶる。ピアノもあきらめねばならなかった。

母親は修道院にたのんで、きまって便りを書かせるようにしてもらった。ある朝のこと、郵便配達がやってこないので、いてもたってもいられなくなった。肱掛け椅子から窓辺へと、広間を行ったり来たりした。きっと何かがあったに違いない！　四日も便りがこないなんて！

フェリシテは、自分の身を例にひいて奥様を慰めようとし、こういった。

「奥様、私の場合はこれでもう半年も手紙をもらっておりません！　……」

「どこから来るあてがあるの？　……」

フェリシテはおだやかに言葉をそえた。

「誰って、………甥からでございます！」

「ああ、あなたの甥ね！」そういって肩をすくめると、オーバン夫人はまたいらいらと歩きはじめた。「すっかり忘れていたわ！　……」とでもいいたげだった。「それに、どうでもいいことではなくって？　水夫か何か知らないけど、ほどほどにしておいたらどう？……それにひきかえうちの娘はね……まるで話が違うでしょ？」

いくらつらい娘時代を過ごしてきたといっても、フェリシテはさすがに奥様に腹をたてた。だが、それきりのことだった。

お嬢様のことでなら、ついかっとなるのも当たり前だと思われたのだ。

フェリシテにとっては、この二人の子供はどちらをとっても大切だった。自分の心を通して二人は結ばれていた。だから二人の運命にも違いはないはずだった。

ヴィクトールの船がハバナに着いたと薬屋が知らせてくれた。新聞記事を読んで知ったのだという。

葉巻きから想像して、ハバナとはみんなが煙草しか吸わない国かと思った。ヴィクトールは黒人のあいだをぬって、たちこめる紫煙のなかを歩きまわっている。「いざという折りには」、陸づたいに還ってこられるものかどうか。ポン゠レヴェックからはずいぶんと離れていることだろう。そんなことが知れればと思い、ブーレ氏にたずねてみた。

彼は世界地図に手をのばすと、緯度というものの説明をはじめた。あっけにとられているフェリシテをみると、物識りぶってにんまり微笑んだ。それからおもむろにペン軸をとりあげると、細長いしみのような図形のしわになった輪郭のあいだに、みえるかみえないかの小さな黒い点をさし示すと、「ここがそれだ」といいそえた。フェリシテはかがみこんで地図をみた。縦横にはしる色つきの線に目が疲れて、何のことやらさっぱりわからない。どうしてそんなにもじもじしているのかとブーレがきくので、ヴィクトールのとまっている家はどれか教えてくれまいかとたずねた。彼は両手を挙げ、くしゃみをすると、大声で笑った。これほどの無邪気さを前にすると、嬉しくてならないのだ。フェリシテにしてみると、何でそんなに笑うのか理由がわからない。――ことによると甥の顔までみられる気でいたのだ。それほどまでに無知だったのである。

二週間後のこと、リエバールがいつものとおり市のたつ時刻に台所にはいってきた。そして、義弟からの手紙を一通手渡した。二人とも字が読めなかったので、奥様にたすけを求めた。

オーバン夫人は編みものの目を数えていたところだったが、それをかたわらに置いて封を切るなり身をふるわせた。それから声をひそめて、遠くをみつめるような視線で、

「よくない知らせが来ました……あなたの甥が……」

死んでしまったのだ。それ以上のことは書かれていない。

フェリシテは仕切りの壁に顔をおしあてると椅子に倒れふした。瞳を閉じた。その目は、あっというまに真っ赤になっていた。それからうつむくと、両手をだらりとたらし、一点を凝視し、思いだしたようにくりかえすのだった。

「かわいそうに！　何とかわいそうに！」

リエバールは溜め息をつきながらフェリシテをみつめていた。オーバン夫人はかすかにふるえていた。

トゥルーヴィルに行って、妹にあってやってはどうかとすすめてみた。

フェリシテは身振りでその気がないと答えた。

誰も口をきかない。気のいいリエバールは、自分はいない方がよかろうと判断した。

そのときフェリシテが言った。

「よろこんでもくれません、あんな連中ですもの！」

またがっくりと頭を落とす。そして無意識のうちに裁縫台の上の長い編み棒をときおり持ちあげていた。

女たちが中庭を通りすぎてゆく。水のしたたる洗濯物のもっこを運んでいるのだ。

その光景を窓ガラス越しにみると、洗濯のことを思いだした。きのう汚れ落としの水につけておいたのだから、今日はゆすいでしまわねばいけない。フェリシテは家から出ていった。

流し板と洗濯桶とはトゥック川の川べりにあった。塊になった下着類を土手に放り出すと、腕まくりをして、洗濯棒をとりあげた。うちおろす棒の高い響きが、隣近所の庭まで聞こえていた。牧場には見わたすかぎり誰もいない。河面は風でさざ波がたっている。その底には、長い水草が、まるで流れに運ばれる死んだ人間の髪の毛さながらに、たなびいている。フェリシテは心の痛みをこらえ、夕方まではごく冷静をよそおっていた。が、自分の部屋にとじこもるとどっと悲しみがわきあがった。ベッドにうつ伏せに倒れた。枕に顔をうずめ、握りしめられた両手でこめかみをおさえていた。

ずっとあとになって、ヴィクトールの船長じしんの口から甥の最期の様子を聞かされた。黄熱病の治療に、病院で受けた刺絡が強すぎたのだ。四人の医者が彼を支えていたという。即死だった。すると主任医師はこういったそうだ。

「さ、これでまた一人か！」

両親からはいつでも手荒にあつかわれた子だった。フェリシテは、そんな妹夫婦に会いたい気持ちはなかった。先方からも何の知らせもなかった。つい忘れてしまったのか、あるいは貧乏人にありがちな頑固さからかもしれない。

ヴィルジニーの体力はますます弱くなっていった。息苦しい。咳がでる。熱がおりない。頬に斑点がでる。何か重い病いに冒されているのは間違いなかった。プパール先生は、田舎で静養するのがよかろうという。オーバン夫人は心をきめた。ポン＝レヴェックの気候のことさえなければ、すぐさま娘をよび戻すところだった。

一軒の借馬車屋と話をつけて、彼女は火曜日ごとに修道院につれていってもらうことにした。庭にはセーヌ川を見おろすテラスがあった。ヴィルジニーは夫人の腕にささえられ、落ち葉をふみしめながらそこを散歩した。遠方の帆船や、タンカルヴィルの城からル・アーヴルの灯台にかけての地平線へと視線を向けていると、ときおり雲間から太陽がもれてくる。すると娘は目をしばたたかせずにはいられなくなる。それからあずまやへ休みに行った。夫人は娘のために、とびきり上等のマラガ産ぶどう酒を手に入れておいた。酔い心地を味わえると思っただけでうれしくなって、ヴィルジニーは二くちばかり飲んでみる。それ以上はいけなかった。

体力は回復した。秋はおだやかに過ぎていった。フェリシテはオーバン夫人を元気づけた。が、ある晩、近所へ使いにいって帰ってくると、門の前にプパール先生の二輪馬車が止まっていた。玄関口にその姿がみえる。オーバン夫人は帽子のひもを結んでいるところだった。

「私の行火《あんか》をちょうだい。お財布と、手袋も。もっと急いでったら！」

ヴィルジニーが肺炎にかかったのだ。ことによると手遅れかもしれない。

「まだ大丈夫ですとも！」と医者がいう。そして、二人は舞い狂う雪の中を車にのりこんだ。夕闇が迫っていた。厳しい寒さだった。

フェリシテは教会にかけつけ、灯明をささげた。それから二輪馬車をおいかけ、一時間後においつくと軽々とうしろからとびのった。そこで弓形の支えにしがみついていると、ふと、こんな思いが脳裡をはしった。「裏庭が閉まっていなかった。泥棒でも入ったりしたらどうしよう」。そこで、彼女は車を降りた。

翌朝はやくから、彼女は医者のところに出かけていった。医者は、帰宅してからまた田舎まで往診に出てしまっていた。そこで、誰かが手紙をとどけてくれるかと思って宿屋に腰をおちつけた。待ち続けたあげくに、あたりが明るくなりはじめてから、リジューからかよってくる乗合馬車にのりこんだ。

修道院は両側に家がせまった細い通りのつきあたりにあった。道の途中で、耳なれぬ響きが聞こえてきた。弔鐘であった。「お嬢様じゃあない」と思ってみた。そしてフェリシテは荒々しく扉をたたいた。

何分かたってから、古靴をひきずる音がして扉が中開きになった。尼僧がひとり顔を出した。

修道女は、おごそかな顔つきで、「たったいま」といった。と同時に、サン＝レオナール寺院の鐘がその響きを高めた。

フェリシテは三階に上がった。

部屋に入ろうとするところから、あおむけに横たえられたヴィルジニーが見えた。両手を組みあわせ、くちびるは開いたままだった。のけぞった頭の上には遺体に向かって傾いている黒い十字架があった。両側にたれているとばりは動こうともせず、顔の蒼白さをきわだたせている。オーバン夫人は寝台にすがるようにしてひれふし、しゃくりあげていた。修道院長が右手に立っていた。箪笥の上に燭台の炎が三つ、赤い汚点のように漂いしている。霧で窓ガラスが白くみえる。尼僧たちがオーバン夫人をつれ出した。

二晩にわたって、フェリシテは遺体のそばを離れなかった。同じ祈りの言葉をくりかえす。シーツに聖水をまく。またすわりなおす。そして亡くなったお嬢様をじっとみつめる。第一日目の夜が明けはじめるころ、顔色が黄味をおび、唇が青ずみ、鼻がとがり、目がくぼんでいるのに気づいた。その目に何度か接吻する。ヴィルジニーが瞳を開けてもさしておどろきはしなかったろう。こうした魂の持ち主にとって、現実を超えたできごともごく自然なはなしなのだ。彼女は死に化粧をほどこし、経帷子《かたびら》で遺体をくるむと、棺におさめ、花の冠をかぶせて髪をいっぱいにひろげた。金髪だった。この年とは思えぬほどの長さだ。フェリシテは思いきってその一ふさを切りとると、半分を自分の胸にすべりこませた。決して肌身からは離すまい。

遺体はポン゠レヴェックまで運び返された。オーバン夫人の気持ちを重んじてのことだった。夫人は窓かけを閉ざした馬車で、柩車のあとに従った。

ミサがあげられてから、墓地まで行くにはさらに四十五分ほど歩かねばならない。ポールを先頭にして進んだ。泣きじゃくっている。それにブーレさんが続き、つぎには町内のおもだった顔ぶれと、黒いマントで身をつつんだ御婦人たちだった。そのあとにフェリシテがついてゆく。甥のことが思い出された。こんな葬儀も出してやれなかった。ますます悲しみがつのってくる。まるで、これが甥ヴィクトールの葬儀でもあるかのような気持ちであった。

オーバン夫人は、いつまでも悲しみの底に浸りきっていた。

はじめは神をうらむ気持ちにとらわれた。あの娘を自分から奪ってしまうなんて、神様は公正を欠いておられる――一度たりとも悪いことはしなかったし、心も澄みきった子だったのに。いやこんなことを考えてはいけない。自分が南仏につれていってやればよかったのだ。ほかの先生なら治して下さったかもしれないのだし。夫人はわが身を責めた。娘のあとを追いたかった。夢をみながら悲痛な叫びをあげてしまう。なかでも、よくみる夢が一つあった。夫が船乗りの服装で久しぶりに旅からかえってくる。そしてヴィルジニーを連れ去る命令をうけたと泣きながらいうのだ。そこで、二人してどこかに隠れ家でもないものかと相談するのである。

ある日などは、すっかりとり乱して庭からかけこんできた。つい今しがた（あそこで、と指さしながら）、主人と娘とがつれだって姿をあらわしたという。じっとしたまま、こちらを見つめていたのだ。

いく月ものあいだ、夫人は何をするでもなく部屋から出ようとしなかった。フェリシテはおだやかな言葉で説いて聞かせた。坊ちゃまのためにもしっかりなさらなければいけない。また、亡くなった旦那様にかわって「あの方」の冥福を祈ってさしあげねば。

「誰ですって？」と、オーバン夫人は夢からさめたようにききかえした。「ああそう……そうだったわね……あなたはよく憶えていること」。墓場のことをそれとなくほのめかしている。もしものことがあってはと、お墓へいってはいけないといわれていたのだ。

フェリシテは、くる日もくる日もそこへでかけていった。

四時ちょうどに、家並みの横をすりぬけるようにして斜面を登り、柵をあけるとヴィルジニーの墓の前にでる。バラ色がかった大理石の小さな柱だった。平らな礎石の上にたっている。まわりには鉄柱がめぐらされ小さな庭のようになっていた。花壇はすっかり花におおわれていた。彼女は葉にしめりをあたえ、新しい砂をまぶし、根元の土の手入れをする。もういってもよかろうといわれてやってきたとき、オーバン夫人は心の重荷をおろしたような気持ちがした。なにか心がなごむ思いがしたのである。

そしてかなりの時が流れた。とりとめもない年月であった。復活祭、聖母昇天祭、万聖節といった主だった祝日がめぐりくるほかは、これといった事件もなかった。家のなかで起こったことが、あとで思い出すときに年を決めるめやすとなった。たとえば一八二五年といえば、ガラス屋が二人がかりで玄関の壁をぬった年だった。一八二七年には、屋根の一部が中庭に落ちて、すんでのところで死人が出るところだった。一八二八年の夏というのは、聖体拝受のパンを奉納するのが奥様の番になった年だった。このころ、ブーレは、はっきりしない理由で姿を見せなくなってしまった。また、昔からの知りあいがひとり、またひとりと世を去っていった。ギュヨーがそうだった。リエバール、ルシャプトワ夫人、ロブラン、それに前から中風にやられていたグルマンヴィルの伯父がそうだった。

ある晩、郵便馬車の御者がポン゠レヴェックに七月革命の勃発を知らせた。いく日もたたないうちに、郡長が新たに任命された。ラルソニエール男爵といって、もとアメリカで領事をしていた男だった。妻とその妹、それにもうかなり年のいった娘三人と暮らしている。姉妹たちがそでのひらひらするブラウス姿で芝生に出ているのが目に触れる。黒人がひとりと鸚鵡《おうむ》が一羽いた。オーバン夫人は一家の訪問をうけ、礼を欠かさぬために自分もでかけていった。ご婦人がたの姿が目に入るがはやいか、フェリシテは奥様に知らせに駆けつけることにしていた。が、その心を動かしうるのはたった一つのことだけだった。ポールからの手紙である。

彼はこれといった職にもありつけず、酒場に入りびたりだった。借金を払ってやる。するとまた借りてしまう。窓辺で縫い物をする夫人の溜め息が、台所で糸をつむぐフェリシテの耳まで聞こえてきた。

二人は樹墻《じゅしょう》にそって散歩した。いつでもヴィルジニーの話になってしまう。こんなことをしてやればあの娘は喜ぶだろう。こんな折りにはきっとこういうはずだ。

ヴィルジニーのこまかな身のまわりの品は、二人用の寝室の戸棚にしまったままだった。オーバン夫人にしてみれば、なるべく目を通したくはなかった。ある夏の日のこと、ふっきれぬ思いで開いてみた。簞笥からは蛾が舞いたった。

娘のドレスは棚の下にきちんと並んでおり、上には人形が三つ、輪まわしの道具、ままごと遊び一式、それにいつも使っていた金だらいが載っていた。二人はまたペチコート、靴下、ハンカチーフをとりだし、並んだマットの上に拡げてからたたみなおそうとした。陽の光がこのなつかしい品々を照らしだし、しみのあとをはっきりと示している。からだの動きでできたしわも消えずに残っている。あたりの外気は暑く、空の青さが拡がっていた。つぐみが一羽さえずっている。あたりのものは、いいようのない静けさのうちにひたりきっているようだった。ふさふさしたビロード製の栗色の帽子がみつかった。だがすっかり虫にやられている。これをいただけませんかしらとフェリシテがいう。二つの瞳がじっとみつめあう。涙があふれてしまう。こらえきれなくなって夫人が両手をひろげる。女中は胸元に身を投げる。二人はかたく抱きあった。同じ人間どうしとして接吻し、思いきりその悲しみにひたりきった。

二人にとってはかつてない経験だった。オーバン夫人は心のうちをさらけだすたちの人ではなかったからだ。フェリシテは、まるで慈善にでも接したかのようにありがたがった。それからというもの、家畜を思わせる忠実さと宗教的な敬虔さを示して夫人を愛しつくした。

フェリシテの心はますます情愛深いものになっていった。

通りを行進する軍隊の太鼓が聞こえてくると、りんご酒のかめを手に戸口の前にたち、兵隊たちに飲ませてやる。コレラ患者を看病する。亡命ポーランド人たちの世話をする。中には一人フェリシテを嫁にむかえたいといいだすものさえいた。だが二人の仲は気まずいものになってしまった。ある日、フェリシテが朝のお祈りから戻ってくると、その男が勝手に台所に入りこんで、自分で薬味をきかせたソースをかけた肉料理を、さも当然といった顔でたべている姿を見てしまったからだ。

ポーランド人のあとはコルミッシュ爺さんだった。九三年の恐怖政治の折りにいろいろ残酷なことをやってのけたということになっている老人だった。川べりのこわれた豚小屋に住んでいた。子供たちが壁の割れ目からのぞきこんで、小石を投げる。すると、みすぼらしい寝床の上に落ちた。爺さんは、悪性の風邪にやられてずっと寝たきりだった。髪は伸びほうだいで目は炎症にかかり、腕には顔より大きな腫瘍をこしらえている。フェリシテは下着をどこかで手に入れてきてやったり、小屋の掃除に精を出したりした。奥様がいやな顔をなさらずにパン焼き場に置いてやれたらなどと思っている。傷口から膿がでてしまうと、毎日包帯をとりかえてやる。ビスケットを持ってきたり、わらを背中にあてがって日なたぼっこをさせたりすることもあった。するとあわれな老人はよだれを流し、身をふるわせて消えいりそうな声で礼をいう。フェリシテが立ち去りかけるのをみると、すかさず両手をさしのべる。忘れられるのが怖ろしいのだ。その老人も死んでしまった。彼女は、冥福を祈ってミサをあげてもらった。

その日、フェリシテには願ってもない幸福が訪れた。夕食の時間に、ラルソニエール夫人のところの黒人がやってきたのだ。手には鸚鵡の籠をさげている。とまり木、鎖、南京錠までそろっている。オーバン夫人あての男爵夫人の手紙によると、夫が知事に昇任した。一家は今夜出発する。そこでこの鳥をおおさめ願えまいか。思い出の品でもあり、またひいては御礼のしるしでもある、ということだった。

この鸚鵡は、久しい以前からフェリシテの空想の中に住みつづけていた。アメリカ産の鳥だったからである。アメリカと聞くとヴィクトールが思い出される。そこでその黒人にあれやこれやと話してもらった。あるときなどは、こんなことさえ口にしたことがあったのだ。――「奥様にあの鸚鵡がいたら、どんなに嬉しく思われるかもしれないのに」と。黒人はその言葉を主人に伝えた。つれてゆくわけにはいかなかったので、男爵夫人はこんなふうに鸚鵡をやっかい払いしたのである。

四

鸚鵡はルルーといった。からだはみどりで羽根の先はバラ色、ひたいのところが青くて胸元は金色だった。

ところが飽きもせずにとまり木を噛むくせがあって、羽根をむしっては糞をちらかし、鉢の水をひっくりかえしてしまう。これにはオーバン夫人もいやけがさして、フェリシテにやってしまった。

彼女はいろいろものを教えこんでやろうとした。いくらもしないうちに、「イイコ、イイコ！　ハイ、ワカリマシタ！　アヴェ・マリヤ」などをくりかえすようになった。玄関口の脇に置いてあったのだが、ジャコと名を呼んでも返事をしないので変に思う人がたくさんいた。鸚鵡といえばみなジャコという名前にきまっていたからだ。こいつは気がきかない、間抜けめ、などといわれた。そんな言葉を聞くにつけ、フェリシテは胸をえぐられる思いだった。ルルーには妙に強情なところがあった。人が見ているときには口をきかなくなってしまうのだ。

それでいて誰か相手をほしがった。たとえば日曜日に、例のロッシュフィーユの老嬢やド・ウップヴィルさん、それに薬屋のオンフロワ、ヴァラン氏、マチュー船長といった新顔が集まってトランプをやっていると、羽根で窓ガラスをぱたぱたいわせ、何とも騒々しくあばれるので人の話も聞きとれぬほどだった。

どうも、ブーレの顔つきがおかしくみえるらしい。その姿が目に入るとたちまち笑いはじめる。とても我慢できないといった笑いかたなのである。そのかん高い叫びは中庭まで響き、こだまとなって拡がってゆくので、隣近所の連中も窓から顔をのぞかしてつい笑ってしまう。だから鸚鵡に見つかるまいとして、ブーレは壁に身をすりよせるようにして通りすぎる。帽子で顔を隠し、川のところまでまわり道をして庭の木戸から入ってくる。だからなのだろうか、鸚鵡に向けるその視線にはやさしみがこめられてはいなかった。

肉屋の小僧から指ではじかれたことがあった。その籠の中に首を突っ込んでしまったからだ。いらい鸚鵡は、きまってこの男の腕をシャツの上からつつこうとする。ファビュという名の男は首根っ子をしめあげてやるとおどかす。もっとも腕に入れ墨をして揉みあげを長く伸ばしてはいても、彼は乱暴な男ではなかった。むしろ話はその逆なのだ。かえってこの鸚鵡が好きなくらいで、喧嘩の言葉を教えこんだら面白かろうと思っているほどなのだ。そんなことをされては大変なので、籠を台所に移してしまった。鎖をつけておく必要はなかった。ルルーは家の中を飛びまわった。

階段を降りるときは、曲がったくちばしで段を支えるようにしてまず右足を、それから左足を持ちあげた。こんなむつかしい恰好をして目でもくらみはしまいかと、フェリシテは心配していた。ルルーは病気になった。話もしなければ食事もうけつけなくなってしまった。よくにわとりがかかるような腫れものが舌の裏にできていた。フェリシテは、爪でできものの表面をはぎとって治してしまった。坊ちゃまのポールさまが、ルルーの鼻から葉巻きのけむりをふきこむという無茶なまねをしたりする。またロルモーさんの奥さんが日傘のさきでからかったときなど、その先端にかみついてしまいもした。そんなこともあって、とうとう鸚鵡は姿を消してしまった。

外気にあててやろうとして、フェリシテが草の上に置き、ちょっとその場を離れていたのだ。もどってくると、ルルーがいない！　まず茂みのなかをさがしてみた。川岸にも、屋根の上にもいってみた。――「気をつけなさいよ、なんてことをするの！」と叫ぶオーバン夫人の言葉にも耳をかさなかった。それからポン゠レヴェックの町の庭という庭を調べてまわった。通りがかりの人をつかまえては聞いてみる。――「うちの鸚鵡をみかけませんでしたか？」ルルーをみたことがない人々には色や恰好を説明した。ふと、丘のふもとの水車小屋のむこうに何か緑のものが舞っているのをみた気がした。だが、丘の上までいってみると、何のもの影もない。ある行商人がつい先刻みかけた、サン＝ムレーヌのシモンおばさんの店だったと自信たっぷりにいった。フェリシテはかけつけた。だが、相手は何の話かさっぱりわからない。とうとうくたびれはてて、古靴をはきつぶし、しょんぼりとして家に戻った。庭のベンチのまん中に奥様と並んで腰かけると、彼女は捜しまわったいきさつを残らず話して聞かせた。と、何か軽いものが肩の上に落ちかかった。ルルーだ！　人さわがせに、いったい何をしていたのか？　たぶん、あたりを散歩していたとでもいうつもりなのだろう。

フェリシテは、このときのショックからなかなか立ちなおれなかった。というより、ついに回復することがなかったのだ。

ちょっと寒さがつづいたあとで、喉に炎症を起こした。それからしばらくして耳をやられた。三年後にはすっかり聞こえなくなってしまった。教会にいるときでも大声で話をする。彼女が告白する罪など、教会のすみずみまで知れわたったところで、自分にとっても不名誉ではないし世間が苦い顔をするてあいのものでもなかった。それでも司祭は、もう今では彼女の懺悔には奥の香具室だけを用いるのが穏当と考えた。

とうとう幻聴にまどわされるほどになってしまった。よくオーバン夫人がこういった。――「まあ、何て気がきかない女ですこと!」。するとフェリシテは、「はい、すぐ」と答えてあたりのものを捜そうとする。

もとより狭いものだったその心の世界は、ますます貧弱になっていった。響きわたる鐘の音も、牛の鳴き声も存在しない。人間たちは、みんな亡霊のように音もなく動いている。いまとなってはたった一つのもの音しかその耳に伝わってこない。鸚鵡の声がそれだった。

まるでフェリシテを慰めようとするかのように、ルルーは焼きぐしのまわる音や、魚売りのかん高い呼び声、向かいに住む指し物師の鋸の音などをまねしてみせた。玄関の鈴がなると、オーバン夫人そっくりに、――「フェリシテ、オキャクサマデスヨ!」という。

フェリシテとルルーのあいだには対話が成立していた。鸚鵡がお得意の台詞を三つ飽きるまでくりかえすと、彼女も脈絡のない言葉で返事をしてやる。だが、そこには愛情がみなぎっていた。ルルーは、孤独なフェリシテの心の中で、ほとんど息子か恋人に近い存在だった。指によじのぼる。唇をかんでみる。ネッカチーフにまといつく。彼女が赤ん坊をあやすようによしよしと顔を近づけると、頭巾の大きく拡がった縁と鳥の羽根とが一つになってふるえている。

雲がわきあがって雷鳴がとどろくと、鸚鵡は叫び声をたてた。たぶん、生まれ育ったジヤングルの夕立を思い出してのことだろう。雨水が川をつくって流れているのをみるとひどく興奮した。狂ったように飛びまわり、天井に舞いあがっては手あたりしだいものを倒す。あげくのはてに窓から庭に出てしまい、水たまりをころげまわる。それでもすぐにもどってくると、暖炉の薪台の上にとびのって、尻尾を拡げてみたり、くちばしを突きだしたりしながらはねまわって羽根を乾かしている。

寒さがきびしい一八三七年の冬だった。ある朝、あまり寒いのでルルーを暖炉の前に置いてやった。あとでふとみると死んでいる。籠の中央で頭を床に落とし、爪を網の鉄線にひっかけたままの姿だった。のぼせて死んでしまったのか？ そうに違いない。だが、フェリシテはパセリの毒がまわったのだろうと思いこんでいた。証拠は何もないのに、ファビュに疑念をいだいた。

あまり泣いてばかりいるので、オーバン夫人はいってやった。——「じゃあ、剝製にしてもらったらどう？」

フェリシテは薬屋に相談した。ずっと鸚鵡を大事にしてくれた人だからである。

彼はル・アーヴルに手紙を書いてくれた。フェラシェなる人物がその仕事を引きうけることになった。だが、乗合馬車で荷物を送るとなくなってしまうことがよくあるので、自分でオンフルールまで持ってゆくことにした。

葉の落ちたりんごの木が街道にそってどこまでもつづいている。溝には氷がはっていた。あちこちの農家のまわりでは犬がほえている。短いマントの下に両手を隠し、小さな黒い木靴をはいて手籠をかかえ、フェリシテは舗装道路のまんなかをせわしげに歩いていた。

森を横切り、オー＝シェーヌを通りすぎ、サン＝ガシアンにさしかかった。

そのうしろから、郵便馬車が砂ぼこりをまきたて、下り坂でスピードをましながら疾風のように全速力で駆けおりてきた。よけようともしない女をみて、御者は幌から身を乗りだし、手綱引きも大声でどなった。だが、手綱を引いても抑えがきかない四頭の馬はますます歩調をはやめる。前の二頭がフェリシテにあやうく触れそうになる。手綱を振って馬を脇にそらせはしたが、かっとなって腕いっぱいに鞭をふりあげ、フェリシテの後頭部から腹にかけて激しい一撃をくらわせたので、彼女はのけぞって倒れてしまった。

われにかえってまっ先にしたのは、籠をあけてみることだった。ルルーには異常はない。よかった。右の頬が焼けるように痛い。触ろうとすると両手が赤い。血が流れていた。

彼女は砂利の山に腰をおろし、ハンカチーフで顔をぬぐった。それからパンのかけらをかじった。要心のために籠に入れておいたのである。鸚鵡をしげしげと見やりながら、傷の痛みを忘れていった。

エクモーヴィルの断崖までくると、オンフルールの街の光が目に入った。無数の星のようにきらめいている。むこうには、海がそのおぼろげな姿を拡げていた。と、何かしらむなしさがこみあげてきて、立ちどまってしまう。貧しかった少女時代、苦々しい初恋の思い出、甥ヴィクトールの出発、ヴィルジニーの死、そういったものがおしよせる波のうねりのように一挙に甦ってきた。胸の奥からこみあげて息がつまるような気がした。

それから、船の船長に会って、自分の口から頼みたいと思った。中身には触れずに、くれぐれも注意してほしいといった。

鸚鵡は、フェラシェの手元にながいこと置かれたままになっていた。いつきいてみても、来週なら大丈夫だという。六ヵ月もたってから、近く小包を送るといってよこした。それ以後、何の音沙汰もない。ルルーは二度と戻らない、そう考えざるをえなかった。「盗まれてしまった！」とフェリシテは思った。

結局のところ、鸚鵡はかえってきた。——しかも素晴らしい出来ばえだった。小枝にすっくと胸をはった姿で、マホガニーの台座にネジ釘でとめられている。片方の足をあげ、首を傾けかげんにして、くるみの実をくちばしでつついているのだが、剝製師の大げさな趣味から金色に塗りこめられたくるみだった。

フェリシテは、その剝製を自分の部屋にしまった。

あまり他人を入れたがらないその場所には、礼拝堂と慈善バザーを思わせる雰囲気が漂っていた。信仰に必要な品々と奇妙な物体とが充ちあふれているのである。

大きな箪笥があって扉があけにくい。窓から見おろすとはるかに庭が拡がっている。小型の円窓を通して裏庭がみえていた。簡易ベッドのかたわらにはテーブルがあって、水壺、櫛が二つ、それにまわりのこわれた皿の上に四角い空色の石鹸がのっていた。壁ぎわには、数珠、聖牌、聖母像がいくつか、椰子の実でできた聖水盤が置かれている。箪笥は祭壇をかたどってシーツでおおわれており、ヴィクトールからもらった貝殻細工の小函があった。それから如露《じょろ》、ボール、筆記ノート、版画の地理の本、編上靴もある。鏡のとめ金には、ヴィルジニーの小さなビロードの帽子がリボンで止められていた。フェリシテには、こうした死者をうやまう気持ちが極端に強かったので、御主人様のフロック・コートまで一着とってあった。オーバン夫人が必要としなくなった使いふるしの品々を、何でも自分の部屋にもらってくるのだ。そんなわけで箪笥のへりには造花が、天窓のくぼみにはアルトワ伯の肖像があったりするのだった。

小さな板を部屋に突きだした暖炉の煙突の上にしつらえると、ルルーはそこで生きかえったようだった。毎朝、目を醒ますと、明け方のあかりの中にその姿が見える。すると過ぎさった日々が思い出される。何でもない仕種がそのほんのわずかな細部まで甦ってくるのだが、胸の痛みはなかった。フェリシテの心は澄みきっていた。

誰とも口をきかないので、彼女の過ごす日々は夢遊病者のように波瀾のないものだった。聖体祭の行列が通るころになるといそいそと働きはじめる。近所の奥さんのところへいって松明《たいまつ》やむしろをもらってまわった。道路にしつらえる祭壇をかざりたてるためである。

教会では、いつも聖霊ばかりを見つめていた。そしてどこか鸚鵡に似たところがあると思う。主イエス洗礼の場面をあらわした彩色画などをみると、その類似がますますはっきりしているように思われるのだ。真紅の羽とエメラルド色の胴体、それはまったくルルーそのままではないか。

その絵を買いこむと、アルトワ伯の肖像があった場所にかけてみた。——で、その二つがひと目で見られるようになった。フェリシテの想像の世界で、それは一つのものとなる。こうして見くらべてゆくうちに、鸚鵡は聖霊の力で聖性をおびていった。聖霊は聖霊で、彼女の目にはますます生き生きと、鮮明な輪郭のうちにおさまってゆく。父なる神は鳩をかたどってその姿を顕わにされたはずはない。鳩には話ができないのだから、むしろルルーの祖先の一羽の中に生きておられるはずではないか。フェリシテは聖霊の絵に向ってお祈りをするのだが、ときどきそっと鸚鵡に視線を向けてしまうのだった。

彼女は、聖母マリアをまつる少女の列に加わりたいといいだした。オーバン夫人がそれを思い止まらせた。

大変な事件が持ちあがった。ポールの結婚である。

まず公証人の書記となり、つづいて商売、税関、税務所などに手を出し、土木局に入る算段まではじめておきながら、三十六歳になって、ふと霊感にうたれたのか彼はおのれの天職をさぐりあてたのである。それは何と登記所の仕事だった。そこで人がおどろくほどの才能を発揮したので、検査官の娘を嫁にどうかといわれ、特別に目をかけてやるという約束までとりつけてしまった。

すっかり真面目になったポールは、その娘を母親のところにつれてきた。

彼女はポン＝レヴェックのしきたりに難癖をつけ、お嬢様気取りになってフェリシテの心を傷つけた。オーバン夫人は彼女が帰っていってほっとした。

次の週、ブーレさんが死んだという報せがとどいた。低地ブルターニュの、あるはたご屋でだという。自殺かもしれぬという噂が本当だということになった。正直者という評判にも疑惑がわいた。オーバン夫人がその出納簿をくわしく調べてみると、悪事のかずかずがたちどころに露見した。利息を使いこんでいる。隠れて森林を売りはらっている。受取を偽造している。数えたてればきりがなかった。おまけに私生児までいて、「ドズレのさる女とできていた」のだ。

このごたごたは夫人の心を深く傷つけた。一八五三年の三月、胸部に痛みをおぼえた。舌いっぱいに湯気がたちのぼるような気がする。吸い玉を使ってみても息がつまったような感じはおさまらない。そして九日目の夜に息をひきとってしまった。ちょうど七十二歳になったところだった。

髪の毛が黒かったのでそれほどの年とは思われていなかった。ふさふさと蒼白い顔をつつむようにたれさがり、皮膚には小さなあばたがあった。悲しんでくれる友人もほとんどいない。やり方に横柄なところがあるので、みんな寄りつかなくなってしまうのだ。

主人というものは、死んでもあまり悲しまれることはないはずなのに、フェリシテは奥様の死を悲しんだ。奥様が自分よりもさきに亡くなってしまわれた。そんな筈はない。ものごとのきまりとはさかさまではないか。こんなことがあってはならない。あってはならないことだ。

十日後（ブザンソンから駆けつけるのに要する時間だ）遺産を相続する息子夫妻が不意に姿をみせた。嫁は引き出しをかきまわす。家具をみたてる。残りを売りはらう。そして二人は登記所の仕事へと戻っていった。

奥様の肱掛け椅子も円テーブルも、行火《あんか》もなくなってしまった。版画がかかっていたあとが、間仕切りの壁の中央に黄色の四角いあとを描きだしている。二つの小さなベッドも、マットレスごと持っていかれてしまった。そして戸棚の中には、ヴィルジニーの身のまわりの品々があとかたもなく姿を消している。フェリシテは、悲しみに沈んで階段を昇っていった。

翌日、入り口の扉にはり紙がしてあった。薬屋が彼女の耳もとで、家が売りに出されることになったと大声でいった。

フェリシテはよろめいた。腰をおろさねばならなかった。

とりわけ情けなかったのは、自分の部屋に別れをつげることだった。――ルルーには、あんなに居心地よい部屋だったのに。苦悩にみちた視線を向けて鸚鵡を包みながら、神に祈った。鸚鵡に向かってひざまずき祈禱をあげるという偶像崇拝的な習慣ができあがってしまう。ときどき天窓からもれてくる陽光がガラスの目玉に触れる。すると鋭い光がほとばしる。それをみてフェリシテは恍惚となるのだった。

彼女には三百八十フランの年金があった。オーバン夫人から贈られたものである。庭には野菜がとれる。衣類は生涯身にまとうだけのものはそろっている。夕方から床について灯りを節約した。

ほとんど外出しなくなった。昔の家具が幾つか並んでいる古道具屋の前を通りたくないからである。めまいに襲われてからは片足を引きずって歩いた。力が弱くなってきたので、破産した乾物屋のシモンおばさんがやってきて、薪木をわって水をくんでくれた。視力も弱まっていった。日蔽いが開くこともうなかった。何年もの年月が流れた。家は借りてがつかず、売られもしなかった。

出て行けといわれるのが怖ろしくて、フェリシテは何ひとつ修理の要求はいいださなかった。屋根の貫板もくさっていった。冬のあいだ、寝床の枕は湿ったままだった。復活祭が終わると、彼女は血をはいた。

そこでシモンおばさんがある医者に助けを求めた。フェリシテは自分の病気が何か知りたいという。が、すっかり聞こえなくなってしまったその耳には、たった一つの言葉、「肺炎」という一語だけが達した。聞いたことのある言葉であった。彼女は静かにいいそえた。——「まあ、奥様と同じだ」オーバン夫人のあとを追うのがごく自然に思われたのだ。

聖体祭の祭壇をしつらえる季節が近づいてきた。

一つの祭壇はいつでも丘のふもと、いま一つは駅馬車の駅の前、さらにもう一つは通りの中央に置かれた。最後の置き場所をめぐって意見の対立が起こった。結局、教区の御婦人達はオーバン夫人の前庭を選んだ。

胸の圧迫感がまし、熱が高くなった。祭壇の仕事にまったく手を貸せないので悲しかった。せめて、何かおそなえすることはできないものか。そのとき鸚鵡のことが頭に浮かんだ。それはどうかと思う、と近所の御婦人達は反対した。だが、司祭はよかろうと許しを与えた。あまりの嬉しさに、わたくしが死んだらルルーを受けとって頂けないかと申し出た。それが彼女の唯一の財産であった。

火曜日から土曜日の聖体祭の前夜にかけて、彼女はしきりにせきをした。夜になると熱で顔がゆがんできた。唇が歯ぐきにはりついてしまう。吐きけがこみあげてきた。そして翌日の未明にはすっかり気力がうせてしまった。彼女は司祭を呼んでもらった。

臨終の秘蹟が行なわれている間、三人の女がフェリシテのまわりにいた。それから彼女は、ファビュと話がしたいといった。

彼は晴れ着でやってきた。この沈痛な雰囲気につつまれて身を固くしている。

――「許して下さいますね」と、一生懸命腕を伸ばそうとしていうのだ。「あれを殺したのがあなただと思っていました」

いったい、そんなくだらない話は何のことか。殺しの嫌疑をかけられるなんて。俺みたいな男が！　彼は腹をたてた。ぶったたいてやる。――「もう何もわからなくなっているのですよ、この女《ひと》は」

フェリシテはときおりものかげに向かってしゃべりはじめた。女たちは身を遠ざけた。シモンおばさんは食事をとった。

それからしばらくたってから、彼女はルルーをとりにいった。そしてフェリシテに差しだしながら、

――「さあ、お別れをいいなさい！」

鸚鵡は死骸のままではなかったのに、虫に喰われていた。羽根の一つはこわれてしまっていた。腹からは麻屑がこぼれていた。だが、もう目が見えなくなってしまっているフェリシテは、その額に接吻すると、頬にだいたまま離そうとしなかった。シモンおばさんがそれを取りあげ、祭壇に戻した。

五

牧場からは夏の香りが送られてきた。蠅がうなりをたてている。太陽は川の流れを光らせ、屋根のかわらを温めている。シモンおばさんは部屋に戻って静かにまどろんだ。

鐘の響きで目が醒めた。夕べの祈りをすませた人びとが教会から出てくるところだった。フェリシテの錯乱はおさまった。彼女は行列を思い浮かべた。すると自分がそのあとについて進んでいるかのように、そのありさまが目に浮かんでくるのだった。

学校の子供たちが全員、それに聖歌隊と消防夫たちが歩道を進んでゆく。また通りの中央には、戟槍を握った堂守、大きな十字架をささげ持った小使、子供たちの監督にあたる小学校の先生、少女たちの面倒をみる修道女が先頭になってやってきた。なかでも可愛らしい三人の少女が天使のように髪をちぢらせ、バラの花びらを空中に撒いている。助任司祭が両手を拡げて音楽の指揮をとっている。そして二人の香炉持ちはひと足ごとに聖体の方に向きなおる。深紅のビロードの天蓋を四人の聖具係がかついでいる下に、司祭が聖体をささげ持っていた。そのうしろから、家々の壁を蔽った白い布のあいだに、群衆がおしあっている。こうして丘のふもとまで到着した。

冷や汗がフェリシテのこめかみをぬらしていた。シモンおばさんは麻の布きれでぬぐいながら、いつかは自分もこんなことになるはずだと思っていた。

人びとのたてる騒音がたかまり、一瞬非常に大きくなったかと思うと遠ざかっていった。

空砲がガラスをふるわせる。御者たちが聖体をまつった祭壇にささげる敬意の合い図だった。フェリシテは瞳をぐるりとまわし、弱まった声を何とかはりあげていった。

――「あれは大丈夫でしょうね」。鸚鵡が心配なのである。

臨終の苦しみが始まった。息づかいがますますせわしくなり、脇腹が持ちあがる。唾の泡が口もとにたまる。全身にふるえがきた。

ほどなく管楽器の低い響き、子供たちの澄んだ声、大人たちの張りをおびた声がはっきりと聞きわけられた。あらゆるもの音はふと静まりかえり、そしてまた高まってゆく。撒きちらされた花の上に、声をひそめたような足音が、芝生に触れる羊の群れの足音のように伝わってくる。

中庭に僧衣の人々の姿がみえた。シモンおばさんは椅子にのぼって、円窓にすがりついた。すると遥かに祭壇が見おろせた。

緑いろの葉飾りが祭壇にかかっている。イギリス編みのレースで飾られていた。中央には聖骨をおさめた小さな器が置かれていた。四方のすみにはオレンジの木が三本ずつ、そしてはばいっぱいに銀の燭台と陶器の花瓶が並び、ひまわり、ゆり、牡丹、ジギタリス、たわんだあじさいが生けてあった。この鮮やかな色が折りかさなるように、祭壇の最上段から敷石の上まで拡がっている絨毯までなだれのように伸びていた。珍しい品々に視線が惹きつけられる。すみれの花づなを王冠のようにいただいた銀メッキの砂糖壺がある。アランソン石の装飾品が苔の上に輝いている。支那の風景が描かれた二つの屏風もあった。それはルルーはバラの花の下にかくれて、青いひたいの部分しか見えていない。それは紺青の宝石のように思われた。

聖具監督、聖歌隊、それに子供たちが庭の三方の壁を背にして整列した。司祭がゆっくりと段をのぼる。金色の聖体器をレースの上に置くと、まばゆく光った。列席者はひざまずく。あたりはすっかり静まりかえった。すると吊り香炉が、大きく揺れながら鎖の先を滑っていった。

淡青色のけむりのようなものがたちのぼり、フェリシテの部屋に入ってきた。彼女は鼻孔をさしだし、神秘な官能のときめきをもってそれをかいだ。それから瞳を閉じた。唇は微笑んでいた。心臓の鼓動は、一つうつごとに弱まってゆく。その都度前よりも捉えがたく、ゆっくりしたものになっていった。泉が涸れるように。こだまが消えてゆくように。そして最後の息をはきだしたとき、なかば開かれた空の中に、巨大な鸚鵡が一羽、頭上はるかに飛んでゆく姿が見えたような気がした。

聖ジュリアン伝

一

ジュリアンの父と母とは城ぐらしの身だった。城は森の奥深く、丘の中腹にたってい た。

四隅にそびえる尖塔の屋根は、魚のうろこを思わせる鉛のかわらでおおわれていた。巨大な岩のかたまりが城壁の礎石を支えており、その足もとから堀の底まで目もくらむばかりにそそりたっている。

中庭の鋪石は、教会の床を思わせる几帳面さで敷きつめられていた。首をのばして下を見おろしている龍をかたどった長い樋からは、雨水が水槽にはきだされてくる。窓辺には、どの階《きざはし》をみても色を塗って仕上げた素焼きの鉢があって、バジリックかヘリオトロープが花をつけている。

杭で築かれた内垣にかこまれて、まず果樹園があった。つぎに花を並べあわせて数字をかたどった花壇、それから葡萄棚が一つあって、その下のハンモックで涼むことができる。さらに小姓たちが遊べるように、玉うちゲームのコートがあった。むこう側をみると、猟犬小屋、馬小屋、パン焼きがま、葡萄しぼり機、穀物蔵が目に入る。周囲には牧草地が青々とひろがり、さらに丈夫そうな茨の生け垣がそのまわりをとりかこんでいた。

日々の暮らしは平穏そのもの、戦いに際しておろされる格子扉の存在もすっかり忘れられていた。堀はいっぱいに水をたたえ、矢狭間《やざま》にはつばめが住みついている。朝から城壁の中堤を歩いて日をすごす射手も、陽ざしがひときわ強くなれば物見櫓に姿を消す。そして両手を腹にあてがうとぐっすり眠りこんでしまうのだった。

城の内部に入ると、いたるところに鉄器具がかがやいていた。つづれ織りの壁かけがかかっているので、部屋の中にいると寒くはなかった。箪笥には下着類がぎっしりとつまり、地下の酒蔵にゆけば葡萄酒の樽が山とつまれている。柏でできた物入れの箱は、貨幣袋の重みでよく乾いた音をたててきしんだ。

武器をおさめた部屋をみると、軍旗と野獣の頭とにはさまれて、あらゆる時代のあらゆる国の武器が並んでいた。上は古代アラブのアマレク族の石投げ器やアフリカ・ガラマント族の投げ槍にはじまり、サラセン人の短剣やノルマン族の鎖帷子《かたびら》にいたるまでがそこにみられた。

料理場の大串は、まる一頭の牛をぐるぐると火にかけることができた。礼拝堂は王家のそれを思わせる豪華なものだった。別棟には古代ローマの蒸し風呂まであったのだが、信心深い城主は使おうともしない。偶像崇拝をおそれぬ異教徒の風習だと思っていたからである。

どんなときでも狐の毛皮をまとったまま、城主は城の内部をみてまわり、家臣たちのもめごとを裁き、周辺に住むものたちのいさかいをおさめていた。冬のあいだは舞い落ちてくる雪をみやっている。かと思うと、物語の朗読を命じることもあった。のどかな日々がめぐってくると、さっそく騾馬《らば》にまたがり青々とした小麦畑にそって道を遠ざかってゆく。百姓たちと言葉をかわし、あれこれと助言をあたえる。何かと艶めいた話もないではなかったが、いまでは名家の娘を后に迎えていた。

后というのはたいそう色白のひとだった。ちょっと気位の高いところもあったが、一つのことを思いつめるたちだった。すらりと伸びた先細りの帽子は戸口の横木に触れんばかりだった。ラシャ地のドレスのすそが三歩うしろに流れる。彼女につかえる奉公人は修道院さながらの規律をまもっていた。毎朝、召使の女たちに仕事を割りあてる。ジャムや香油の煮かたをみてまわる。そして糸をつむいだり祭壇のおおいを刺繍したりする。神に祈りつづけたかいがあって、男の子が生まれた。

そこで盛大な祝宴が催された。饗宴は三日四晩つづいた。あたりには松明《たいまつ》がゆらめき、竪琴が奏でられ、木の葉が敷きつめられる。普通ではとても味わえぬ珍しい薬味をきかせた羊ほどもあるめんどりが食卓に出された。余興にパイから小人がとびだす。食事を盛る器が足りなくなってしまった。列席者の数がふくれあがってゆくばかりだったからである。象牙の角笛やかぶとで飲まねばならぬほどだった。

母親となったばかりの后はこの祝いの席に姿をみせなかった。床にふせったまま、やすらかな心にみたされていた。ある晩のこと、ふと目がさめてしまった。窓からさしこんでくる月の光のなかに、ゆれ動く影のようなものが目に入った。あらい布地の僧衣を身にまとった老人である。数珠を片手にさげ、肩から粗末な袋をたらしている。みたところ隠者のおもかげがあった。枕もとに近づいてくると、唇を動かさずにこんな言葉を口にした。

「喜ばれるがよい、母となられたひと。ご子息は聖者となられますぞ！」

声をたてる暇もなかった。月の光にのってすべるように静かに空中に舞いあがると、老人の姿は消えてしまったのだ。祝宴の歌声がひときわ高まった。奥方には天使の声と響いた。それから奥方は枕に頭を落とす。それを見おろすように、ざくろ石の輝く額ぶちに入った殉教者の遺骨がかけられていた。

翌日、召使たちにたずねてみたが、誰ひとり隠者をみかけたりはしなかったという。夢をみていたのだろうか。まことのことであったのか。とにかく天からのお告げにまちがいない。が、そのことはつとめて口にしまいと思った。大それたことをとのそしりを恐れたのである。

明け方がきて客たちは帰っていった。ジュリアンの父は城壁のくぐりのところにたっていた。回道をぬけてゆく最後の客を送りだしたところだったのである。と、不意に一人の乞食が目の前にたちあらわれた。靄《もや》の中に立っている。顎ひげを長く編んだ流浪の民であった。両腕に銀の腕環をはめ、燃えたつような瞳をしている。霊感にうたれたような表情で、脈絡のない言葉を口ごもるようにしていった。

「大変なことだ。ご子息は！　……おびただしい血の海だ！　……名誉はとどまるところを知らぬ！　……訪れる瞬間はことごとく幸福なもの！　王家の一族となられるのだ」

そして身をかがめ施しものを拾うと、草かげに姿を消した。あとには人のけはいも感じられない。

心やさしい城主は左右に目をやった。声のかぎり呼んでみる。誰もいはしない。吹きぬける風がするどい音をたてている。朝霧が流れていった。

幻影のようなこのできごとを、城主は睡眠不足で鈍った頭脳のせいだと思った。「ひとに聞かれたら笑われる」とつぶやいた。ご託宣というには曖昧だし、耳にしたことまでがあやしくはあっても、息子の未来に待ちうけているという栄光には心を奪われた。

城主と后とは心の秘密をかくしあった。だが、いずれおとらぬ愛情で子供をいつくしんだ。神から使命をさずかったものとしてうやまいながら、心のかぎりあれこれと気を配った。ベッドにはこの上なくやわらかな羽毛がつめられた。鳩をかたどったランプが光をなげかけ、灯りのたえる時がなかった。三人の乳母がお守《も》りにあたった。産着にしっかりとくるまれて、バラ色の顔色と青い目がのぞいている。綿のコートを着せられて真珠をぬいこんだ帽子をかぶっている。まるで幼いイエスそのままだった。ただの一度も泣いたりせぬうちに歯がはえそろった。

七歳を迎えると、母親が歌を教えた。勇敢な子供になってほしいと、父親は大きな馬に無理して乗せてやる。子供はうれしげにほほえんだ。ほどなく馬術に関することはすべておぼえこんでしまった。

たいそう博識な老僧が、聖書、アラビア数字、ラテン語を教え、なめし皮にかわいらしい絵をかくことを憶えさせた。うるさくないように、櫓のてっぺんまで上がっていって二人して学問を学んだ。

勉強がおわると庭におりてくる。ゆっくりと散歩しながら花の名を憶えていった。

ときおり谷あいの道を、荷をひく馬や牛などが列をなして進んでゆくのがみえた。ひきたてて歩いているのは、中近東風のなりをした男だった。それが商人だとわかると、城主は家来を使いに走らせる。異国の商人は、気心がしれているので、途中で方向をかえてやってくる。そして接客の間に通されると、ビロードや綿の反物、金銀細工、香料、何に使うともしれぬ珍しい品々を箱からとりだしてみせるのだった。それから男は城を去ってゆく。充分な報酬をえて、乱暴な目にあうこともない。また、巡礼の一行が訪れてくることもあった。ぬれた上着が炉ばたで湯気をたてる。それから空腹がおさまると、旅の話を語ってきかせる。舵をとりそこねて逆まく波にもまれたときのこと、灼熱の砂漠を徒歩で進んでいったときのこと、異教徒が残忍なこと、シリアでみた洞窟のこと、イエスが生まれたという馬小屋や聖地にあるキリストの墓のことなどが話題となった。そうしたあとで、巡礼がきまってつけている貝殻をマントからとって城主の幼いあと継ぎに残してゆくのだった。

城主は、よくかつての戦友たちを招いて宴会を催すことがあった。酒をくみかわしながら、いくさの思い出を語りあった。投石器のうなる中で、幾多の負傷者をだした城砦攻防戦の話である。ジュリアンはそれを聞きながら叫び声をたてる。すると父親は、将来その子が征服者になるのは間違いなかろうと思う。それでいながら、日暮れどきに夕べの祈りをおえて、ひれ伏している貧者たちのあいだを通ってゆくとき、ジュリアンは心の底からの慎しさと高貴な表情で持ち金のいっさいを恵んでしまう。そんなとき、母親は自分の子が行く行くは大司教の座につくものと楽しみになる。

礼拝堂でのジュリアンの席は両親のとなりにあった。お祈りがどんなに長びいても、縁なし帽を床におき、手を組みあわせたまま祈禱台にひざまずいていた。

ある日のこと、ミサの最中にふと顔をあげた。すると一匹の小さな白いはつかねずみが壁の穴からでてくるのがみえた。祭壇へと達する第一段目をちょろちょろと走りまわり、右から左、左から右へと二、三度往復してからもときた方向に逃げていった。次の日曜日、また同じねずみを目にするかもしれないと思うと心に乱れが生じた。ねずみはやはり姿をみせた。こうして彼は日曜ごとにその出現を待ちうけることになり、そのことばかりが気がかりで、憎しみの念をいだくほどになった。何とか厄介ばらいをしてやろうと心に決めた。

そこで扉をしめきって、祭壇の段に菓子くずをまきちらしてから、棒をにぎって穴の前で待ちかまえた。

ずいぶん時間がたってからも色の鼻さきがのぞき、つぎにまるまる一匹のねずみが姿をみせた。ジュリアンは軽く一撃をくらわせる。するとおどろいたことに、その小さなからだはもう動こうとしないのだ。一滴の血が床石の上にしみをつくっている。あわてて袖口で拭きとると、死骸をおもてに捨てた。そしてそのことは誰にも話さなかった。

ありとあらゆる小鳥たちが庭にやってきて、くちばしでたねをつついている。ジュリアンは中がからになった葦の茎にたくさん豆をつめてやろうと思いたった。木立ちで鳥のさえずりが聞こえるとしのび足で近づいてゆく。それから豆をつめた筒を空に向けると頬をふくらませる。すると小鳥たちはジュリアンの肩すれすれにさっと舞いおりてくる。その数があまりに多いので、このいたずらがうれしくてならず、つい笑ってしまう。

ある朝のこと、中堤づたいに部屋にもどろうとすると、城壁の突端の日なたで一羽の大きな鳩が胸をふくらませているのに出あった。ジュリアンは立ちどまってじっとその鳩をみすえた。そこの壁面にはひび割れができていたので、手を伸ばすまでもなく石ころが指に触れた。ただ腕をふるって投げてみただけで石は命中してしまった。鳩はにぶい音をたてて溝に落ちた。

彼はいそいで溝の底まで降りていった。着ているものを茨で切りさきながら、あたり一帯をくまなくさがしまわった。若い犬よりすばしこい身のこなしであった。

鳩は翼を傷つけられて、いぼたの枝にひっかかったままからだをひきつらせていた。いつまでも死のうとしない鳥をみてジュリアンの心はいらだった。しめ殺してやろうとした。鳥が痙攣するさまをみて胸がときめいた。残忍で錯乱にたよろこびが全身にみなぎった。小鳥が動きをとめたとき、身も心も崩れ落ちそうな気持ちがした。

その晩のこと、夕食の席で、ジュリアンほどの年ごろになれば誰しも狩猟の術を身につけておかねばならぬと父親がいった。そして古い手習い帳をとってきたのだが、そこには問いと答えといったかたちで狩りの娯しみがくまなく書きこまれていた。名人が弟子に犬の訓練法を示している。鷹を手なずけるにはどうするか。罠はどうかけたらよいか。鹿をその糞で、狐は足跡で、狼を爪跡でみわける方法はどうか。どこに追いつめるのか。ふつうはどんなところにかくれるものか。好都合な風向きはどういったものか。それにくわえてかけ声のかけ方や猟犬に獲物をわけるときのきまりがそえられていた。ジュリアンがすっかりそらんじてしまったところで、父親は一群の猟犬を選びあげてやった。

まず二十四頭のバルバリア産のグレーハウンドがいる。羚羊《かもしか》よりも早く走るが気がたちやすい。それに十七つがいのブルターニュ犬がいた。赤みがかった毛なみに白の斑点がある。これとねらいをつけたらあとにひかない犬である。息ぎれはしないし声高くほえる。猪が襲ってきたり、追いつめられた獲物が逆に向かってきて危険になったりするときのためには、四十頭のグリフォン・テリア犬がいる。熊のように毛深い。韃靼《だったん》産の番犬マスティフは驢馬《ろば》ほどの背たけがある。毛なみは燃えるようだ。背骨は太く足はすらりと伸び、野牛を追うのに用いられている。スパニエル犬の毛は黒々と、繻子《しゅす》のように艶がある。タルボ犬の鳴き声はビーグル犬のそれに負けない。離れた中庭では、アラニ産の八頭が鎖をふるわせ目玉をむいてうなり声をたてている。馬上の騎士の腹までとびかかり、ライオンを前にしてもあとにひかないおそるべき犬である。

いずれも良質の小麦でやいたパンをたべ、石の飼桶で水をのみ、響きのよい名前を持っていた。

鷹狩りの道具一式となると、これはおそらく猟犬よりも大変なことだった。城主は金にいとめをつけず、コーカサスの雄鷹、バビロニアの雌鷹、ドイツの大はやぶさ、遠くの国の寒い海岸の断崖で捕えたはやぶさなどをそろえていた。わらぶきの納屋におさまって、背丈ごとにまとまって止まり木につながっていたが、その前にひとかたまりの芝生があって、ときおりそこに出されて羽を伸ばす。

兎の穴に仕かける網、釣り針、狐や狼の罠などありとあらゆる猟具が仕立てあげられていた。

オワゼル犬をつれて野に出ることがよくあった。犬たちはすぐさま獲物をかぎつけてぴたりと姿勢をとめる。すると先達がひたひたと歩みより、微動だにしないそのからだに注意深く巨大な網をかける。かけ声とともに犬はほえはじめる。うずらの群れがとびたった。夫とともに招かれていた近郊の奥方たち、子供たち、侍女たちがみんなしてかけ寄ってくる。そして苦もなく獲物をとらえるのであった。

また、野うさぎを茂みから追いだそうと太鼓を響かせることもあった。狐が落とし穴にかかる。ばたんとバネがはずれて狐の足をとらえたりする。

だがジュリアンは、こうした手軽なやり方にあきたらなさを覚えていた。人かげから遠く、自分の馬と自分の鷹だけで狩りをしてみたい。必ずといっていいほど、スキタイの大がらな韃靼種をつれていった。雪を思わせる白さの鷹だった。皮の目かくし頭巾は羽根飾りをいただき、金色の鈴が青みがかった足にゆれている。馬は疾走し、平原が開けてゆく。鷹はそれでも主人の腕に敢然とそりかえっていた。ジュリアンは革ひもを足から解き、さっと飛びたたせてやる。豪放な鳥は、矢のように真一文字に大空に舞いあがる。大きな点と小さな点とが旋回し、もつれあい、それから青空の底へと消えてゆくのが目に映る。時を移さず、鷹は小鳥をくちばしにかけて舞い戻り、主人の籠手《こて》にとまって両翼をはばたかせる。

ジュリアンはこんな風に鷹をはなっては、さぎを、とびを、からすを、禿鷹をとらえた。

丘の斜面をかけぬけ、せせらぎを跳びこえ、森に向かってまたかけあがってゆく犬のあとについて、ホルンを鳴らしてゆくのが好きだった。はげしく追いたてられた鹿が呻き声をたてはじめると、彼は手ばやくうちとる。それからたけり狂って襲いかかって、湯気をたてている皮をはがれて切りきざまれた鹿にくらいつく犬を見ては楽しむのである。

霧のたちこめる日には、沼沢地に深く入りこみ、鵞鳥やかわうそ、生まれたての鴨をうかがった。

三人の従者が明け方から城の石段の下で彼を待ちうけていた。年老いた修道僧が天窓に身をよせて、ジュリアンをよびとめようと合い図をおくっていたが無駄だった。彼はふりむこうとはしなかった。きびしい陽ざしをうけて進んでゆく。雨が降ろうと、嵐になろうと変わりなかった。泉から手ですくって水をのむ。はや足に馬を進めながら野生のりんごをかじる。疲れれば柏の木の下で休む。そんなわけで、彼は夜半すぎにもどってきた。すっかり血と泥とでよごれ、髪には茨をからませ、野獣の臭いがしていた。母親が接吻してくれてもその抱擁を冷たくうけるにすぎない。何か深遠な夢想にふけっているかにみえた。

ナイフをふりかざして熊を殺した。斧をうちおろして牡牛を殺した。槍を使っていのししを殺した。あるときなどは、手もとに棍棒しかなくなって、絞首台の下で死骸をむさぼっていた狼と応戦したことまであった。

ある冬の朝、陽の登る前に出発した。肩には弩《おおゆみ》を背おい、鞍嚢《あんのう》には矢を入れて装備は完璧だった。

いつものデンマーク種の馬は二頭の猟犬をしたがえ、足音高く歩調を響かせていた。地表をおおう薄氷がしずくとなってジュリアンのマントにまといつく。微風は身を切るようだった。地平線の一方が白んでいった。早朝の薄明かりの中に、巣のかたわらからとびたつうさぎをいくつか目にとめた。二頭の猟犬がすぐさま飛びかかる。そして、生きたまま背骨をくいちぎってしまう。

ほどなく森にさしかかった。ある木の枝のはしに、寒さでかじかんだ雷鳥が羽に頭をつっこんで寝ていた。ジュリアンは、刀の甲でその両肢を切り落とすと、拾いもせずに進みつづけた。

三時間後に、彼はあまり高いので空がほとんど黒く思われるような山の頂にきていた。そしてその目の前には、長い壁のような岩が足もとにみえ、断崖の上につきだしていた。そしてその先端には、野生の牝山羊が二頭、奈落をみおろしている。矢がなかったので（馬をうしろに残してきたのだ）そこまで降りてゆこうと考えついた。なかばからだを折って裸足になると、やっとの思いでその一頭に近づき、脇腹にあいくちをつき通した。二頭目は、怖じ気づいて夢中ではねた。ジュリアンは身をおどらせてこぶしをふるったが、右足を滑らせていま殺したばかりの山羊の上に倒れかかった。顔の下には深淵がひろがり、両手は宙をつかんで拡げられていた。

平地におりたつと、川ぞいの柳にそって進んだ。低くとぶ鶴が、ときおりジュリアンの頭上すれすれに舞っていた。彼は鞭をふるってなぐりつけ、一羽もうちそんずることはなかった。

そうするうちにも気温がやわらいで、霧氷がとけ、あたり一帯に霧となって漂った。そして太陽が姿をあらわした。はるか遠くに氷結した湖水の輝きがみえる。鉛のような光景だった。湖の中央にジュリアンがみたこともない動物がいた。鼻さきが黒ずんだ海狸《ビーバー》である。かなりの距離ではあったが、一矢でしとめた。毛皮を持ってかえれぬのが心残りだった。

やがて、彼は巨木のつらなる道へと踏みこんでいった。森への入り口には、こずえがアーチ状に枝を接している。こんもりとした茂みからリスがとびだす。道が交叉するところには鹿が姿をみせている。穴熊が巣からはい出す。孔雀が芝草の上で尾をひろげる。――すべてをかたづけてしまうと、いまとは違ったリスが何匹か現われた。そして鹿が、穴熊が、孔雀が、つぐみが、かけすが、いたちが、狐が、はりねずみが、大山猫がというふうに、一歩進むごとに無数のけものが姿をあらわしつきることがない。そして彼のまわりをふるえながらまわるのだった。人懐かしげな、哀願するがごとき視線であった。が、ジュリアンは殺しに殺しぬいてとどまるところを知らなかった、弩《おおゆみ》をひきしぼり、剣を抜き、短刀をつきさす。無我夢中で何も憶えてはいない。どこともつかぬ土地でいつのことからか狩りをしている。自分の生きていることだけはわかる。すべては夢でもみているように苦もなく行なわれてしまう。異様な光景にうたれて彼は手をとめた。擂り鉢がたの谷をうずめつくす鹿の姿しかなかったからである。しかも身をすりあわせるようにして群がり、吐息でからだをあたためあっており、それが湯気のように霧の中にたちのぼってゆくではないか。

あの鹿をみな殺しにできるのかと思うと、ジュリアンの胸はしばし喜びにふるえた。一呼吸おいてから馬をおりると、腕をまくりあげた。それから弓のねらいを定めはじめる。

第一の矢が空を切る音に、鹿はいっせいに頭をまわした。密集した中に一部がくずれるように倒れた。悲しげな鳴き声が響きわたる。群れは大きく混乱した。

谷のまわりはとび越えるには高すぎた。鹿は崖にはさまれ逃げ口をもとめてはねまわる。ジュリアンは狙いをつけては矢を放つ。矢は荒れ狂う雨のようにおちかかった。鹿は躍起になってぶつかりあい、前足で宙をけりつつ折りかさなってゆく。角をからませた動物たちは一面に盛りあがった。そして流れるように崩れおちてゆく。

ついに鹿たちは死骸となった。砂地に横たわり、顔をよだれで汚し、内臓がはみ出している。波うっていた腹もしだいに静かになってゆく。それからすべての動きがとまった。

夜がせまっていた。森の向こう側には、枝ごしに空が血を流したように赤い。

ジュリアンは一本の木にもたれかかった。放心したような瞳を途方もない死骸の山に向けていた。どうして自分にそんなことができたのか見当もつかない。

あちら側の谷の森のはじまりのところに、仔鹿をつれた雄と雌の鹿が見えた。

雄鹿は黒々と無気味なほどに背丈があって、枝角は十六本、それに白いひげをたらしている。雌は枯れ葉さながらの金色の毛で、草をはんでいた。そしてまだらの仔鹿は母親の歩みにつれて、休まず乳を吸っている。

ふたたび弩が響きわたった。あっというまに仔鹿はたおれた。すると母親は天を仰ぎ、悲痛な鳴き声をたてた。胸をかきむしる、人間のような声であった。ジュリアンはかっとなって、その胸もと深く矢を命中させる。雌鹿は倒れふした。

大鹿はその光景を目にして跳ねあがった。ジュリアンが最後の一矢を射る。ひたいに命中した。矢はつきささったままだった。

大鹿は意にも介さぬといった風にみえる。と、死骸を飛びこしてまっしぐらに突進してきた。いまにもとびかかって、腹をえぐられてしまう。ジュリアンは言いしれぬ恐怖心からあとずさりした。目を見はるばかりに大きな鹿はたちどまった。瞳は燃えんばかりで、荘重なさまは長老か裁判官を思わせた。遥かに響く教会の鐘にあわせて、鹿は三言くりかえした。

「呪われたものよ、呪われたものよ、呪われたものよ！　そなたの残忍なる心にも、いつかはその父と母とを殺す日が訪れるであろう！」

鹿はひざを折る。しずかに目を閉じる。そして死んでいった。

ジュリアンはわれを忘れた。それからにわかに疲労が襲ってきた。やりきれなさが、はてしれぬ心の痛みがこみあげてきた。顔を両手にうずめ、いつまでも泣いた。

馬は姿を消してしまっていた。犬も逃げてしまった。まわりにたちこめている静けさが、何とも知れぬ危機をはらんでただならぬ気配を感じさせる。怖ろしさのあまり、彼は野原を越えて走った。これときめて小道にかけこむ。こうして、あっという間に城門の前に出た。

その夜は寝つかれなかった。くさりのさきにゆれうごくランプの光に、黒い大鹿のかげばかりがちらついていた。その予言が頭から離れない。何とか忘れようとして身もだえた。「そんなことがあるものか。いや、絶対にあるものか。この俺が殺したりするはずがない！」そういってからこんな思いにとらわれるのだ。「だが、ふとそんな気持ちになったとしたら……」すると、悪魔にそそのかされて両親殺しを思いたったりするのがこわくてならない。

三月ものあいだ、母親はジュリアンの枕もとで祈っては心を痛め、父親は嘆き悲しみ廊下を行きつ戻りつしていた。最も名のとおった名医たちに来てもらい、それぞれから薬という薬の処方を教わった。医者たちにいわせると、ジュリアンの病気はよくない風にあたったせいだという。そうでなければ誰かが好きになっているのだ。だが彼は、何を問いただしても首をふってばかりいる。

力がよみがえってきた。中庭の散歩につれだした。年とった僧侶と父親とがその両腕をささえるのだった。

すっかりもとの元気をとりもどすと、彼は狩りだけは何としてもやりたくないという。

父親は気晴らしにでもと思って、サラセンの剣をジュリアンに贈った。

剣は、甲冑類にまじって柱の高いところに掛けてあった。とるにははしごを使わねばならない。ジュリアンがはしごにのぼった。剣は重すぎて指からすりぬけ、父親をかすめて落ちたので外套が切れてしまった。ジュリアンは父を殺したと思いこみ、気を失った。

それいらい、彼は武器をおそれた。鞘をぬかれた刀をみただけで血の気がうせてゆく。

この臆病さが一家を深く悲しませた。

だまっていることができなくなって、老僧が神と名誉と先祖たちの名において城主たるにふさわしい武芸をやりなおすよう進言した。

従者たちは連日なぐさみに投げ槍の稽古をしていた。ジュリアンはすぐさま腕をあげた。彼が投げると壜の口にはいる。風見の歯車を割ってみせる。百歩も離れたところから扉の釘に命中させる。

ある夏の夕方、靄がたなびきものの姿がかすんでくるころ、庭の葡萄棚の下にいると、むこうの方で白い二枚の羽根が生け垣のあたりでひらりと舞うのがみえた。こうのとりにまちがいない。ジュリアンは手にしていた槍を投げた。

悲鳴がする。

母であった。長いたれもののさがったその帽子が、壁につきささっていた。

ジュリアンは城を逃げだした。それから姿をみせることはなかった。

二

彼は通りがかった野武士の一群に身を投じた。

飢えと渇きと熱病、それにのみやしらみをはじめて知った。合戦のすさまじいもの音や、瀕死の人間の顔にもなれてしまった。吹く風に皮膚も赤みをおびた。四肢も甲冑を着ているうちにがっちりしてきた。それに屈強で勇気があり、節制をまもり思慮深かったので、苦もなく一隊を指揮する身となった。

戦闘がはじまろうとすると、彼は剣を派手にうちふって兵たちを励ました。夜、縄ばしごをかけて城壁によじのぼる。烈風に激しく揺れ、煙硝の火の粉が鎧にまといつく。煮えたぎる松やにやどろどろにとけた鉛が銃眼から滝となって流れ落ちる。降ってくる石に当たって楯がわれてしまうこともよくあった。あまりの人間を支えきれず、足もとから橋がくずれ落ちてしまうことも一度や二度ではなかった。鎚矛《つちほこ》をふりまわし、十四人もの騎士をなぎたおす。みんなのみている前での一騎うちでは、挑戦者を一人残らず倒してみせた。死んだと思われたことも、二十回を下らない。

神のお加護があるので、ジュリアンはきまって窮地を脱していた。聖職者たち、親のない子、夫にさきだたれた女、とりわけ老人たちの味方をしていたからである。老人が前を歩いてゆくのをみたりすると、大声で呼びとめて顔をみせてもらう。まちがって殺してしまうのを怖れてでもいたかのようだった。

逃亡奴隷、一揆の百姓、身よりのない私生児など、ありとあらゆる勇猛果敢なものたちがジュリアンの旗のもとに馳せ参じた。そこで彼は一軍団をつくりあげた。

軍勢はふくれあがる。ジュリアンの名は一帯に知れわたる。みんなが彼の力を借りようとした。フランス皇太子、イギリス国王、エルサレムの聖廟騎士、パルチア族の首長、アビシニアの王、カリクット皇帝の援軍につぎつぎとかけつける。魚のうろこで身をかためたスカンジナビア人、河馬の皮の円楯を手に赤銅色の驢馬にまたがった黒人、鏡よりもまばゆく光る大刀を羽根飾りよりも高々とふりかざす黄金色のインド人を相手に闘った。穴居人や食人種をもうち倒した。灼熱の地を横断する。陽光に焼かれて髪の毛が松明さながら燃えあがるほどの暑さだ。また酷寒の地を横断することもある。腕が肩からはずれて地面にころがるほどの寒さであった。濃霧の土地をゆくときには、まるで亡霊にかこまれて歩くのかと錯覚するほどであった。

苦境にたった国々がジュリアンの指図を仰いだ。使者たちを閲見してみると、思ってもみない条件がころがりこんでくる。領主が専横をきわめたりすれば、風のごとく姿をみせて建言する。幾多の民族を解放してやる。塔に幽閉された王妃を何度も救いだす。ミラノの大蛇やオーベルビルバッハの龍を退治したのも彼であった。他のだれでもない、まさにジュリアンその人だったのである。

そのころオクシタニアの皇帝はスペインの回教徒を平定し、コルドヴァの回教王の妹を内縁の妻として迎えいれた。生まれた娘を自分の子として引きとり、キリスト教徒として育てあげた。しかるに回教王は、みずからも改宗せんとみせかけ皇帝を訪問し、大勢の護衛にまもられて駐留部隊を全滅させ、皇帝を地下牢深く幽閉してしまった。そこでひどい目にあわせ、皇帝の財宝をそっくりまきあげようとしたのである。

ジュリアンは救援にかけつけた。異教徒の軍勢を壊滅せしめ、街を包囲し、回教王を殺した。そしてその首をはねると、城壁ごしにまりのように投げてしまった。それから皇帝を牢屋から救いだし、廷臣一同のみまもるなかでふたたび王位につかせるのだった。

皇帝は、これほどまでの勲功にむくいる意味で、おびただしい銀貨を籠に入れてさしだした。ジュリアンは頂くわけにはいかないという。これではまだ充分ではないのかと思い、皇帝はその財宝の四分の三をおうけ願いたいと申しでた。あいかわらず首が横にふられる。では国土を半分にして統治するのではどうか。彼は丁重にことわる。皇帝はすっかり途方にくれてしまった。どうして感謝の気持ちをあらわしたものかわからない。が、はたと思いあたって廷臣の一人の耳もとにささやいた。つづれ織りのとばりがさっとあがる。そこに一人の娘が姿をみせた。

大きな黒い瞳が、やわらかな光の二つの燈火のようにかがやいていた。何ともいえない微笑で口もとがかわいらしくほころんでいた。髪の毛がカールして胸もとが開きかげんのドレスの宝石にからみついている。すきとおった肩かけの下に若々しいからだが感じとれる。何とも愛くるしく肉づきがいい。そして全身はすらりとのびている。

ジュリアンは目のくらむような恋心を覚えた。これまで女性など念頭にない生活を送っていただけに、その心はいやがうえにも高なった。

そこで皇帝の娘を妻に迎えることになった。母親ゆずりの城も彼のものになった。婚礼の儀式がすんでしまうと、別れの言葉がかわされた。発つ方も送る方も、いつつきるともなく挨拶しあっていた。

城というのは白大理石の宮殿であった。モール風の建築で、岬のさきのオレンジの林にかこまれていた。花壇が段をなして入り江まで下っていた。浜ぞいに歩くとバラ色の貝殻が乾いた音をたてる。城の裏手には、森が扇状にひろがっている。空は来る日も来る日も青かった。木々は海からの微風にゆれるかと思うと、山から吹きおろす風に頭をたれる。山々は遥か遠く地平線をかたちづくっている。

部屋はいずれも薄暗く、壁にうちこまれた宝石の輝きで照らしだされていた。円柱は葦のように細くドームの円天井を支えている。その装飾は浮き彫りで鍾乳洞のつららをかたどってある。

広間には噴水があった。中庭はモザイク模様だった。仕切りの壁は唐草模様で、絶妙な建築術はかぞえきれない。そして、どこへいってもこわいほどの沈黙がたちこめており、肩かけのふれあう音やためいきのこだままでが聞こえるほどであった。

ジュリアンはもういくさにでなくなった。ことを構えぬものたちにかこまれ、心静かに暮らしていた。日ごと、彼らは一団となってその前を歩み、東洋風にひざまずいて手に接吻してゆく。

緋色の衣をまとい、壁にうがたれた窓辺に肱をついて時を過ごした。すると、かつての狩猟の日々が思い起こされてくる。羚羊《かもしか》や駝鳥をおって砂漠を駆けめぐる。竹やぶに身をかくして豹を待ちぶせる。犀の群がる森をよこぎる。とても登れそうもない山の頂までいってたくみに鷲を狙う。海に漂う氷塊の上で白熊と格闘する。そんなことができないものか。

ときどき、自分がエデンの園のアダムになって、けだものというけだものにとりかこまれている夢をみることがある。腕をのばしただけで、けものたちは死んでしまう。そうかと思うと、一つがいずつ、背丈の順に列をなして目の前を進んでゆく。象やライオンから白貂《てん》やあひるにいたるまで、まるでノアの方舟《はこぶね》にのりこむ日のようだ。洞窟の暗闇からそれに向かって必殺の槍を投げつける。けだものはあとを絶たない。とても殺しきれない。そこで目がさめると、彼の瞳は残忍にあたりをうかがうのである。

仲のよい君主たちから狩りにさそわれることがあった。彼はいつでもことわった。こうして罪を償うことで、おのれの身の不幸をそらせることができると思ったからである。動物を殺しさえしなければ、両親の運命は間違いないもののような気がしていたのだ。それでも両親に会えないことはつらかった。が、一方では狩りに出たい気持ちもおさえがたいものになっていった。

妻は、ジュリアンの気を晴らそうと軽業師や踊り子を呼んだ。

夫と二人で屋根をとりはらったかごで野原を散歩してみる。そうでなければ小舟の舷に身を横たえ、水中にゆきかう魚をみやっていた。水は空を思わせ澄みきっている。ときには夫の顔に花を投げてみたりする。その足もとにうずくまるようにして、三弦のマンドリンを響かせる。それから祈るように手をあわせて夫の肩におくと、怖れるように、「どうなされたのです」と言葉をかけるのだった。

ジュリアンは答えない。と思うとすすり泣いたりする。ある日、とうとうそのおどろくべき心を妻にうちあけた。

彼女は、理をつくしてそんな考えをうち消そうとした。父上も母上もきっと亡くなっておられる。かりに生きてめぐりあえたとして、どう魔がさし、また何を念頭においてそんなおそろしいことをあなたがやってのけるといわれるのか。だから気になさるにはおよばない。また狩りにでられてはどうなのか。

それを聞くジュリアンは微笑んでいた。だが、狩りをするという欲望をみたす決心はつかなかった。

八月のある晩のこと、二人は寝室にいた。妻は床についたばかりで、ジュリアンはひざまずいて祈りの姿勢をしていた。すると狐の鳴くのが聞こえる。そして足音がかさこそと窓の下を走った。暗闇に群がるけだもののかげのようなものがうかがえた。はやる心をおさえることができない。彼は矢筒を壁からはずしてしまった。

妻はおどろきの色をみせた。

「おまえの言葉に従うまでだ」とジュリアンはいう。

「日の出には戻る」

そうは聞いても、彼女には不吉なことが起こりそうな気がしてならなかった。

心配はいらない。そういって彼は城を出た。自分の心の変貌ぶりにわれながら不思議だった。

ジュリアンが出かけてしまってからいくらもたたないうちに小姓がやってきて、城主がお留守ならすぐにもお后さまにお目どおり願えないかという見しらぬ二人づれがいると告げた。

ほどなく寝室に老人と老婆が入ってきた。腰はまがってほこりにまみれ、貧相ななりをしている。二人とも杖をついていた。

その老人と老婆のもの腰は毅然としたものになった。そして、ジュリアンに両親の消息を伝えにきたのだと明らかにした。

后は身をのりだして耳をかたむけた。

ところが二人は視線でうなずきあってから、いまでも彼が両親をなつかしく思っているかとたずねるのだ。ときには噂をしたりすることがあるだろうか。

「それは、もう！」と彼女がいう。

するとニ人は声を高めて、

「実は、わたしたちがその両親なのです」というなりすわりこんでしまった。疲労困憊《こんぱい》していたのである。

后にとって、自分の夫がこの二人の子であるという証拠はなにひとつない。

二人はそのあかしを示した。ジュリアンの肌にある彼だけの傷を描いてみせたのだ。

后は寝床からとびおりた。小姓を呼ぶ。食事がはこばれた。

たいそう空腹であったのに、料理がほとんど喉を通らない。彼女はやや離れたところから、コップをにぎる骨ばった手のふるえをじっとみていた。

彼らはジュリアンのことを幾度となくたずねた。后はその問いの一つ一つに答えてやるのだった。だが二人にまつわる不吉なはなしだけはあえて口にしなかった。

両親は、ジュリアンが姿を消して戻ってこなかったので、二人して城をでたのだという。あてもない言葉をたよりに何年間もさまよいつづけていたのである。だが希望はすてなかった。川を渡れば税をとられる。宿屋代もかかった。次々と領土を通過するごとに君主に金をおさめる。追いはぎにあえばとりあげられる。おそろしい額の財源が必要であった。持ち金は底をついてしまった。だから今では物乞いをする身となりはてたのである。

だが、それがどうしたというのだろう。いまにも息子を抱きしめることができるのだ。こんなやさしいひとを妻にもてたとは、何と運のいい子だろうと二人は嬉しがった。彼女をしげしげと見つめては、接吻してあきることをしらなかった。

宮殿の内部の豪華さに二人はすっかりおどろいていた。年老いた父親は壁を注意深く見まわしながら、どうしてこんなところにオクシタニア皇帝の紋章が飾ってあるのかとたずねた。

后は答えた。

「わたくしの父でございますもの！」

それを聞いて父親ははっとした。流浪の男の予言を思いだしたのである。母親は隠者のいった言葉を思いおこしていた。おそらくいまあるわが子の栄誉は、とこしえに輝く名声の第一歩にすぎぬのだろう。二人はただただおどろきいっていた。食卓をてらすシャンデリアがその上に光をなげかけていた。

若いころはさぞ美しい人たちであったに違いない。母親の髪はいまなお豊かであった。すらりとのびた毛の房は雪が凍ったようで、頰をかくすほどにたれていた。父親はとみると、上背があって顎ひげをいっぱいに生やし、教会の立像を思わせた。

ジュリアンの妻は、どうかお待ちにならぬようにといった。みずから彼のベッドに二人をやすませると、十字窓を閉めた。二人は眠りこんでしまった。日が昇ろうとしていた。色ガラスの窓のむこうで、小鳥がさえずりはじめていた。

ジュリアンは牧草地を横切った。たくましい足どりで森を進んでいった。やわらかな芝やしっとりと肌をつつむ空気がこころよい。

木々の影が苔の上にひろがりだしていた。ときおり林がとぎれたところで、草の上に月が白い光をなげかけていた。水たまりかと見まごうばかりで、つい進むのがためらわれる。かと思うと、動こうともしない沼の面が、草の色とみわけがつかない。あたりはしんと静まりかえっていた。ついいましがた城のまわりをうろついていたけだものの姿は、一つとして目に入らない。

森はますます深くなっていった。あたりは闇につつまれてしまった。生あたたかい風が吹きぬけてゆく。けだるいような香りをいっぱいに含んでいる。彼は山のような枯れ葉の中にふみこんでいった。一息つこうとして、柏の木にもたれかかった。

不意に、背後でひときわ黒いかたまりがはねた。猪である。ジュリアンは弓をとるひまがなかった。それが禍でもあるかのように残念であった。

やがて森をぬけようとするころ、木の幹のつらなりにそって走ってゆく狼をみとめた。矢を放つ。狼は立ちどまった。首をこちらにむけてジュリアンを見すえると、また走りつづける。たえず一定の間隔をおいて小走りに進み、ときおり立ちどまる。狙いをつけようとするがはやいか、また逃げはじめるのだ。

こうしてジュリアンは、いつはてるともしれぬ野原を駆けめぐった。それから砂丘をこえ、あげくのはてに広々とした地方をみおろす高みにきている自分に気がついた。くずれかかった洞穴のあいだに、平たい石がちらばっている。歩くと骸骨につまずいてよろけてしまう。あちらこちらに虫に喰われた十字架がたおれかかって、寒々とした眺めである。ところが墓石のぼんやりとした影にうごくものがあるではないか。でてきたのは数匹のハイエナだった。不意をうたれたように、息をはずませている。敷石の上で爪をがさがさいわせながら近づいてきて、鼻をうごめかせてあくびをすると、歯ぐきをむきだしにした。ジュリアンは剣をぬいた。すると四方にぱっととび散り、足をひきずるように一目散にかけだして、砂ぼこりをたてて遠くに姿を消してしまった。

それから一時間もすると、水の涸れた谷底でたけり狂った牡牛に出会った。角をつきだし、砂をけたてている。ジュリアンはのどもとめがけて槍をつきさした。槍は折れた。まるで牛は青銅でできているかと思われたほどだ。ジュリアンは、もうこれまでと目を閉じた。ところが目をあけてみると、牛は姿を消している。

するると、はずかしくて気力がうせた。自分の力が及ばないなにものかに、心がくじけてしまったのだ。そこでわが家に戻ろうと、再び森に足を踏みいれた。

森にはつるがからんでいて歩きにくい。それを剣で切り落としながら進んだ。と、不意に足のあいだを一匹の貂《てん》がすりぬけていった。肩ごしに豹がはねる。蛇が梣《とねりこ》の木を巻くようにしてのぼってゆく。

その木の葉かげには、不気味なほど大きなからすがとまっていた。ジュリアンを見おろしている。あちらこちらで、枝のあいだから無数の火花がひろがり散った。まるで天の星という星が森中に雨となって降りそそいだかのようだった。それは、けだものたちの目であった。山猫がいる。リスがいる。ふくろうがいる。おうむがいる。猿がいる。

ジュリアンはそれにむかって矢をはなった。矢は葉の上にとまり、その羽根が白い蝶を思わせる。石を投げてみた。すると何にも命中せずに落ちてくる。何ということか。自分をなぐりつけてやりたい。彼は呪いの言葉をわめきちらした。腹だたしくて息もつまりそうだ。

すると、これまで追いたてたけだものたちが残らず姿をあらわした。まわりをぎっしりととりかこんでいる。腰をおとしてすわっているものがいる。かと思えば後足ですっくと立ちあがっているものもいた。ジュリアンはそのただ中にたちつくしていた。怖ろしさに血も凍らんばかりだった。動こうにもからだがいうことをきかない。最後の力をふりしぼって一歩踏みだした。木にとまっている鳥は羽をひろげ、地上に群がっているものは手足をうごかした。そしてみんながジュリアンのあとについてきた。

ハイエナが彼の前にたって歩き、狼と猪はあとに従った。牡牛は右側で首をふっている。左側には蛇が草のあいだをうねって進んだ。豹はとみれば背をまるめ、足音を殺して大きく跳ねてゆく。彼は興奮させまいとしてこの上なくゆっくりと歩いた。草むらの奥の方から、やまあらし、狐、まむし、金狼、それに熊があらわれてきた。

ジュリアンは走りだしてみた。まわりも走りだす。蛇はしゅっしゅっと音をたて、鼻をつく臭いの動物はよだれを流す。猪は牙を彼のかかとにこすりつけた。狼は毛むくじゃらの鼻面を手のひらすれすれに持ってきた。猿は顔をゆがめて彼をつねった。貂は足の上をころげまわる。ある熊などは、手の甲で帽子を持ちあげてしまう。豹は、小馬鹿にしたように、口にくわえていた矢をはらりと落とす。

こうした陰険なようすには、装われた悪意のようなものがすけてみえた。横目でこちらをうかがいながら、復讐の機会をねらっているかにみえる。耳もとで昆虫がうるさくうなりたてるし、鳥の尾がぶつかってくる。けだものたちの吐息に胸もつまりそうだった。腕をつきだして盲人のように目をつむって歩き続けていた。「ゆるしてくれ！」と叫ぶ気力も残されてはいない。

にわとりの鳴き声が大気をふるわせた。ほかのにわとりがいくつもそれに応えた。夜明けだった。オレンジの植え込みの向こうに、宮殿の上端がみえた。

やがて、野原の一つにふみこもうとすると、すぐ足もとの麦藁の山のあいだを飛び歩いている赤毛のしゃこを何羽か目にとめた。ジュリアンはマントのホックをはずす。そして投網のように投げかけた。あけてみると一羽しかいない。しかも死んでから時間がたって、腐っていた。

いままでにない失望をおぼえて彼はいらだった。またもや殺戮の血がさわいだ。けだものが姿を消しているのであれば、人を殺すのもいとうまい。

彼は段になった庭を三つよじのぼった。こぶしでつき破らんばかりにして扉をあけて中に入る。が、階段の下までくると愛する妻のことが記憶によみがえり、はりつめた気持がほぐれた。きっと眠っているに違いない。びっくりさせてやろう。

サンダルを脱ぐと、彼はゆっくり鍵をまわす。そして部屋に入った。

鉛をきかせたステンド・グラスのために、早朝の薄明かりにも影の色が濃かった。床におかれた衣服で足をとられた。さらに進むと皿ののったままの配膳盆にぶつかる。「きっと、なにかものを食べたのだろう」と思った。ジュリアンはベッドに近づいていった。部屋の奥は暗くてどこにあるのかわからない。縁に触れたので、妻に接吻しようとして身をかがめる。と、枕に二つの頭がならんで横たえられているではないか。そのとき、口もとにひげのような感触があった。

ジュリアンはとびのいた。気が狂ったのではないか。そう思いながらもまたベッドに近づくと、たいへん長い髪に指がさわった。胸がふるえる。なにかの間違いであってくれればいいと、またゆっくり枕の上をなでてみた。今度こそ確かだった。ひげが手にさわる。それも男だ。男が妻と寝ている！

いきなり猛り狂って二人にとびかかると、短刀をつきたてた。足をふみならし、口からはつばきがとびちる。けだものににたうなり声があがる。ややあって彼は自分をおしとどめた。死人は心臓を貫かれ、抵抗するひまもなかった。ほとんど一つになった彼らのあえぎに耳を傾けると、それがしだいに弱まってゆくにつれて、どこか遠くでほかの何ものかがあえぎつづけている。はじめは聞きとれぬほどのものだったが、たえだえに響くその悲しみの声はやがてすぐそこに聞こえ、たかまり、痛ましいものになった。ジュリアンには、それがあの黒い大鹿の声とわかった。恐ろしいことだ。

ふりかえると、闇にうかんだドアの中に、妻の亡霊をみたと思った。灯りを手にしている。

殺戮のおそろしいもの音をききつけてかけつけてきたのである。ひと目みわたして彼女にはいっさいがわかってしまった。こわくなって逃げだそうとして、持っていた燭台をとり落とした。

ジュリアンはそれを拾いあげた。

目の前に自分の父と母とがいるではないか。胸をえぐられてあおむけに身をよこたえている。その表情は、高貴なやさしみにあふれ、永遠の秘密をもはや口にはしまいといっているようだ。ほとばしった血の海が、二人の白い肌のなかほどに拡がっている。そしてベッドのシーツにも、床にも、寝台のとばりにかけられた象牙のキリスト像にまでかかっていた。そのとき朝日の光がステンド・グラスにさしてきた。するとその輝くばかりの反映が血痕を照らしだし、さらに多くの反映となって部屋中にひろがっていった。ジュリアンは二つの死骸に歩みよった。こんなはずはない。なにかの間違いだ。似ているだけということはどこにでもある。彼はそう心のなかでつぶやいていた。やがて思いきってゆっくり身をかがめて老人をまぢかに眺めようとした。すると、まだ閉じきっていないまぶたのあいだから、生命を失った瞳がのぞいていた。それが、炎のようにジュリアンを焼いた。それから寝床のむこうがわにまわってみた。いま一つの死骸がそこに横たわっていて、その白髪が顔の一部をおおいかくしている。まん中から両がわにわけた髪の下に指をまわして頭を持ちあげてみた。——こわばった腕のさきでそれを支え、残りの手で燭台の光を近づけてその顔をみてみる。敷き蒲団からしみでた血が、しずくとなって床にしたたり落ちていた。

その日が暮れようとするころ、ジュリアンは妻の前に姿をあらわした。まるでいつもとは違った声で指図をあたえた。まず自分の言葉に返事をしてはならない。近づいてもいけない。顔をみてもいけない。自分の命令は、いずれも口にされたが最後絶対のものなのだから、まもられぬとあれば地獄におちるのだという。

葬儀は、死体の置かれた部屋の祈禱台の上に書きのこしてきた指示に従って行なわれねばならぬ。この宮殿、家来、財産は妻にゆずった。いまこの身につけている衣類もいらない。サンダルは階段の上においておく。

こうした罪深い行為も、神のみ心に従ったまでのことである。どうか自分の魂が救われるよう祈ってもらいたい。これからは、自分はこの世に生きているとはいえないからである。

死者は手篤く葬られた。式は城から三日もかかるある僧院の教会で行なわれた。一人の修道僧が、頭巾をすっぽりかぶって行列に従った。みんなからは遠く離れ、だれひとりとして言葉をかけるものはなかった。

僧は、ミサのあいだ教会の正面にひれ伏したままでいた。腕を十字に組み、ひたいは砂に埋まっていた。

埋葬がすんでしまうと、山へと向かう道をたどるその僧の姿が目に触れた。何度もふり返っていたが、やがて見えなくなってしまった。

三

彼は物乞いをしながら諸国を流浪した。

街路では騎士に手をさしだす。刈り入れの農民たちに近づいてはひざを折って敬虔な姿勢を示す。そうかと思えば中庭の柵の前にじっと立ちつづける。その表情がなんとも悲しそうだったので、施しものをことわるものは一人としていなかった。へりくだろうとする気持ちから、おのれの身に起こったできごとを語ってきかせる。するとみんなは十字を切って逃げていった。いちど通ったことのある村々では、彼だとみるといそいで扉を閉ざしてしまう。そしておどかすような叫び声をあげ、石つぶてをくらわせる。ことのほか慈悲ぶかい人であっても、窓辺にどんぶりをおいて鎧戸をおろし、その顔をみまいとした。

どこへいってもつまはじきにされるので、人を避けるようになっていった。木の根、草、いたんだ果実、磯づたいに拾う貝などを糧《かて》とした。

ときとして、ここをまがれば里がみえるという山の中腹にたって、身を寄せあうような家々の屋根を目にすることがあった。石づくりのアーチ、橋、黒々とまじわっている街路が一つにまざりあっている。そこからジュリアンのいるところまで、とだえることのないざわめきがたちのぼってきた。

ほかの人々の生活の波にもまれたくなり、彼は村におりてゆく。だがけだものににた顔つき、やかましい仕事ぶり、自分のことしかしゃべろうとしない口ぶりにその心は凍りついていった。祭りの日、陽の出とともに村人たちの心を浮きたたせる寺院の大鐘が響きわたるとき、彼は家からでてくる住民たちに見入っている。やがて広場では踊りがはじまる。四つ辻では黒ビールがどくどくとつがれてゆく。貴族の家の前には綾織りの天幕がはためいている。そして夕暮れがおとずれると、一階の窓ごしに家族が集まって長い食卓をかこんでいる。老人が孫たちをひざにのせている。悲しさがこみあげてきて、ジュリアンの胸はつまりそうだ。それからまた野原へと引きかえしてゆく。

牧場の子馬、巣にとまった鳥、花に寄ってくる昆虫などを彼はおさえがたいいつくしみの気持ちをもってながめた。近づいてゆくと、いずれも遠くへ逃げてしまう。怖れおののいて姿を隠すか、あっというまに飛びたってゆくのだ。

彼は孤独を求めた。それでも風が耳もとに瀕死のあえぎにたものをはこんでくる。地面にたれる霧のしずくは、それより重みのある血のしたたりを思い出させてしまう。夕方になれば、太陽はきまって雲を鮮血にそめあげる。くる夜もくる夜も、夢では親殺しの光景がくりかえされた。

鉄のとげのはえた苦行衣をつくってみた。頂上に礼拝堂のある丘には、必ず両ひざをついて登ってゆく。だが仮借ない思いが荘麗な聖櫃をその通りには見せてくれない。告解の苦行をつづけても、彼の心はいたみつづけていた。

自分をああした行為に走らせた神にたてつくようなことはなかった。だがこの手が本当にそんなことを、と思うと何ともやりきれない気がする。

自分というものがほとほといやになり、逃れうるものならと思って危険を冒してみた。中風の老人を火事から救う。穴に落ちた子供を助け出す。だが深淵は彼をうけいれてはくれない。炎も避けてしまう。

いくら年月がたっても心の苦しみはおさまろうとしない。しだいに耐えきれないものになってゆく。とうとう死を決意した。

そうしたある日、泉のほとりに彼はきていた。水の深さをはかろうと身をかがめたとき、自分の顔の下にすっかりやせおとろえた老人がのぞいた。ひげは白く、いかにも悲しげな様子なのでつい涙ぐんでしまった。すると、その顔も泣いている。自分の姿とも気づかぬまま、ジュリアンはそれににた顔をぼんやり思いだしていた。彼ははっとして叫んだ。まるで父上ではないか。それきりジュリアンは自殺を思うことはなかった。

こうして思い出を背負ったまま、彼は諸国を行脚して歩いた。ある川のほとりにたどりつくと、渡るのが危険だった。流れがはげしいうえに、両側にぬかるみがひろがっているからだ。あえて渡ろうとするものも絶えて久しかった。

古びた小舟が一つ、尻を泥にうずめるようにして葦のあいだにへさきをつきだしていた。ジュリアンがよくみてみると、一対の櫂がみつかった。そこで、身をなげうって他人のためにつくそうと思いたった。

まず、川岸に土を盛って道と呼べそうなものにしてみた。それで舟のところまでおりてゆけた。大きな石をかかえようとすると爪がわれてしまう。腹で押すようにして運ぶ。泥に足をとられて滑っては尻もちをつく。何度か死にかけたこともあった。

それが終わると、難破船の残骸で舟を修理した。さらに粘土と木の切り株で小屋をつくった。

この渡しは知れわたり、旅人が集まるようになった。向こう岸で旗をふってジュリアンを呼ぶ。彼はすぐさま舟にとび乗った。舟はたいそう重かった。ありとあらゆる持ち物や荷をいっぱいにつんだ。それに荷を引く馬までがのった。馬はこわがってあばれるので、ますます窮屈だった。そんな苦労をしながら彼は報酬を要求しない。人によっては背の袋から食料の残りやいらなくなったぼろ着を与えるものもいた。気の荒い連中が神を冒瀆する文句をわめきちらす。ジュリアンは静かにたしなめた。相手もだまってはおらず激しい言葉をあびせてくる。彼はそんな人間にも神の加護があればそれでいいと思った。

小さなテーブルが一つ、簡単な腰かけが一つ、枯れ葉の寝床が一つ、それに粘土のコップが三つあった。家具はそれですべてだった。壁に二つ穴があって窓の役をつとめている。いっぽうには見わたすかぎり不毛の平地が拡がっている。ところどころに沼地が白く光っている。目の前の流れは川幅が広く、緑いろの波がさわいでいる。春になると、湿った土が腐った匂いをたてる。それから移り気な風が砂ぼこりをまきあげてゆく。ほこりはいたるところに吹きこんでくる。水に砂がまざって飲むと歯ぐきがじゃりじゃりする。さらに季節が移ると、蚊の大群が発生する。昼と夜の区別もなくぶーんとやってきては刺しまくる。そのあとには凍てつく寒さが到来し、すべてが石のようにかじかんでしまう。すると肉がたべたくていてもたってもいられなくなる。

何ヵ月かが過ぎていったが、ジュリアンは人影をみることがない。彼は、よく目を閉じてしまうことがあった。思い出をよびさまして幼いころにまた戻ってみたい。——ある城の中庭が目に浮かんでくる。扉の前の石段にグレーハウンドがいる。武具をおさめた部屋には召使たちがみえる。そしてからみついたぶどうの下に金髪の若ものがいて、左右には毛皮をまとった老人とさきのとがった頭巾姿の婦人がみえてくるのだ。突然、それが二つの死骸に変わってしまう。彼は寝床にひれ伏すと、涙ながらにくりかえすのだ。

「ああ、父上、母上。なつかしい母上!」そうするうちにまどろんでしまうのだが、不吉なイメージはなおつきることがない。

ある晩、眠っているジュリアンの耳に、だれかが呼んでいる声が聞こえたような気がした。じっと耳をこらしてみると、うなるような流れる水の音しか聞きとれない。

だが前の声がやはり呼んでいる。

「ジュリアン!」

向こう岸からの声であった。川幅が川幅だけに、ありうべからざることに思われた。

三たび叫び声があがる。

「ジュリアン!」

しかもその朗々たる声には、教会の鐘の響きが感じられる。カンテラに火をともすと彼は小屋を出てみた。おそろしい風が夜の暗さをみたしている。闇は黒々と深かった。その中に、ところどころさかまく波がしらが白い。一瞬ためらったのち、ジュリアンはもやい綱をといた。すると水面はたちまち静かになる。舟はすべるように進み、対岸についた。そこに一人の男が待っていた。

ぼろを身にまとった男の顔は石膏の仮面を思わせる。二つの瞳は火のように輝いていた。カンテラを近づけてみると、すっかり癩病におかされてぞっとするほどだ。それでいながら、そのもの腰にはどこか帝王の威厳がそなわっていた。

舟は、男がのり移るがはやいか、ずしりと手ごたえのある重みで沈みこむ。一揺れするともとにもどった。それをみてからジュリアンは漕ぎだした。

漕ぐたびに、返す波が船首をもちあげる。流れは墨よりも深い黒さだ。両舷を狂ったように洗ってゆく。さっと谷底に引きこまれるかと思えば、次の瞬間には山の頂にいる。舟は山のような波頭を乗りきると、深みへと滑り落ちる。風にうたれてぐるぐるとまわった。

ジュリアンは背をまるめ、腕をいっぱいにのばした。それから足をふんばり、ねじるように身をそりかえして満身の力をこめた。霰が鞭となって手をうつ。背すじには雨が走った。猛烈な風に息がつまる。力がつきた。すると舟は流されてしまう。だが、自分のしていることが何か大変なことだと感じとった。そむいてはならない命令なのだ。彼はまた櫂をにぎる。櫂軸のきしみが嵐の音をきりさく。

小さなカンテラの灯りが目の前で光っている。ときどき小鳥がとんできて羽ばたき、その灯りが隠れてしまう。それでいて、船首にたつ癩者の瞳はとだえることなくみえていた。その姿は円柱のように身動きひとつしない。

長い時間だった。恐ろしく長い時間であった。

二人が小屋に入ると、ジュリアンは扉をしめた。すると、男は粗末な椅子に腰をおろしているではないか。まるで死者の衣裳のような着ものが腰まで滑り落ちていた。その肩、胸、やせた腕はすっかり鱗のようなできもののあとでおおわれている。太い皺がひたいにきざみこまれている。骸骨さながらに、鼻のあるべき部分に穴があいていた。青みがかった唇からは霧のようにねとつき、胸のむかつくような息がはきだされていた。

「腹がすいている！」と男はいった。

ジュリアンはありあわせの古いベーコンの小さな切り身と、黒パンのかたい塊とをさしだした。

それをあっというまに食べてしまうと、テーブルにも、うつわにも、ナイフの柄にも男のからだをおおっている斑点がこびりついた。

それから「のどが渇く！」という。

ジュリアンは水さしをとりにいった。が、手にとってみるとこよなくかぐわしい香りが漂いのぼってくる。彼の心も鼻孔もふくれあがってゆく。葡萄酒ではないか。なんと思いがけぬことだろう。だが癩者は手をさしのべると、一気に飲みほしてしまう。

そのあとで、「寒い！」と口にする。

ジュリアンは手に持ったろうそくで、小屋の中央にしだを一束つみあげて火を起こした。

癩の男は火にあたりにやってきた。腰をおとしてかがみこむと、からだをぶるぶるとふるわせて、元気を失っていった。その瞳はもはや輝いてはいない。膿がたれている。そしてほとんど聞きとれぬほどの声でつぶやくのだ。「そなたの寝床を！」

ジュリアンはしずかに手をかして寝床までつれてゆき、その上に舟の帆をかけてくるんでやりもした。

男はうめき声をたてていた。口の両はしからは歯がのぞき、せわしげな呼吸で胸がゆれる。息をするたびに腹が背骨まではりつくほど引きつれた。

やがて目が閉ざされた。

「骨が凍りつく。そばに来てもらいたい」

そこでジュリアンは舟の帆を持ちあげ、枯れ葉の上に男と並んで横たわった。

癩者はこちらに顔をむける。

「着物をぬいで、からだを暖めてほしい」

ジュリアンは服をぬいだ。それから生まれたままの姿となってまた寝床にもぐった。すると、ももに男のはだが触れる。蛇よりもつめたく、やすりのようにざらざらしている。

彼は元気づけようとした。相手はあえぎながら答える。

「ああ、死んでしまう。……もっと近くによって暖めてほしい。いや、手ではない。心とからだのすべてをあげて暖めてほしいのだ」

ジュリアンは、自分のからだで男をすっかりおおいつくした。唇は唇に、胸は胸に触れあった。

すると癩の男は彼をだきしめる。瞳はさっと星の輝きをおびる。髪は陽の光のごとく伸びてゆく。鼻からもれる吐息はバラのかぐわしさを思わせた。炉床からは香が雲のようにたちのぼる。川の流れは歌うように響いた。そうするうちに、あふれるばかりの法悦がうっとりとなったジュリアンの胸を洪水のようにみたしていった。地上では味わいがたい歓喜の瞬間であった。自分をだきしめている男はどんどん大きくなってゆく。ますます大きくなって、頭と足とが小屋の両面の壁にとどいてしまう。屋根はとんでいった。空がひろがってゆく。――そしてジュリアンは青々とした空間めざしてのぼってゆく。彼は、主イエスと向かいあっていた。主にいだかれたまま、空へとはこばれていったのである。

聖ジュリアンの物語はここで終わっている。そのおよそのすがたは、わが故郷の教会のステンド・グラスの一つに読みとることができる。

ヘロデア

一

マケルスの城砦は、死海をこえた東にそそりたっていた。円錐形の、とある玄武岩の岩山の頂上であった。切りたった谷がその四方をとりまいている。両側に一つずつ、正面に一つ、さらに四つ目の谷は背後に拡がっていた。ふもとに身を寄せる恰好で家々が軒をつらね、土地の起伏にそってうねるような外壁がまるくとり囲んでいる。そして、岩を切りくだいた道が一本、じぐざぐに伸びて町と城とを結んでいた。城壁の高さは六十メートルほどあり、幾つもの面に折れまがって、縁には矢狭間《やざま》がのぞいている。また、ところどころに塔がそびえ、深淵を見おろすかたちで浮かぶこの岩石に、花飾りの冠でもかぶせたようないろどりをそえていた。

内部には石柱に飾られた広間があって、その屋根になったテラスに、楓の材の欄干がめぐらされている。日覆いをかける柱がそなえつけられたテラスであった。

ある朝、陽が昇ろうとする前から、太守ヘロデ・アンティパスはその場所にやってきた。彼は肱をつく。そして視線をはせた。

すぐ足もとに拡がる山々は、その稜線をあらわに見せようとしている。[註1]が、谷底を見おろせば、そのかたまりはいまだ闇の中に沈みこんだままである。靄《もや》がたなびいている。と、そこに切れ目が生じて死海の輪郭が姿をみせた。マケルスの城の背後の朝の色が、赤さを一面に流しかける。やがて水辺の砂が、丘という丘が、砂漠が、そしてさらには遠くユダヤの山々がそっくり輝きわたる。粗い岩はただの灰色の斜面が浮きあがってくるようだ。山々にだかれるようにして、エンガジの町が黒々と横に伸びている。山あいには、ヘブロンの町が円天井のように身をまるめている。ざくろが植えてあるのはエシコルの町だ。ぶどう畑がみえるのはソレック、胡麻畑はカルメルの町であった。そしてアントニアの塔は、途方もない立体形でエルサレムの町を見おろしている。太守は視線をそらすと、右手のジェリコの棕櫚林を見つめた。すると、自領ガリラヤの他の町々のことが頭に浮かぶ。カペナオム、エンドル、ナザレ、ティベリアなどは、もはやこれから訪れることもあるまい。そう思っているうちにも、ヨルダン川は乾ききった土地を流れつづけていた。ひときわ白いその流れは、雪のようにまぶしい。湖は、この時刻だと、碧玉をたたえているかにみえる。その南端のイエーメンに面した方向に、アンティパスは目にしたくないものを見てしまった。褐色の天幕が点在していたのである。槍を握った者たちが馬のあいだを動きまわり、消えようとする焚き火が地をはうように火の粉をちらつかせていた。

アラブ諸族の王の軍勢である。アンティパスは、その王の娘と離婚し、嫂《あによめ》のヘロデア[註2]を妻に迎えていたのだ。兄は、今では政権への野心もなく、イタリアに暮らしている。

アンティパスは、ローマからの援軍を待ちつづけていた。シリア総督ヴィテリウスの到着が遅れ、不安でならないのである。

アグリッパが、ことによると伯父の自分に不利なことをいってまわり、皇帝の機嫌をそこねたのではないか。バタネア王である三番目の兄ピリポは、ひそかに軍勢をととのえている。ユダヤ人たちも、いまでは自分の偶像崇拝の風習を快く思ってはいない。ユダヤの民ならずとも、あげて自分の統治を歓迎してはいないのだ。アラブ諸族の怒りをやわらげるか。それともパルチアと結ぶべきか。この二つのみちのいずれを選ぶか、アンティパスの心は揺れている。そんなことがあるので、誕生日を祝うという口実をもうけ、まさにこの日のために、軍の上層部や地方の管轄者たち、それにガリラヤの主だった顔ぶれを招いて大がかりな祝宴をはることにしていたのである。

彼はするどい視線で街道をくまなく見渡した。一つとして目を惹くものはない。鷲が、いくつか頭上を舞っている。兵士たちは、城壁にそって壁にもたれて眠っている。城の内部は、何ものも動くけはいを示していなかった。

不意に、遥かな声が聞こえた。大地の深みからもれてくるような声だった。太守の顔は蒼白に変じた。身をかがめて聞き耳をたてる。声はすでに聞こえない。また声がする。で、手を打ちながら叫んだ。──「マナエイ！　マナエイ！」

一人の男が走り寄った。腰まではだかで、浴場の按摩を思わせる。たいそう大がらである。年をとり、やせこけている。腰には青銅の鞘の短剣がつるしてあった。かきあげた髪を櫛でとめているので、額の長さばかりが目につく。眠りがたりないのでいつもの目つきではないが、歯は白い。石だたみにつま先だった足の指は重さを感じさせない。全身は猿を思わせる身軽さだった。無表情なところはミイラさながらである。

「あの男はどこにいる？」とアンティパスはたずねた。

親指で背後の何ものかを指さしながら、マナエイは答えた。

「例のとおり、いつもの場所でございます」

「声がしたように思うが」

そういうと、アンティパスは深く息をついた。それからヨカナンの様子をたずねるのだった。われわれにとっては、バプテスマのヨハネと呼ばれる聖者のことである。例の二人の男をその後だれか見かけたものがあるか？　あれは何月のことであったか、特別に許しを与えてヨカナンの牢に入れてやった男たちのことをいっているのだ。あれ以来、二人が何を思ってやってきたか読めたものがいるのか？

マナエイは答えた。

「二人は、ヨカナンと何やら見当もつかぬ言葉をかわしておりました。泥棒たちが、暗がりの四つ辻で相談しあっているといった様子でございました。それから東ガリラヤのほうへと去って行きました。いずれ大事な知らせをとどけにこようといっておりました」

アンティパスはうつむいた。それから身をふるわせると、

「よいか。よく見はるのだぞ。だれも入れてはならない。扉はしっかり鍵でしめておけ。何かで穴のありかを隠しておくのだ。生きていると気づかれてもならぬ！」

命をうけるまでもなく、マナエイはそうしていた。ヨカナンがユダヤ人だったからである。サマリア人[註3]ならだれでもそうなのだが、彼はユダヤ人と聞いただけで我慢がならなかったのである。

モーゼがイスラエルの中心として定めたゲリジムの神殿も、ヒルカヌス王に破壊されて跡かたもない。だからエルサレムの神殿がまだ残っていることは、サマリア人にとっては侮辱であり絶えざる不義のしるしであり、激怒の対象でもあった。マナエイはその神殿にしのびこんだことがある。祭壇を死者の遺骸でけがしてやろうと思ったのだ。彼ほどすばしこくない仲間たちは、首をうちおとされてしまった。

その神殿を、マナエイは二つの丘のわかれ目にはっきりとみとめた。陽光をうけて、白大理石の壁と屋根の金箔とがするどく輝いていた。さながら光り輝く山を思わせる。どこ

か人間の力を超える威光があった。華麗でしかも毅然たるところは、すべてを圧するかのようであった。

　やおら、マナエイはシオンの丘に向けて両腕をさし出した。胸をはり、顔を空に向け、こぶしを握りしめると、エルサレムを呪う言葉を投げかけた。彼は、言葉がものを動かす力をそなえていると信じて疑わない。

　アンティパスはじっと聞きいっていた。咎めだてする様子もなかった。

　サマリア人マナエイはさらに語りつづけた。

「ときにさわぎたてることもございます。逃れたいのでございましょう。解放してほしいともいっております。かと思うと、病気のけものさながらの平静な様子になります。あるいは暗闇の中を歩きまわり、こうくりかえしております。『これでいいではないか。あの方の未来が開かれるというなら、自分は命を失うしかない』などと」

　アンティパスとマナエイはじっと視線をかわしあった。が、太守は、あれこれ思いをめぐらすのに疲れてしまっていた。

　まわりの山々は化石となった幾重もの波を思わせる。そそりたつ岩には深いわれ目が黒々と口をあけている。青い空は無限に広い。陽光はまぶしいばかりだ。谷はどこまでも深い。そうしたものをみるにつけ彼の心は乱れていった。砂漠のくりひろげる光景には、胸が痛む思いがする。おのれの領土が経験した動揺のうちに、破壊された円形闘技場や宮殿の跡がしのばれるからである。熱風が吹くと、硫黄の匂いにまじって、呪われた都市の吐息といったものが運ばれてくる。ソドムとゴモラの町[註4]は、動こうとしない死海の岸よりも深く沈みこんだままである。こうした永遠の怒りのしるしを思うにつけ、彼の心には怖れがましていった。そこで彼は両肱を欄干につくと、瞳を閉じ、両手をこめかみにあてたままの姿勢で動きをとめるのだった。と、何ものかが自分に触れているではないか。彼は向きなおった。そこにはヘロデアがきていた。

薄手の緋の衣がサンダルを残してその身をくるんでいた。寝室からあわててやってきたので、首飾りも耳飾りもつけてはいない。黒々とした編み毛が腕までたれている。そしてそのさきは胸のくぼみにすべり込んでいた。普通以上にそりかえった鼻孔が激しい息づかいを伝えている。勝ちほこった喜びに顔色が輝いていた。彼女は太守のからだをゆすりながら、声に力をこめる。

「ローマ皇帝は私どもの味方です。アグリッパは牢に入れられましたと！」

「誰から聞いた？」

「ことの次第を申しましょうか？」

ヘロデアは続けた。

「アグリッパが、カイウスをたててローマ皇帝の座をうばおうとたくらんだが故にでございます」

自分たちのおかげで今日の地位を得ているというのに、王位を奪おうとはかったのだ。ねらいは誰しも同じこと。でも、もはやこれからは心配ない。——「ティベリウスの牢はおいそれと開くものではございません。それに、ときには生きているか死んでいるかもわからぬほどの牢なのです！」

アンティパスはヘロデアの心が読めた。それに、アグリッパの姉だとはいえ、その怖ろしいたくらみももっともなものに思われた。こうして流される血もことの道理に従ってのこと、王家の宿命ではないか。ヘロデ家にあっても、そんな話は数限りなくあった。

それから、ヘロデアは自分のひそかな企てを明らかにした。家臣たちを買収する。手紙は開封する。家という家には間諜を配する。おまけに、アグリッパを密告したユーティケスを味方につけるにはどうすればよかったか。——「わたくしはどんなこともやってまいりました。あなたには、さらに大きな犠牲をはらいました。……娘さえ手離したのですもの」

離婚していらい、彼女はその子をローマに残してきていた。アンティパスとのあいだに子供ができればと思ってのことである。これまでに、その話を持ちだしたりしたためしはなかった。それが、なぜ急に娘を思ってみたりするのか。アンティパスには不可解であった。

日覆いがひろげられ、大きなクッションが二人のもとにせわしげに運ばれてきた。ヘロデアはその上に弱々しく身をなげだす。そして背を向けて泣いていた。やがて手で涙をぬぐうと、もうそんなことは思いだしたくない、自分は幸福なのだという。それからローマの回廊での語らいのことを彼に想い起こさせるのだった。浴場であっていたこと、凱旋街道ぞいに散歩したこと、また夕べには広大な別荘で、噴水のかすかな音に耳をかたむけてローマ平野を見おろしながら過ごしたことなどである。彼女は昔の日のように彼を見つめていた。そして甘えたしぐさで胸に身をすりよせてゆく。――アンティパスは女をはらいのけた。今となっては、愛情をかきたてようにもすべて遠い昔の話だった。自分の不幸は、この女を愛してしまったことに由来しているのだ。あれからもう十二年になろうとしているのに、いくさが絶えたためしがない。そのためアンティパスはふけこんでしまった。紫で縁どった地味な長衣をはおった肩はがくりと落ちこんでいた。白髪があごひげにからみついている。そして日覆いからもれる太陽が、憂いを含んだその額を照らしだしていた。ヘロデアの額にもしわがあった。二人は向きあったまま、たけだけしい視線を交わしあっていた。

山間の道に人影が見えはじめた。牧人が牛を追いたててゆく。子供たちが驢馬を引く。馬丁が馬をつれてゆく。マケルスのむこうの谷へと降りてゆくものは、城の背後に姿を消す。正面の谷を登ってくるものもある。街までたどりつくと、中庭に積み荷をおろす。太守のところに出入りする商人だったり、下男たちが、宴に招かれた主人よりひと足さきにやってきたものだった。

が、テラスの奥の左手に、一人のエセニア派[註5]が姿をみせた。白い衣をまとっていた。はだしで、禁欲的な表情をしている。右手から、マナエイが短剣をかざしてかけよってくる。

ヘロデアは、彼に向かって叫んだ。――「殺すのだ！」

「まつがよい」とアンティパスがいう。

マナエイは立ちつくした。相手も同じだった。

ややあって、二人はそれぞれ別の階段からひきさがった。あとずさりしながらも、たがいに視線をそらしはしなかった。「あの男は誰か知っております」とヘロデアはいった。「ファニュエルといって、ヨカナンに会う機会をうかがっているのです。これといった理由もないまま生かしておいたりなさるものですから」

いつかは役に立つ男なのだ、とアンティパスはいいかえした。あれがエルサレムを攻撃したことで、残りのユダヤ人どもが自分の側につきはじめているではないか。

「そんなことはございません！」と彼女はいいそえた。

「誰が王であろうとかまわないし、国家を形成する能力のない連中だというだけのことです」また、ネヘミア[註6]の昔から受けつがれている救いへの期待などを持ちだして、人心を動揺させている男については、命を絶ってしまうのが得策ではないかという。

太守は、なにもあわてることはないと思う。ヨカナンが危険な人物だというのか。考えてもみるがよい。彼は笑ってすごそうとした。

「またそんなことを仰しゃる！」そういうなり、ヘロデアは自分があの男から自尊心を傷つけられたときの話を語って聞かせた。ある日、バルサムの花を摘みにガラードに出かけたときのことである。「流れのほとりでみんなが着がえをしておりました。かたわらの丘の上である男が何か話をしているところでした。腰には駱駝の皮をまとい、顔はまるで獅子さながらでした。わたくしをみるなり、男は予言者たちの呪いのことばをなげかけてきました。瞳は燃えるようでした。声はけものの哮《たけ》りを思わせました。両腕をさしあげたところは、雷をつかみとるかのようでした。逃げようにも逃げることができない。乗っていた車の輪が軸まで砂に埋まってしまった。で、私はゆっくりと遠ざかるしかなかったのです。雷雨のようにおそいかかる罵詈《ばり》に身も凍る思いで、マントで身を隠してきたのです」

ヨカナンがいるかぎり、生きてゆくのがむつかしい。捕えて縄をかけたとき、抵抗すれば兵士が刺し殺してもよいことになっていた。それなのに彼はおとなしく引かれていったのだ。牢に蛇を放りこんでみた。死んでいたのは蛇のほうだった。

仕掛けた罠がうまくゆかないことに、ヘロデアは我慢できない。それに、何で自分を目の敵にするのか。どんな得があってそんな行為にでるのか。男が群衆を前に話をすると、それが四方に伝わり、ひろまってゆく。どこへいってもそのことばかりが耳に入ってくる。空中にみちあふれている。敵が軍団でもなしていれば、果敢に戦いをいどみもしよう。しかるに剣よりもするどく、それでいて捉えどころのないこの攻撃力を前にすると、まるでどうしてよいかわからなくなってしまう。ヘロデアはテラスを往きつ戻りつした。怒りに血の色もうせ、いきづまる思いをはらそうにも言葉がみつからない。

太守が世論におしきられ、離婚を考えているのかもしれぬとも思ってみた。だとすれば、すべては崩壊する。娘のころから、大帝国をわがものとする夢をいだいてきた。前の夫を捨ててこの男のもとに走ったのも、その実現のためであった。それなのにアンティパスは自分をだましているのか。

「あなたの家系のひとりとなって、立派な支えを頂戴したものですわ」

「それは、おたがいのこと」と太守は冷たくいったきりだった。

ヘロデアは、僧や王などの先祖の血がからだの中に沸騰する思いがした。

「そんなことを仰しゃっても、あなたのおじいさまはアスカロンの神殿を掃除していただけの方ですわ。ほかはどうかといえば、羊飼い、山賊、隊商の道案内でしょう。ダビデ王いらい、ユダの地に貢ぎものをささげる遊牧民ではありませんか。私の祖先があなたの祖先をうち負かしてきたのです。マカベア家の初代の王様があなたの一族をヘブロンから追いたて、ヒルカヌス王が割礼を義務づけられたのです」そういって、平民に対する貴族の軽蔑の気持ちをかきたてるのだが、それはエドムに対するヤコブの憎悪の念のあらわれだった。侮蔑を侮蔑と思うこともできず、パリサイ人[註7]が裏切っても怒りを示そうともしない。民衆が自分の妻を嫌っていても、打つ手を打たないといってアンティパスを非難した。「いっておしまいなさい。あなたも民衆どもと変わるところがないのでしょう。岩のまわりで踊ってみせるアラビア娘をなつかしがっていらっしゃるのね。また一緒になればいい。あの娘と天幕の家へ行って暮らせばいいのだ。灰の中で焼くパンでもほおばり、羊でとったすっぱい乳でも飲むがいい。青黒い頬に接吻し、私のことなど忘れてしまえばよいのです」

アンティパスは、もはや聞く耳をもたない。一軒の家の平屋根に見入っていたのだ。そこには若い娘がいる。また、老婆が葦の柄の日傘を手にしていた。釣り竿ほどの長い傘である。敷物の中央には、大きな旅行用の籠が開いたままになっている。帯やヴェール、金銀細工の耳環などがいっぱいに放りだしてある。娘は、ときおりそこにかがみこんではとりあげて風になびかせてみる。ローマ人の服装だった。縮れの入った肌着に、エメラルド色の総《ふさ》のついた上着を羽織っている。髪は青いひもでまとめられていたが、豊かすぎるのか、ときおり手をもってゆく。日傘の影が頭上に揺れ、その姿をなかばかくしている。アンティパスは、その華奢な頸すじや、眼の切れ目や、かわいらしい口もとに二、三度視線を走らせた。が、かがみこんでは無理なく身を起こす姿を、目からえり元にかけてじっと見つめていた。この体の動きのくりかえしをうかがっている。すると呼吸がいつもより激しくなってきた。瞳が炎をおびて燃えあがるようだ。それをヘロデアが見守っている。

アンティパスはたずねた。「あの娘は？」

ヘロデアは何も知らぬと答えた。それから急に安心したようにその場を離れていった。

回廊には、ガリラヤ人の会計主任、牧畜の主任、塩田管理長と、部下の騎兵をあずかるバビロンのユダヤ人らが、太守を待ちうけていた。一同は歓声をあげて身を低くする。それから太守は城内へと姿を消した。

ある廊下をまがろうとするところで、ファニュエルがふっと姿を現わした。

「なに、またか？　ヨカナンのことで来たのであろう」

「太守さまのことでもあります。重大な知らせを持ってあがりましたので」

そういうと、ひきさがりもせずアンティパスのあとに従ってうす暗い屋内にすべりこんだ。

陽光が格子からもれ、軒をいろどる帯模様の下にひろがりだしている。壁は、ざくろ色に塗られてほとんど黒に近い。奥には黒檀の寝室がしつらえられ、牛皮の帯がそえてある。上から黄金の楯が太陽のように輝いていた。

アンティパスは部屋をまっすぐに横ぎると、寝台に身を横たえた。

ファニュエルは立ったままだった。片方の腕をかざすと、霊感にうたれたといった姿勢にみえる。

「天なる神は、ときにその御子の一人をおつかわしになる。ヨカナンはそうした一人なのです。手荒にあつかったりすれば天罰が落ちますぞ」

「わしの方があの男に苦しめられておる」と、アンティパスは声を高めた。「無理なことばかり申し出るのだ。いらい、あれはわしの心の傷となっている。こちらとしても、はじめから厳しい態度でのぞんだわけではない。だのにあの男は、わしの領地に仲間をつかわせ、人心をまどわしておる。あの身に不幸がおこればよい。攻撃しかけてくればこそ、こちらも応戦しておるのだ」

「あの男の怒りは限界をこえておりますぞ」と、ファニュエルはいいかえした。「だがそれはどうでもよろしい。釈放なさるべきなのです」

「狂暴な野獣を手離せるものか」

「これ以上心配なさるにはおよびませぬ。アラビアからガリア、そしてスキタイへと流れてゆきましょう。その使命は地の果てまで達するはずのものなのです」

アンティパスは、なにか見えないものにでも眺めいっているかにみえた。

「たいした能力の持ち主だ。……われにもなく、心が惹きつけられてしまう」

「であれば、許してやられては？」

太守は首をふった。ヘロデアを、マナエイを、そしてその話ばかりを聞かされる例の男を怖れていたのである。

ファニュエルは太守を説きふせようとして、自分の計画が保証されるなら、エセニア派を王に服従させてもよいという。拷問にもひるまず、麻を身にまとっただけの清貧を好むエセニア派は、星に未来を読むこともできて人々の尊敬を集めていた。

アンティパスは、先刻のファニュエルの言葉を思いだした。

「話というのは何か。重大だと申していたが」

不意に一人の黒人が入ってきた。ほこりをかぶって白くなっている。あえぐばかりで、

「ヴィテリウスさまが！」

としかいえない。

「なに？　あの方が？」

「みえたのでございます。三時間以内にはここに着かれましょう」

廊下側のカーテンが風にあおられるように揺れた。騒ぎが城をみたした。走りまわる足音がやかましい。家具がひきずられてゆく。銀器がすべりおちる。そして、塔の上からはいっせいに散っていた奴隷を呼び集めるラッパが響きわたった。

二

ヴィテリウスが中庭に足を踏み入れると、城壁には群衆が鈴なりになっていた。彼は通

訳の腕にもたれ、羽根飾りと鏡をそえた大きな赤い駕籠をしたがえていた。長い衣をまとって元老院の徽章をつけ、執政官の編上靴をはいている。身辺を警士がかためていた。

警士たちは、手に持つ十二の束桿《そっかん》を執政官の象徴としてたてかけた。斧を中央にして革ひもで棒をたばねたものである。ローマ人の偉大さをまのあたりにして、一同はふるえあがった。

八人の男がかついでいた駕籠がとまった。そこから若い男がおりてくる。腹がふくれあがって顔にはにきびが吹きだしていた。どの指にもさきまで真珠の指輪が並んでいる。葡萄酒と香料とをなみなみとついだ杯がはこばれた。それを一息に飲み下すと、いま一つほしいという。

太守は総督の膝もとにひれふしていた。おでましをもっと前から聞かされていさえすればと、さかんにわびの言葉を述べている。自分が知っていさえすれば、途中の街々に、ヴィテリウス家にふさわしいだけのもてなしを申しつけておくこともできたはずだったというのだ。ヴィテリウス家は女神ヴィテリアの後裔であった。ヤニクルムの丘から海へとのびる道の一つは、いまだにその家名をとどめている。一族からでた会計官や執政官は数知れない。ここにアンティパスの客となったルシウス・ヴィテリウスは、キリキアを征服したのだし、それにアウルスの父親なのだから、一同にとっては感謝の対象としてあった。アウルスは自領に帰還したということができる。ここ東方の地もローマの神々をあがめているからである、といった誇張にみちた言葉が、ラテン語で表明された。ヴィテリウスは、それにひややかな耳をかしていたにすぎない。

　偉大なるヘロデの名を聞くだけで、すでに一国の名誉を思わせるものがあるとヴィテリウスは答えた。アテネ市民によって、オリンピア競技の主宰をまかされたことがあるではないか。アウグスツス大帝をまつった神殿を幾つもたてている。忍耐の心を知り、機をみるに敏で、ものを怖れない。そしてローマ皇帝にはつねに変わらぬ忠誠をしめしている。

　青銅の屋根飾りを支える円柱のあいだに、ヘロデアが姿をみせた。侍女や、銀メッキのうけ皿に香をけむらせている宦官のあいだを、女王のように進んでくる。

　総督ヴィテリウスは、一、二歩前にでてこれを迎えた。それから頭を低めてヘロデアに挨拶を送った。

「心から嬉しく存じております」と、彼女は叫んだ。

「ティベリウスさまにそむいたアグリッパが、今では手だしのできぬ身となっておりますことを」

　ヴィテリウスはその件を耳にしてはいなかった。これは危険な女だ、と思う。それに、皇帝のためには何をも怖れぬとアンティパスが誓っているので、彼は言葉をついだ。「他のものをおとしめてまでもか？」

　ヴィテリウスはパルチア王から人質をとっていた。そのことを皇帝はもうおぼえてはいない。その折衝にあたって、自分の地位を印象づけようと、すぐさま皇帝に知らせの者を走らせていたのである。それがすべての発端だった。彼は心の底から憎まれ、援軍の派遣もすぐには行なわれなかったのだ。

アンティパスは何か口の中でつぶやくだけだった。が、アウルスは笑いながらいった。

「安心されるがよい。わたしがあとについている」

ルシウス・ヴィテリウスは何も聞きはしなかったというそぶりをみせた。彼の権勢は、息子アウルスの醜行におうところが大きかったからである。カプリに隠棲したティベリウスの寵を得て今日を築いたアウルスは、頽廃が咲かせた花であったが、それがいまでは思いもかけぬ利益となって父ルシウスをたすけていた。毒を含む花であるからには心を許しはしなかったが、下にもおかず丁重にもてなしていた。

城門の下からざわめきの声があがった。白い騾馬《らば》が列となって入ってきた。司祭のなりをした者たちがまたがっている。サドカイ派[註8]とパリサイ派であった。ともども同じ野心に促されてマケルスにかけつけてきたのである。サドカイ派は、生け贄を神に捧げる儀式を自分たちに譲りうけようとし、後者はそれを手離すまいとしている。陰鬱な表情であった。ローマと太守とを敵とするパリサイ派は、とりわけそうだった。群衆にもまれて、長衣のすそが足にまといついてうまく進めない。僧侶のしるしのかぶりものが、ひたいに結んだ羊の皮の巻き紐でささえきれずに揺れている。紐には何やら文字が書きつけられていた。

その一群をすぐあとから追うように、前衛の兵士たちが到着した。ほこりからまもるべく、楯を袋におさめていた。そのうしろには、ヴィテリウスの副官マルセルスが、徴税官たちとともに筆記板をわきにかかえていた。

アンティパスは、側近の主だった顔ぶれを紹介した。トルマイ、カンテラ、セホン、アレキサンドリアのアンモニウス、この男はマケルスからアスファルトを買いあげている。ナアマンは軽装歩兵の隊長である。ヤキムはバビロニア人だった。

ヴィテリウスはマナエイに目をとめた。

「で、あれは何ものか?」

太守は、身振りで首切り人だと示す。

それからサドカイ派を紹介した。

ヨナタンは、かしこまった態度をみせぬ小男で、ギリシア語を操る。どうかエルサレムにもお出まし願いたいと総督に願いでた。いってみてもよかろうとのことである。

かぎ鼻で、長いひげを顎にたくわえたエレアザールは、当局がアントニア塔に幽閉している大司教の法衣を、パリサイ派に返していただきたいという。

つづいてガリラヤ人たちが、ポンテウス・ピラト[註9]の知事としての悪事をあばいてみせる。サマリア付近のある洞窟でダビデの黄金の壺をさがしていた狂人を口実にして、住民たちを殺害したというのである。それを機に全員が一時にしゃべりはじめた。マナエイの声が他を圧している。罪あるものは罰せらるべきだとヴィテリウスはきっぱりいってのけた。

一つの回廊の前からわめき声が起こった。兵士らが楯をつるしておいたあたりだった。覆いがほどけて、中央にローマ皇帝の肖像がのぞいてしまっていたからである。それはユダヤ人にとっては、偶像崇拝として忌むべきものだった。アンティパスが釈明の言葉をつらねた。その間、ヴィテリウスは、柱廊のひときわ高い席におさまって、ユダヤ人の興奮ぶりに目を見張っていた。ティベリウスが四百人のユダヤ人をサルジニアに追放したのも無理からぬことだ。が、いまはその地にいる以上、彼らの力をあなどってはならない。兵に命じて楯をとりはらわせた。

するとユダヤ人たちはヴィテリウスをとりかこみ、あれやこれやと懇願しはじめた。間違った行ないを償ってほしい。特別のはからいをしていただきたい。施しものはないか。服が破れ身動きがならないほどの騒ぎだった。そこで場所をあけようと、奴隷が棒を左右にうちおろした。城門のまぢかにいたものは小道に降りた。ほかの連中は登ろうとする。そしておしかえされる。二つの人波がかたまりとなってもつれあい、城壁に圧しつけられて揺れている。

どうしてこれほどの人間が集まったのかと、ヴィテリウスがたずねた。アンティパスは、自分の誕生祝いのためだと説明した。それから、矢狭間に身をのりだしている幾人かの家来を示した。肉、果実、野菜、羚羊、こうのとり、空色の大きな魚、葡萄、西瓜、ピラミッド状につみあげられたざくろの籠を引きあげている。それをみるとアウルスはもう我慢できない。料理場へと走っていった。全世界を驚嘆させることになるはずの、あのおそるべき食欲にかられてのことである。

地下蔵のそばを過ぎるとき、アウルスはまるで鎧を思わせる鍋に目をとめた。ヴィテリウスがそれを見にやってくる。そして、城砦の地下室をあけてみせてほしいといいだした。

地下は、岩石を高い円天井のように切り崩したもので、距離をおいて支えの柱がたっていた。最初の部屋には、古い甲冑類がおさめられていた。が、二番目の部屋は槍でいっぱいだった。たばねた羽毛のさきにのぞいた先端がどこまでもつづいている。三つ目の部屋は、葦をむしろのように敷きつめたかにみえた。無数の細い矢が下向きにぎっしりと並べられていたのである。新月刀の刃が第四の部屋の壁面をおおっている。五つ目の中央には、兜が段状に並び、その毛飾りが一群の赤い蛇を思わせた。六つ目には、矢袋しかみえない。七つ目には脛当て、八つ目には、鎧の腕当てだけがあった。それにつづく幾つかの部屋には、熊手、鉄鉤、梯子、綱から石弓用の支柱、さらには駱駝の鞅《むながい》につける鈴までそろっていた。岩山はすそにゆくほど広がっており、しかも内側から蜂の巣状にくりぬかれているので、いまみた部屋の下にそれより多くの部屋が、さらに地中深く存在していた。

ヴィテリウスは、通訳のフィネアスと徴税主任のシセンナとともに、松明《たいまつ》の光をたよりにみてまわった。松明を持っていたのは三人の宦官である。

暗闇には、蛮族の考えだしたおそろしい品々の影が浮きあがっていた。釘を植えこんだ棍棒、ささると毒がまわる投げ槍、鰐の歯を思わせる釘抜きなどであった。つまるところ、太守は城内に兵士四千人の装備をたくわえているのだった。

敵方の同盟にそなえて集めたものである。が、総督にしてみれば、それをローマ人と闘うためのものととってもおかしくない。また、そう口にしても不思議はなかった。そこで、アンティパスは、どう弁解したものかと考えあぐねた。

これらの武器は、自分のものではない。多くのものが、土匪《どひ》を防ぐのに役立っている。だいいち、アラビア人に備えるには必須のものである。いや、すべては父の武器だった。あれこれ思いつつ、アンティパスは総督の後に従うことを忘れ、先に立って小刻みに進んでいった。やがて、はりつくように壁に身を寄せた。長い衣で背後を隠している。両肱をひろげている。が、頭上に扉の上部がのぞいてしまう。ヴィテリウスは目をとめた。なかは何か知りたいという。

例のバビロニア人だけが開け方を知っている。

「では呼んでもらおう」

一同、その男の到着を待った。

男の父親というのは、ユーフラテス河畔からヘロデ大王のもとに馳せ参じた人だった。その騎兵五百で、東方の辺境を守ろうとしたものである。バビロニア王国の分割後は、息子ヤキムがピリポのもとにとどまった。そして今ではその弟のアンティパスにつかえている。

バビロニア人が進みでた。肩に弓をかけ、鞭を手にしている。さまざまな色の紐が、そりかえった脚をきつくしめつけていた。そでのない胴着から、太い腕がつき出している。毛皮の縁なし帽が、顔を暗く影でおおっていた。顎ひげは輪のように縮れていた。

はじめのうち、彼は通訳のいうことが理解しかねるといった風だった。すると、ヴィテリウスは鋭い視線をアンティパスに投げる。彼は時を移さず命令をくりかえした。そこでヤキムは、両手を扉に押しつけた。扉は壁のなかに滑りこんだ。

熱気をおびた風が暗闇からたちのぼる。小道が、巻くようにして底へ伸びている。一同はそこを下っていった。そして洞窟の出口のところで立ちどまった。いままでの地下室よりも大きな洞窟である。

奥の絶壁にそって、拱廊《きょうろう》がのびていた。この方向から城砦を守るかたちになった絶壁である。円天井にからみつくすいかずらの花が、陽光をいっぱいにうけてたれている。地面には、水が細い流れをつくって軽く音をたてている。

白い馬がいた。おそらく、百頭ほどであったろうが、鼻の高さにしつらえられた板から大麦をたべている。たてがみはいずれも青く染められ、ひづめにはあらい繊維の袋がかぶせられていた。耳にはさまれた部分の毛なみが、額にふさふさとかかり、かつらを思わせる。よく伸びた尻尾が、ものうげにひかがみをたたいている。総督は、驚きいって声もない。

うっとりとするような馬であった。蛇のようにしなやかで鳥のように軽い。乗り手が放つ矢とともに疾走し、腹に歯をたてて相手を倒す。岩に足もとられずに難所を脱し、深い地の割れ目を飛びこしてゆく。こうしてまる一日、平地を狂ったように駆けめぐる。かけ声一つで足をとめる。ヤキムがでてゆくと、馬は、羊飼いが姿をみせたときの羊さながらに、集まってきた。首をのばしては、子供のようなおびえた目つきで彼をながめている。普段と変わらずに、ヤキムがのど元からかすれた声をたててやると、馬は安心したようである。後ろ足でたちあがる。広い場所にでて、駆けまわりたいといっているのだ。

アンティパスは、ヴィテリウスが取りあげると困るので、この場所に隠しておいたのだ。それは、籠城の際、乗馬を囲う特別の場所であった。

「馬小屋は感心できない」と、総督がいった。「これでは馬を駄目にしかねない。シセンナ、目録をつくっておくように」

徴税官は、帯から筆記板をとりだし、馬を数えて記入した。

税務にたずさわる役人とは、知事をだきこんで帝国の諸地方の富をくすねる人間たちのことだった。この男もあたりをくまなくかぎまわる。貂を思わせる抜け目ない顎つきで、目をしばたたかせている。

すべてがかたづくと、一同は中庭に戻ってきた。

敷きつめた舗石の中央には、そこここに青銅の丸い板が貯水槽をおおっていた。徴税官はその一つを目にとめた。ほかのものより大型である。かかとでたたいてみても、水槽の響きがかえってこない。全部の水槽を一つ一つたたいてみてから、彼は足を踏みならして叫んだ。

「あった、ありましたぞ。ヘロデ大王の宝物はここでございます」

ヘロデ大王の宝物さがしは、ローマ人にとっては大騒ぎの種であった。

そんなものは存在しない、と太守は誓った。

とするなら、この下にあるものは何なのか?

「品物ではありません。男です。囚人がひとりいるだけです」

「見せてもらおう」と、ヴィテリウスがいう。

アンティパスはその言葉に従わない。ユダヤ人たちにおのれの秘密が知れわたってしまう。ふたを開けたくないその様子が、ヴィテリウスをいらだたせた。

「こじ開けてしまえ」と、総督は警士たちに叫ぶ。

マナエイは、彼らのつとめがいかなるものか、とうに見当をつけていた。斧をみて、ヨカナンの首をはねるのだと思いこんだ。銅板に一撃ちしたところで警士をおしとどめ、ふたと舗石のすきまに鉤のようなものをさしいれた。それからやせた長い腕に力をこめると、ゆっくりと持ちあげる。銅板は地上にどしりと落ちた。誰もが老人の力に見とれていた。裏から材木をあてたそのふたの下には、同じ大きさの揚げぶたがぴたりと閉まっている。こぶしを激しくうちおろすと、それは二つに折れまがった。あとには穴があいている。手すりのない階段をめぐらせた、大きな穴である。縁からからだを二つに折ってみると、輪郭はさだかでないが何やらおそろしげなものが底のほうに目にとまった。生きた人間が地面に横たわっている。長い髪の毛にかくれているが、背をおおったけものの毛と見わけがたい。男はたちあがった。額が水平に張りつめられた鉄格子につかえている。ときどき、その深い穴の底に姿が見えなくなってしまう。

太陽をうけて冠のさきが光る。剣の柄が光る。敷石が焼けるようにあつい。と、屋根に彫られた飾り模様から幾羽かの鳩がとびたち、中庭を見おろすように旋回する。いつもならば、マナエイが餌をなげてやる時刻であった。彼はアンティパスの前にうずくまって動かない。太守はヴィテリウスの脇に立っていた。ガリラヤ人、僧侶、兵士たちがその背後からまるくとりまいている。口をきくものはいない。息をつめて成りゆきを見まもっている。

深い嘆息がまず聞こえた。こもったような声である。

ヘロデアは、それを宮殿のはずれで耳にした。ただ魅せられたように、彼女は人をかきわけた。そして、マナエイの肩に片手をかけたまま、かがみこんで耳を傾けるのだった。

声には力が加わった。

「不幸あれ、パリサイ人、サドカイ人よ。まむしのごとき種族よ。酒袋はあふれきっている。シンバルは鳴りひびく[註10]」

みんながヨカナンの声だと気づいた。その名がささやかれひろがってゆく。よそにいたものも駆けつけてきた。

「不幸なれ、汝ら民よ。ユダヤの裏切り者ども。エフライムの酔いしれる者どもよ。肥えたる谷あいに住まい、葡萄酒の香に足を失う者たちよ。

流れる水に倣って霧散するがよい。這ううちに融けさるなめくじのごとく、娼婦の生み落とす未熟児のように。

モアブよ聞け。汝は身を隠さねばなるまい。雀のように糸杉に、とびねずみのごとく穴倉へ。城門は、くるみの殻よりもたやすく砕かれよう。城壁は崩れ落ち、街は燃えあがろう。それでも神の怒りはおさまるまい。汝らの手足をとらえ、染物師の桶にひたした布さながらに、汝らの血の中でかきまわされよう。ま新しい耙《まぐわ》をうちおろすように汝らを切りさいてしまおう。汝らの肉の切れはしは、残らず山々にまき散らされるであろう」

どの征服者が語られていたのか？　ヴィテリウスであったろうか？　かくも徹底した殺戮をやってのけうるのは、ローマ人たちだけである。あちらこちらで不平の声があがる。

「もうたくさんだ。だまらせろ！」

ヨカナンは語りつづけた。声はさらに高い。

「母親たちの死骸のかたわらで、乳飲み児が灰のなかをはいまわろう。夜になってから、廃墟をさまよい食料をさがしもとめる。いつ刃物でやられるかもしれない。広場では山犬が骨に歯をたてよう。かつては夕暮れに老人たちが語りあっていた場所である。汝らの娘たちは、涙をこらえて異国人の宴で竪琴をひかねばならぬ。この上なく屈強な息子たちも、背負う荷のあまりの重さに腰をまげ、皮をすりむくだろう」

人びとは、流謫《るたく》の地で過ごした日々や、ユダヤの歴史に残る天変地異をくまなく思い描いていた。いにしえの予言者たちが話していたことであった。ヨカナンはそれを集大成したかのように、矢つぎばやに語りかけていった。

が、声はおだやかな調子になった。諧調をおび、歌うがごときである。彼は、とらわれの身から解放されることになろうと告げた。天上には輝きがみられよう。龍のひそむ穴に片手をさし入れた赤子が生まれよう。粘土がみるまに黄金へと変わるだろう。砂漠が薔薇のように生命の花を咲かせよう。――「こんにち六十キカールもするものが、小銭で買えるようになる。岩山からは牛乳が泉となってほとばしる。葡萄絞りの小屋の中で、安らかな眠りをむさぼれるのだ。いつ姿を顕わしていただけるのか、待ち望む人。いまから、民という民がひざまずいているのです。あなたの民を導く力は永遠のものなのです。ダビデの子よ」

太守は逃げんばかりに身を引いた。ダビデの子が現存するという事実におののき、おのれの身に不意打ちをくらったかのようだった。

ヨカナンは、アンティパスが王国を統治することを非難した。「永遠なる神をおいて王たるものはありえないはず」。その庭はどうか。その彫像はどうか。象牙の家具はどうか。あたかも不敬者アハブ王[註11]さながらではないか。

アンティパスは、胸にかけた王者の印のひもを引きちぎり、穴に放りこんで黙れと命じた。

声が返ってくる。

「熊のように、野生の驢馬のように、産褥の床の女のように叫びつづけよう。

汝の不倫のうちに、すでに天罰のしるしがみえる。神は、汝を、騾馬のごとく不毛なる身におとしめたもうたのだ」

すると哄笑がわきあがり、たゆたう波のごとくひろがってゆく。

ヴィテリウスは、あえてその場にとどまっていた。通訳は、とり乱した様子もなく、ヨカナンの口からもれるヘブライ語ののしりのうめきを、残らずラテン語に移しかえていった。アンティパスとヘロデアは、二度にわたって同じ言葉をたえしのばねばならぬ。太守の息づかいがあらくなってゆく。いっぽうその妻は、なすすべもなく穴の底をながめていた。

たけり狂ったヨカナンは頭をのけぞらす。格子を握って顔をおしつける。乱れた髪はくさむらを思わせた。そこに二つの瞳が炭火のようにもえていた。

「ああ、汝イゼベルよ。

靴をたたいてあの者の心をとらえた。牝馬のようにいなないた。山頂にしとねを設け、いけにえを捧げようとした。

主は汝の耳飾りを引きちぎられよう。緋の衣を、麻のヴェールを、腕環を、足にはめた指環を、引きちぎられようぞ。さらには額にゆれる黄金の小さな半月形の飾りも、銀の鏡も、駝鳥の羽根の扇も、背を高くみせようとする螺鈿《らでん》の靴も、お高くとまったダイアモンドも、髪にふりかける香料も、爪にぬる紅も、汝が心を溺れさせてゆくありとあらゆる虚飾のたぐいを、引きちぎられようぞ。姦淫の罪を犯した女には、石を投げても投げきれるものではない」

彼女は助け舟を求めて視線をまわりにはせた。パリサイ派は偽善者にふさわしく目をふせる。サドカイ派は見て見ぬふりをする。総督の機嫌をそこねるのをおそれてのことだ。アンティパスは死人のような形相だった。

声は次第に高まってゆく。ますます響きわたった。雷のようななりをとどろかせる。山々にこだまして、無数の反響となってマケルスの城に襲いかかり尽きることがない。「ちりの中に横たわるがよい、バビロニアの娘よ。粉でもひかせるがよい。帯をとけ。靴をぬげ。河を渡れ。汝の醜行は人目にさらされ、賤しき心は白日のもとにさらされよう。嗚咽をおさえようにも、歯はとびちってしまう。永遠なる神が汝の罪ぶかき臭いを許されまい。ああ、呪われたるものよ。牝犬のごとくくたばるがよい」

揚げ板がおろされ、ふたがしめられた。マナエイはヨカナンの首をしめたくてならない。

ヘロデアの姿はもう消えている。パリサイ派はおさまらない。アンティパスは、その中にあってさかんに弁解していた。

「時と場合によっては」と、エレアザールが話をついだ。「兄弟の妻をめとらねばならぬこともうなずける。が、ヘロデアにはまだ夫がいたのだし、子供まであった。よからぬ点はそこにあるのです」

「何をいうか、何を」と、サドカイ派のヨナタンが反論する。「掟にはその種の婚姻が罪とされているが、あってはならぬことと定めてはない」

「まあ、おけ。わしには妙に厳しいではないか」とアンティパスがいう。「思い起こせば、アブサロムは父の妻たちと寝ている。ユダは息子の嫁と、ロトは娘たちと寝ているではないか」

それまで眠りこんでいたアウルスが、不意に姿をみせた。事の次第を聞かされて、彼は太守が正しいといった。つまらぬことだ。ぐずぐずいったりすることは何もありはしない。そういって、僧侶たちの非難やヨカナンの怒りを笑いとばすのだった。

ヘロデアは、石段の中央でアウルスの方をふりかえった。

「お考えが及びませぬぞ。ヨカナンは、民に税を払うなと命じておるのです」

「何だと?」徴税官がすぐにたずねた。

誰もがそうだと答える。太守はそうした声を勢いづけた。

ヴィテリウスは、囚人が逃げぬという保証はないと思った。それにアンティパスの態度にも信頼がおけない。そこで城門や城壁ぞい、また中庭にも見張りの兵をたてた。

そうしたうえで、自分の部屋に向かった。僧侶の代表たちがそのあとに従う。

どちらが生け贄の儀式を司るかには触れず、両派は苦情ばかりを述べつらねていた。

いずれも総督にまといついて離れようとしない。彼は、両派を引きとらせた。

ヨナタンがいとまを乞うた。そのとき城壁の矢狭間に、長髪の白衣の男と言葉をかわしているアンティパスが総督の目にとまった。エセニア派の男だった。ヴィテリウスは、アンティパスの後ろ楯となっていることを後悔した。

アンティパスは、よく考えなおしてみればこれで安心できるはずだと思った。ヨカナンは、すでに自分の手を離れている。ローマ人の問題になっているのだ。ほっと一息つけるではないか。そこへファニュエルが歩哨橋を歩いてきたのである。

彼はそれを呼びとめた。そして兵士たちを指さしながら、

「ローマは最強の軍勢を持っている。ヨカナンを釈放するなどわたしの力の及ぶかぎりではない。このわたしにはどうにもならぬ」

中庭には人影がたえている。奴隷たちは休んでいた。太陽は赤く、地平線を大きくみせていた。地上に立っているものは、豆つぶのようなものでも黒く浮きあがった。アンティパスは、死海の向こう側に塩田を見わけることができた。アラビア軍の天幕はすでに視界にはない。ことによると、引きあげていったのかもしれぬ。月がのぼりはじめていた。アンティパスの心に静けさが落ちかかってきた。

ファニュエルは、気落ちしたように、すっかりうなだれていた。やがて思い切ったように、心のうちを明かした。

この月のはじめから、彼は暁の空を読みつづけていたという。ペルセウスの星座は中天にかかっていた。アガラ星はどうやら見えはじめる程度だった。アルゴールの輝きぶりが弱っている。ミラ・ケチ星は姿を消してしまった。そうした事実から、今夜、このマケルスの城で、誰か重大な人物に死が訪れると占ったのである。

誰であるか？　ヴィテリウスの警護は厳重すぎるほどだ。ヨカナンが処刑されることは

あるまい。「すると、自分ではないか！」と、太守は考えた。

ことによると、アラビア軍がひきかえしてくるのか？　総督が、パルチアとの関係に気づくかもしれぬ。エルサレムの刺客が僧侶たちにまぎれてきているのか。衣の下に短刀を隠しもっている。そう考えると、ファニュエルの星占いの術が疑いきれなくなってきた。

ヘロデアに援けを求めようと思った。彼女のことを憎んではいた。が、心の支えになってはくれよう。かつての彼をとりこにした溺愛のきずなも、すべて絶たれていたわけではなかった。

アンティパスがその部屋に足を踏み入れると、肉桂の香が斑岩の水盤にくゆっていた。白粉、香油、雲かと見まごう布地、羽毛よりも軽い刺繍の衣があたりに散っている。

ファニュエルの予言のことは口にしなかった。ユダヤ人やアラビア人への恐怖心も隠していた。意気地のなさを責めたてられるにきまっているからである。話題を、ローマ人だけに限って話を進めた。ヴィテリウスは、軍事計画をひとつとして明かしてはくれなかった。カイウスと通じているのではないか。カイウスのところには、アグリッパがよく出入りしていた。だとすれば、自分は追放される。ことによったら、打ち首になるかもしれない。

ヘロデアは、あざけるように落ちつきはらい、安心させようとした。大丈夫だというように、彼女は小函から奇妙なメダルをとりだした。ティベリウス帝の肖像が彫りこまれている。これをみれば、警士たちは色を失い、告発の言葉も力を持つまい。

アンティパスは、感謝の念にうちふるえつつ、いったいそれをどうして手に入れたのかと聞いてみた。

「どなたでしたかに頂きました」とヘロデアは答えた。

正面の扉かけの下から、裸の腕が伸びてきた。若々しい腕である。かわいらしく、ポリクレトスの手になる象牙の彫刻のようにまがっている。いささかぎごちなさは残るが、それでも上品な腕であった。宙をつかんで揺れている。壁ぎわの椅子の上に残された肌着をつかもうとしていた。

老婆がカーテンを細目にあけて、そっと渡してやった。

太守はどこかで見たことがあると思った。が、それがはっきりしない。

「あの奴隷女はそなたのものか？」

「お気になりまして？」とヘロデアが答えた。

三

招かれたものたちは宴の間にみちあふれていた。

三つの側廊があるところは、ローマの会堂を思わせる。

アカシアの円柱が仕切りにつらなっている。柱頭は青銅で、彫刻がぐるりとほどこされている。両側にそれぞれ透かし彫りの欄干の回廊を支えている。奥にある三つ目の回廊は、細い金細工の欄干を豊かにたわませている。その向かいに巨大な円天井があって、こちら側までいっぱいにひろがりだしている。

広間のこちら側から向こうまで、食卓が幾列にも並んで伸び、彩色陶器の盃、銅の皿、氷菓子の四角な塊、葡萄のふさが山となってあたりにあふれている。そのあいだをぬって、燭台がいばらのように枝をはって燃えている。その炎も徐々に赤みを失ってゆく。天井があまりに高すぎる。枝ごしに仰ぐ夜空の星さながらに、小さな点となって光っていた。大きく張りだした窓からみると、家々のテラスに松明《たいまつ》がゆらめいている。自分の友人たち、ユダヤ人、そして集まってきた者たちをすべて招待していたのだった。奴隷たちは、小犬のような身軽さで足のさきにフェルトのサンダルをかけ、盆を手に行きかっていた。

総督のテーブルは、壁につきだした金色の二階席の下に、いちじくの葉で一段と高くしつらえてある。バビロニア産の絨毯地が、とばりのように周囲をおおっていた。

象牙の寝椅子が三脚あった。一つが正面に、そして両脇に一つずつ置かれ、ヴィテリウス、息子のアウルス、アンティパスが横たわっている。総督は左手の入り口に近く、アウルスが右手に位置していた。アンティパスが中央にいた。

太守は厚い生地の黒いマントを着ている。色模様がぬいつけてあるので、織り目が隠れてしまっている。頬には紅を入れ、顎ひげが扇のようだ。髪には空色の粉をふり、宝石をちりばめた王冠でおさえをきかしている。ヴィテリウスは、緋色の綬《じゅ》をかけたままで、それが麻の長衣にななめにたれていた。髪は、幾重にもくるくると捲いてある。サファイアの首飾りが背中で結んでとめてある。肉づきのよい白い胸は女性を思わせた。かたわらには、美貌の少年がむしろにあぐらをかいて、終始微笑をたやさない。料理場でみかけた少年で、アウルスはどうしてもそばにおいておきたいという。カルデア地方の名前がおぼえにくいので、ただ「アジアっ子」と呼んでいた。ときどき、ローマ風の食卓に寝そべってみる。するとそのはだしの足が、参集者の頭上にのぞくことになる。

その近辺には、僧侶やアンティパスの廷臣たち、エルサレムの住民、ギリシアの都市の代表たちが位置していた。総督の下にあたるところには、マルセルス以下の徴税官たち、太守の友人、カナ、プトレマイデ、ジェリコの有力者たちがいる。あとは順不同に、レバノンの山地民、ヘロデ大王のもとで戦った古参兵としてトラキア人が七十二人、ガリア人が一人、ゲルマン人が二人、羚羊の猟師、イズメ地方の牧人、パミールの君主、エジオンガベルの船乗りなどが席をとっていた。それぞれが、柔らかなねりものの塊を前においている。手を拭くためである。腕がいくつも禿鷹の首のようにさっと伸び、オリーブを、落花生を、アーモンドをついていく。どの顔も、花冠を頭にのせてほころんでいた。パリサイ人たちは、我慢しがたいローマの風習だといって拒んでいた。楓脂香《ふうしこう》や香をふりかけられると、身をふるわせる。神殿で用いられるものときまっていたからである。アウルスは自分の腋の下にすりこんでいる。アンティパスは、本物の香油を三籠そろえた香具一式を彼に送ると約束した。例の、クレオパトラがパレスチナをうらやむきっかけとなった品々である。

ティベリアの守備隊長が、不意に姿をみせてそのうしろにひかえていた。異常な事件を報告しにきたのである。が、アンティパスは、総督と、近くの食卓の話題のことしか頭になかった。

ヨカナンやその種の人間のことが語られていた。ジトイのシモンは火で罪をきよめるという。イエスとか呼ばれる男は……

「なかでも一番よろしくない」と、エレアザールが叫ぶ。「はずべきペテン師だ！」

太守の背後で、男が一人立ちあがった。着ているマントの縁どりのように青ざめている。台座から下におり立つ。そしてパリサイ派をなじるように、

「そんなことはない。イエスは奇蹟を行なってみせる！」

奇蹟とやらを見せてもらいたい、とアンティパスがいう。

「連れてくればよかったものを。詳しく聞かせてほしい」

すると男は、自分はヤコブというものだが、と語りだした。娘が病気なのでカペナオムに出かけていった。そして治してくれるよう主に懇願した。答えていうには、「家に戻るがよい。娘は全快している」。で、帰ってみると娘が家の入り口まで迎えにきている。宮殿の日時計が三時をさしたときに床を離れたという。ちょうど自分がイエスに近づいた時刻ではないか。

パリサイ派は反論した。なるほど、治療法だってよくきく薬草だっていろいろある。このマケルスの城でさえ、ときには不死の薬草がみつかるのだ。が、会いもせず触れもしないで病気を治すというのはありえない。それが本当だとするなら、イエスは悪魔の力を借りている。

すると、アンティパスの友人やガリラヤの主だった顔ぶれが、うなずきながらいいそえた。

「悪魔のしわざだ。間違いない」

ヤコブは、彼らと僧侶たちのテーブルにはさまれて、傲然と、しかしおだやかな表情で沈黙をまもっている。

何とか返事をしてみろと一同がいう。「イエスの力とやらを証明してみるがいい」

ヤコブは肩の力をぬいた。それから声をひそめるようにして、ゆっくりと、おのれの言葉を怖れるように、

「では、あの方がメシアだとご存じないのですか?」

僧侶は、全員が目と目を交わしあっている。ヴィテリウスは、メシアという言葉の意味をといただす。通訳が、一息おいてから答えた。

ユダヤ人たちは、地上のあらゆる富をその手にゆだね、全民族の統治を可能にする解放者をそう呼んでいる。二人のメシアを待望すべしと主張するものさえいる。最初のメシアは、北方の魔霊たるゴグとマゴグの前に力を失うであろう。が、次にくるメシアが、魔王を根絶やしにしてくれよう。そこで、何世紀にもわたり、その到来をじっと待ちつづけているのだ。

僧侶たちが話をきめて、エレアザールがしゃべることになった。

まず、メシアはダビデの子のはずであり、大工などの子ではない。身をもって法の正しさを示すといわれている。あのナザレ人は法を非難している。さらに動かしがたい証拠をあげれば、予言者エリヤ[註12]がその前に出現することになっている。

ヤコブはいい返した。

「エリヤは姿をみせておりますぞ!」

「エリヤだ、エリヤだと」と、集まった者たちがくりかえし、宴の間の遠くの端まで伝わった。

みんなの心には、一群のからすが頭上を舞う老人の姿、祭壇を燃えあがらせる稲妻、激流に放りこまれる偶像崇拝の司教たちといった光景がありありと浮かんでくる。そして女たちは、周囲の一段と高い席で、ザレパテの後家のことを思いだしていた。

ヤコブは精根をつくして、そのエリヤが誰であるか知っているとくりかえしていた。この目で見た。誰もが見たのだという。

「名前をいってみろ！」

それを聞いて、ヤコブは力の限り声をはりあげた。

「ヨカナンなのだ！」

アンティパスは、胸を激しくたたかれたようにのけぞった。サドカイ派がヤコブにとびかかる。エレアザールは、聴衆の耳を自分にひきつけようとして語調を強めていた。あたりが静まりかえると、彼はマントをはおった。それは、訊問する裁判官を思わせた。

「予言者は死んでいる以上……」

ざわめきに言葉がとだえる。エリヤが姿を隠しただけと考えていたからである。

彼はそうした反応に腹をたてた。そして訊問をやめない。

「エリヤがよみがえったとでも思っているのか？」

「そうであってはいけないでしょうか？」とヤコブがいう。

サドカイ派がさげすむように肩をすくめる。ヨナタンは小さな目を大きく見開いて、道化のように無理に笑ってみせた。肉体が永遠の生命をうるという主張ほどたわけた話はない。それから総督に聞いてもらおうと、現存の詩人の一句を朗読した。

死してのち、なお生きつづける肉はなく、人目に触れることもなし。[註13]

が、アウルスは、低い食卓のはしにかがみこんでいた。汗が額に流れ、顔色は青白く、両手のこぶしで胃のあたりをおさえていた。

サドカイ派は、気が気でならないといったふりをしていた。――明日になれば、生け贄の儀式を司るのは自分たちだった――アンティパスは絶望にひたりきっていた。ヴィテリウスは心を乱されたかげすらみせない。それでも彼の苦悩は激しかった。息子が自分から離れるにつれて、富も自分の手から逃れてゆくからである。

アウルスはたてつづけに吐いていた。それでいながらまだ食べたいという。

「大理石のけずり屑でも、ナクソスの剝片石でも、海の塩水でもなんでもよろしい。持ってきてくれ。蒸し風呂に入ってみるかな？」

氷菓子をかみくだき、コマジェーヌ産のパテと紅つぐみとをみくらべてから、蜂蜜をかけた瓜を口に持ってゆく。その姿を「アジアっ子」が見つめていた。このとほうもない食欲が、傑出せる人格と高貴な血のあかしであるのか。

牡牛の腎臓が出された。やまねずみ、うぐいす、葡萄の葉にくるんだひき肉が運ばれてくる。僧侶たちは、死者の復活について語っていた。プラトン派のフィロンの高弟アンモニウスは、頭のわるい連中を断じて、神託などをものとも思わぬギリシア人に、そのことを話している。マルセルスとヤコブは並んですわっていた。マルセルスが、ミトラで洗礼をうけたときの至福感を語る。ヤコブがイエスのあとに従うべきだと説く。棕櫚や檉柳《かしやなぎ》からとれた酒や、サフェトやビブロス産の酒が、かめから鉢へ、鉢から盃へ、盃からのどへと流しこまれてゆく。話し声がとめどもなく、隠しへだてもなく心のうちがさらけだされる。ヤキムは、ユダヤ人でありながら天の星を崇めていると公言する。アファカ商人がヒエラポリスの神殿の奇蹟をくわしく話してきかせるので、遊牧民はあっけにとられてしまう。巡礼に行くにはどれほど金がかかろうかなどとたずねたりする。ほかに、祖国の宗教をまもりつづけているものもかなりいた。ほとんど盲に近いゲルマン人は、神々がそれをかたどった光として姿をあらわすというスカンジナビアの岬への頌歌をうたう。シケムの人びとは、アジマの聖鳩[註14]への崇敬の念から、雉鳩をたべようとはしない。

幾人もの人間が、広間の中央に立ったまましゃべっていた。吐息と燭台からたちのぼる煙で、霧がかかったようだ。ファニュエルが壁ぎわを滑るようにしてやってきた。また星の動きを読んできたところである。が、アンティパスのそばまでは近づかない。油が触れるのをおそれたからである。油は、エセニア派にとって、そそぎ難い汚れを意味していた。

城門をたたく音が響きわたった。

今となっては、ヨカナンが幽閉されている事実はすっかり知れわたってしまっている。松明《たいまつ》をかざした者たちが小道をはいあがってくる。山すその盆地には人の波が黒く揺れている。そしてときどき、「ヨカナン、ヨカナン」と叫んでいた。

「おかげでみんなが迷惑する」と、ヨナタンがいう。

「奴をのさばらせておけば、財布が空になってしまう」とパリサイ派がいいそえた。

それを機に、いっせいに非難の叫びがあがる。

「太守よ。われわれをまもってくれ！」

「もうたくさんだ！」

「宗教をすてることになるぞ！」

「ヘロデ家ならではの不信心ものめ！」

「おまえたちほどではないわ！」とアンティパスがいい返す。「おまえたちの神殿をたててやったのは、わが父ヘロデ大王ではないか！」

するとパリサイ派、父親を追放された者たち、マッタティアス派[註15]にくみするものらは、ヘロデ一族の罪をそしりはじめた。

頭のとがった者もいれば、針ねずみのような顎ひげを生やしたもの、力はないが悪事にはたけていそうな手の持ち主もいた。そうかと思うと、獅子鼻に目をぎょろつかせ、ブルドッグさながらの顔もある。法律家と司祭の従者が十二人ほど、台座の下までかけよってきた。生け贄に捧げるけものの残りで生きている連中である。短刀でおどしをきかせるので、アンティパスが弁じたてている。それをみながら、サドカイ派は歯切れのわるい言葉で太守をかばった。彼はマナエイをちらりと見た。そして、離れていろと合い図を送った。首切り人が介入する問題ではないと、ヴィテリウスが身振りで示していたからである。

食卓のところに残っていたパリサイ派が、悪魔のように荒れはじめた。目の前の皿をこなごなにたたき割ったのである。出された料理はメセナスの好物の驢馬の煮込みだった。不浄の肉とされていたものなのだ。

アウルスは、驢馬の頭の話を持ちだしてパリサイ派をからかった。聞けば、そんなものを崇拝しているという話ではないか。それから、豚を忌む風習についても、皮肉をとばした。たぶん、この太った動物がユダヤ人の酒神を食い殺したからではないか。彼らの酒好きも度を過ごしている。神殿から黄金の葡萄畑がみつかったというのだから。

僧侶たちには、そのラテン語の意味がわからない。ガリラヤ生まれのフィネアスは、通訳しないといった。するとアウルスは激怒した。「アジアっ子」が怖れをなして姿を消してしまっているので、なおさらおさまらない。たべものがうまくないといいだす。料理はどこでもおめにかかれるような代物だ。盛り方もまるでおざなりである。が、脂肪をいっぱいにつめたシリア産の牝羊の尻尾をみると、アウルスの怒りはおさまった。

ヴィテリウスの目には、ユダヤ人の性格が我慢のならぬものに映った。彼らの神がモロックだというのはよくわかる。道中、幾つもそうした祭壇にぶつかった。すると、子供を生け贄に捧げる風習や、不思議なやり方で人間を太らせる話などを思い出してしまう。ローマ人たるヴィテリウスの心には、嫌悪の念がこみあげてきた。あの不寛容な態度はどうか。偶像破壊への狂暴な信念、相手の足をすくう心のあさましさはどうか。総督はこの場から遠ざかりたい。が、アウルスは嫌だという。

上着を腰のあたりまでずらせて、彼は料理の山を前にして横たわっていた。手を伸ばすのも億劫なほど満腹している。それでいながら食事をきりあげることをしないのだ。

会食者の興奮がたかまってゆく。夢中になって、独立の計画に酔いしれていた。イスラエルの栄光が記憶によみがえってくる。征服者たちはいずれも懲らしめられていた。アンチゴヌス[註16]、クラッスス[註17]、ヴァルス[註18]もそうであった。

「何をいっておるか!」と、総督がいう。彼は、シリア語がわかるのである。通訳は、彼に返答の時間をかせがせていただけだった。

アンティパスは、あわててローマ皇帝の肖像を彫ったメダルをとりだした。それから総督の様子を盗みみて、ふるえながら肖像の側を表にしてかざしたのである。

突然、黄金に輝く中二階の仕切り扉が開いた。蠟燭の炎に照らしだされてヘロデアが姿をあらわした。彼女は、奴隷とアネモネの花づなにかこまれている。アッシリア風のかぶりものをあご飾りで額にとめていた。巻き髪が、腕を大きく露わにする真紅の衣にたれかかる。衣は、両脇に長く切れ目が入っていた。アトレウス家の宝物庫のそれに似た怪獣の石像が、戸口の脇に一つずつ置かれており、ヘロデアは獅子を従えたシベールに似ている。彼女は、アンティパスを見おろす欄干の上から、盃をかざして叫んだ。

「皇帝に栄えあれ！」

それをうけてヴィテリウスが同じ言葉をとなえる。アンティパスが、僧侶たちが繰りかえしとなえていった。

ところが広間の奥からは、おどろきと讃美のどよめきが伝わってきた。一人の娘が登場したところであった。

青みがかったヴェールのかげに胸と顔が隠れているが、切れの鋭い瞳と、耳にたれる玉髄《ぎょくずい》と、肌の白さが透けてみえる。玉虫色の絹のスカーフが肩にかかり、腰のところで金銀細工の帯でとめてある。黒地のズボンには、マンダラの花模様がちりばめられていた。女は、ものうげに小鳥の産毛《うぶげ》でくるんだ小さなスリッパを床に響かせていた。

台座にあがって、ヴェールを脱ぐ。まさにヘロデアその人を思わせた。若かりし日のヘロデアである。やがて、娘は踊りはじめた。

フルートとカスタネットの拍子につれて、足音が交叉する。肉づきのよい腕が手招きするが、誘われた男は逃げてしまう。それを追う女の姿は、蝶よりも軽やかだった。何ものかに心惹かれたプシケか、空想に生きる人を思わせる。いまにも宙に舞いあがるかにみえていた。

カスタネットのあとに、異国のたて笛の悲しげな音色がつづいた。希望にふくらんだ胸が暗く沈みこんでゆく。踊り手のしぐさが嘆息をうたいあげ、全身をあげてものうげなさまを語っているので、神の前に涙しているのかと見まごうばかりだ。それとも、その胸にいだかれて息絶えんとしているのか。なかば瞳をとじて身をくねらせる。揺れ動く腹は大波を思わせた。それにつれて乳房がふるえる。顔は微動だにせずに、足は踊りつづけている。

ヴィテリウスは、パントマイム役者のムネステールに似ていると思う。アウルスはあいかわらず吐いていた。太守は夢想にわれを忘れ、ヘロデアのことは心にない。サドカイ派のそばで踊っている女がそれかと思えた。まるで幻影のように、ヘロデアは消えていった。

目の迷いではなかった。ヘロデアは、マケルスから離れて暮らす娘のサロメに事の次第を知らせておいたのだった。アンティパスは、娘に夢中になるはずだ。実際その通りに事が運んだ。今や、自分の企てに自信が持てた。

踊りは、やがて充たされぬ愛の苦悶にかわった。サロメは踊る。それはインドの巫女であった。かと思えば、滝で身を清めるヌビアの娘たちだ。それとも、リジアの酒神につかえる女たちといったらいいか。前後左右に上体が崩れる。嵐にうたれる花かとみえる。耳の宝石がゆれる。背のスカーフが虹のように色を変える。腕から、足から、衣から目に見えぬ火花がほとばしり、男たちを燃えあがらせてゆく。竪琴が妙なる音色を奏でた。それに応じて歓声が四方から沸きあがる。膝も折らずに足を開くと、サロメは思い切りからだを倒す。床に顎が触れんばかりだ。日ごろ女を遠ざけて暮らす遊牧民も、放蕩にたけたローマの兵士も、貪欲な徴税官たちも、論争につぐ論争で心も枯れきった老僧も、例外なしに鼻孔をふくらませ、淫らな思いに息をはずませていた。

それからサロメはアンティパスの食卓のまわりを旋回した。その狂おしいさまは、さながら魔女のまわす羅針盤のようだった。感きわまって嗚咽に声をつまらせながら、「くるのだ！　くるがよい！」とアンティパスはサロメにいう。彼女はいつまでもまわりつづけた。チンパノンの響きは、いまや砕けんばかりである。群衆は絶叫した。が、太守の声はそれよりも高かった。「くるがよい。ここにくるのだ。カペナオムはお前のものだ。ティベリアの野も、沢山の城もお前のものだ。この国の半分でもよい」

サロメはさっと両手を床におき、空中に足をのばす。そのまま逆立ちの姿勢で、大きな黄金虫のように台座をあるきまわる。不意に動かなくなった。

首筋と背骨が直角だった。脚をつつむ色模様の袴が肩にたれ、虹のようだ。床から五十センチほどのところにある顔をくるむかたちになっていた。唇には朱が入り、眉は黒々と描かれ、瞳はほとんど睨みすえるようだ。額にふきだす汗の玉は、白大理石の表面の露を思わせる。

彼女はものをいわない。二人はみつめあっていた。

中二階の席から指をうちならす音が聞こえた。サロメはそこへのぼってゆき、ふたたび姿をみせた。そして、わずかに口ごもりつつも、あどけない様子でこういったのである。

「お皿に入れていただきたいのです。あの人の……」。名前が出てこない。が、微笑みながらいいそえた。「ヨカナンの首をでございます」

太守は、力なくその場に崩れおちそうになった。

約束してしまった手前もあるし、群衆も待ちかまえている。だが、死を予言されていたものが、他人の身に死が訪れた場合、その予言からまぬがれるものか。ヨカナンが間違いなくエリヤであれば、死をのがれもしよう。そうでないとすれば、殺してしまっても問題はない。

マナエイがそばにひかえていた。主人の意はくんでいる。

ヴィテリウスは彼を呼びとめ、合い言葉を耳うちした。地下牢には見張りがかためていたからである。

肩の荷がおりた。ほどなく、すべてのかたがつくだろう。

とはいえ、マナエイは仕事にずいぶん時間をかける。

彼は戻ってきた。が、動顚しきっている。

首を切る仕事を四十年にわたってつとめてきたマナエイである。アリストブロス[註19]を溺死させ、アレキサンデル[註20]の首をしめ、マッタティアス[註21]を火刑に処し、ソジム[註22]をはじめ、パプス[註23]、ヨゼフ[註24]、アンチパテル[註25]の首をこの手ではねてきた。それでいながらヨカナンが殺せないというのだ。歯の根があわず、全身がふるえてしまう。

彼は、地下牢の前で、サマリアの大天使をみたという。顔いっぱいに目が輝き、真っ赤な大剣をふりあげていた。炎のような刻み目が入った剣である。証人としてつれてきた二人の兵士にきいてみればわかるだろう。

二人はなにも見なかったという。ただ、ユダヤ人の隊長が一人でとびかかってきたので、処分してしまった。

ヘロデアは逆上した。殺してしまえといった口ぎたない罵倒をたてつづけに浴びせている。中二階の柵をにぎった指の爪が割れんばかりだった。二頭の獅子の彫像がその肩にくらいつき、ヘロデアとともに吼えたてるかとみえた。

アンティパスもそれにならった。僧侶も、兵士も、パリサイ派も、口ぐちに仕返しをもとめて叫ぶ。ほかの連中は、楽しみがおくれたことに腹をたてている。

マナエイは出ていった。顔を隠している。

会食者たちは、前より時間がかかると思った。いらいらしはじめる。

突然、廊下に足音が高く響いた。これ以上は我慢できない息苦しさである。

首がはこばれてきた。――マナエイが髪をつかみ、腕をのばしている。みんなからの喝采がうれしくてならない。

首を皿にのせると、彼はサロメにさしだした。

彼女は身軽に中二階へとかけあがる。数分の後、首は老婆の手で太守のもとに返された。今朝がた、家の露台でみかけ、つい先刻もヘロデアの部屋で目にした老婆である。

アンティパスは首を見まいとあとずさりした。ヴィテリウスはひややかな視線をなげた。

マナエイは台座をおりた。そしてローマの隊長たち、それからそのあたりで食事にふけっていた連中にくまなく見せてまわった。

みんな、しげしげと首をながめている。

ふりおろされる剣のするどい刃が、それてすべったものかあごを傷つけている。口もとが引きつれている。血がすでに固まって、ひげのあちらこちらにかかっている。閉じた瞼は貝殻のような蒼白さだ。そしてあたりの燭台が、光をなげかけている。

首は僧侶たちの食卓にまわってきた。パリサイ派の一人が、注意深くまわしてみた。マナエイはそれをさっととりあげ、アウルスの前に置く。それで彼は目を覚ました。まつ毛を細目にあけた死者の瞳と、ねむたげなその瞳とが、何ごとかを語りあっているかのようであった。

やがてマナエイはその首をアンティパスに捧げた。太守の瞳から涙が流れている。松明の火が弱くなってゆく。客たちはいとまを乞うた。宴の間にはもはやアンティパスしか残っていない。両手をこめかみにあてがい、切られた首をなおも眺め続けている。みると、中央の間のなかほどに、両腕を拡げたままのファニュエルが祈りの言葉をつぶやいて立ちつくしていた。

日が昇りかけたころ、かつてヨカナンのつかいで旅に出た二人の男が、ながらく待ちこがれていた返事をもって戻ってきた。

二人はファニュエルに返事を伝える。それを聞くと彼の胸は歓びにふるえた。

やがて、ファニュエルは二人にいたましいものを示した。宴会の食べ残しにかこまれて、盆の上にすえられた首である。一人がファニュエルにいった。

「気をおとされるのではない。死者の国へとくだってキリストの出現を告げておられるのですから」

「その人が栄えるために、おのれの身は衰えねばならぬ」というヨカナンの言葉が、エセニア派のファニュエルには、今やはっきりと理解できた。
そこで三人つれだって、彼らはヨカナンの首をさげてガリラヤの地をあとにした。
ことのほか重い首だったので、かわるがわる持つことにした。

訳註

(1)　ヘロデ・アンティパス

キリスト生誕時にユダヤの王であったヘロデ大王の七番目の子供。父の死後（紀元前四年）、その遺言によってガリラヤ、ペレア地方の太守となった。

ヘロデ家は、元来パレスチナの一豪族にすぎなかったが、ユダヤの地がローマに征服（紀元前六三年）されて以来、元老院の支援によりヘロデ大王が異民族との抗争に勝利しパレスチナを統一した。エルサレムを奪回、神殿を設立するなどその国内的な政治力を認められてローマの属領としてのユダヤの地の統治をまかされ、約一世紀にわたって権勢をふるった。

『ヘロデア』の物語は、古代ローマ帝国二代皇帝ティベリウス（紀元一四―三七）の時代に設定されており、当時のローマの属領支配は、皇帝または元老院の派遣する統治者たる総督のもとに、原地人の太守をおいて間接的に行なわれていた。つまりガリラヤとペレアの太守ヘロデ・アンティパスは、シリア総督ヴィテリウスの支配下にあってローマ皇帝につかえるという形式である。アンティパスは、ティベリウス帝への忠誠のしるしとして、自領にティベリアなる都市をつくっている。

そんな理由もあって、ローマにおける政治的陰謀の数々も、間接的にユダヤの地にまで波及していた。妻や血縁者の術策を恐れつつ皇帝の心に気を配り、またアラブ諸族やイラン系のパルチア族との交渉に腐心し、国内的にもイエスの生誕をめぐる人心の動揺に憂慮するアンティパスは、きわめて困難な時代を生きることとなる。後にイエスから狐と呼ばれることになるが、結局妻ヘロデアの兄アグリッパの中傷により、三代目皇帝カイウス・カリグラによって太守の地位を追われた。なおマケルスの城砦は、ペレア領にあってアラビアと境を接し、ガリラヤからは遠く離れている。

(2) ヘロデア

ヘロデ大王の孫で、アリストブロスとベレニスの子供。祖母にあたるマリアムネを介して、代々異民族からユダヤの独立に貢献したマカベア（ハスモネ）家の血を引いていることを誇りにしている。ヘロデ大王の子で自分の伯父にあたるヘロデ・ピリポと結婚し娘サロメをもうけて離婚、同じく伯父にあたるヘロデ・アンティパスの妻となるが、ローマ征服以前にユダヤの地に君臨したヨハネス・ヒルカヌス王の栄光が忘れられない。それでいて兄アグリッパを通じて、ローマの政治的行動にも絶えず気をつかっている。アンティパスがヨカナン（ヨハネ）の言葉の正しさを認めているところがあるのに反し、彼女がその存在を徹底的に憎むのは、兄弟の妻をめとってはならぬという彼の言葉にいきどおっているからである。但し、史実の上からいうと、ヨカナンの首が切られるのは、兄アグリッパがカイウスの陰謀に加担しティベリウスによって投獄された後のことなので、フローベールはやや時代錯誤を犯している。

(3) サマリア人

サマリア地方はヨルダン川と地中海にはさまれて、いわゆるユダヤ地方の北に位置する。征服者アッシリア人との混血がもたらした人種で、ユダヤの地のユダヤ人とは反目している。モーゼにならってそのヤーウェ信仰の中心地ゲリジムの山に神殿を築いていたが、マカベア家のヒルカヌス一世により焼きはらわれた。それ故、純粋ユダヤ人による独立運動を目の敵にしたが、ヘロデ大王によって建てられたシオンの丘、すなわちエルサレムの神殿をマナエイが呪う理由はそこにある。ヨカナンもユダヤのヘブロンに生まれたといわれている。

(4)　ソドムとゴモラの町
『創世記』に記されている淫乱の町。十戒にそむく行為が住民を甚だしく堕落させたので、神の怒りによって滅びたという。

(5)　エセニア派
イエス生誕の時代のユダヤの主なる宗派。他の二宗サドカイ派とパリサイ派に比較して世俗との接触をいっさい絶ち、隠遁と精進により信仰を貫いた点に特徴がある。いささか神秘的な集団めいたところもあるが、ヨカナンがこの一派であったとする説もある。いち早くイエスの言葉をうけいれた。

(6)　ネヘミア
バビロンの虜囚として故国を離れていたユダヤ人の一人で、総督としてパレスチナへの帰還を許され、救世主への信仰を新たにした。

(7) パリサイ人
モーゼの教えに忠実な保守的宗派パリサイ派の人びと。甚だ排他的で、その宗教に属さぬものに激しい攻撃をしかけ、イエスにその偽善的なまでの規律主義を攻撃された。パリサイ派とサドカイ派の対立がユダヤの国内的統一を乱しローマの支配を許すことになった。

(8) サドカイ派
当時のユダヤ三宗派のうちではもっとも進歩的な姿勢を示す。モーゼの教えの字義的解釈を徹底化させ、一種の知的貴族趣味に堕していた。ボリミア文明に接近し、政治権力とも近づき、パリサイ派にもましてイエスの新宗教を激しく攻撃した。

(9) ポンテウス・ピラト
ローマ第五代のユダヤ総督。ガリラヤ人を殺害し、イエスを十字架に付したことで名高い。

(10) シンバルは鳴りひびく
以下のヨカナンの言葉は、旧約聖書の予言者たちの言葉のかなり大胆な引用からなっている。

(11) アハブ王
紀元前九世紀ごろのイスラエル王。妻イゼベルがフェニキア王の娘であったことから異教文化を導入、ヤーウェ礼拝を廃止した。

(12) エリヤ
アハブ王の時代のイスラエルの予言者。フェニキア信仰からユダヤ人を救うべく奇蹟をはたらき、ヤーウェ信仰を再生させた。救世主の出現のさきがけとして、エリヤが蘇って姿をみせるとされていた。

⒀　……人目に触れることもなし
ローマの詩人ルクレティウスの詩の一句。死者の再生を否定する意味で引かれている。

⒁　アジマの聖鳩
シケムの人びとはサマリア人であるから、その信仰の中心であるゲリジム山の神殿にまつった鳩との連想で、雉鳩をたべようとしない。

⒂　マッタティアス
マカベアの司祭で、独立を目指してユダヤの反抗を指導した。

⒃　アンチゴヌス
マカベア家の王で、異民族パルチア族と結んでユダヤ王となり、ヘロデ大王に援軍として参じたマルウス・アントニウスがエルサレムにてこの首をはねた。

⒄　クラッスス
ローマのシリア総督。重税を課してユダヤ人を圧迫、パルチア軍にうたれた。

⒅　ヴァルス
アリグスッス大帝の将軍。

⒆　アリストブロス

ヘロデ大王の妻マリアムネの弟。若くして大司祭に列せられたが、一年を経ずして水死。大王がその美貌をねたみ権勢をおそれてのことという。

(20) アレキサンデル
前出マリアムネの子供。つまりアンティパスの異母兄弟。いま一人の異母兄弟アンチパテルの中傷により、ヘロデ大王の命をねらったとして処刑される。

(21) マッタティアス
法律博士で前出の人物とは別人。エルサレム神殿の柵のローマ皇帝章を盗まんとしたかどで、火刑。

(22) ソジム
ヘロデ大王が妻マリアムネの身辺警備にあたらせたが、密通のうたがいをうけた。

(23) パプス
アンチゴヌスにつかえた将軍。ヘロデ大王の軍勢を破った後、敗れ、死体から首をはねられた。

(24) ヨゼフ
ヘロデ大王の伯父でもあり義兄にもあたる。大王の留守中、もしその身に死が訪れた場合は妻マリアムネを殺すべく命ぜられながら、その命を彼女にもらしたかどで処刑された。

(25) アンチパテル
ヘロデ大王とドリスとの間に生まれた長男。前出の二人の異母兄弟を陰謀で殺したあと、自分も病床の大王殺害をくわだてて露見し、処刑された。

訳註は、「ベル・レットル版」の事項索引、山田九朗訳、山田稔訳、教文館『キリスト教大事典』等を参照した。人名の表記は、『キリスト教大事典』によった。

十一月

これというほどもない文体からなる断章

「とりとめもなく時をすごし、気まぐれな思いにふけるために」

モンテーニュ

ぼくは秋を好む。この陰鬱な季節は追憶にひたるにふさわしい。樹々にはもはや一枚の葉も残ってはおらず、枯れ葉を金色に彩る赤茶けた色あいが夕暮れの空にまだ漂っているといったころ、ついいましがたまで心のうちで燃えていたものがことごとく消えさってゆくのを目にしていると、何とも快い気分になってくるものだ。

ひとけのない野原を歩きまわって、たった今もどってきたところだ。柳が寒々とした影を落とす堀にそって歩いてきたのだ。すっかり裸になった枝が、風につめたくうなっていた。ときどきふとその音がとだえる。それから不意にまた吹き荒れるのだ。すると、茨の茂みにまといついている小さな葉が、ふたたびゆらぎはじめる。草は身をふるわせて地表すれすれになびいていた。すべては色を奪われ、こごえてゆくかと思われた。地平線にくりぬかれたような太陽が、空の白けた色あいの中に姿を消していった。そのあたりの空には、いままさに絶え入ろうとする生命が、かすかににじみだしていた。寒かった。というよりほとんどぞっとするほどの気持ちだったのである。

ぼくは、芝でおおわれた丘のかげに身をよせて寒さをさけた。風は吹きやんでいた。自分でもよくわからないのだが、そこで地面にすわりこんであてもなく遠くの家々のわらぶき屋根からたちのぼる煙をながめていると、これまでの自分の生涯がそっくりそのまま目の前にまぼろしのように浮かびあがってくるような気がする。もはや遠く過ぎさった日々の苦々しい香りが、枯れ草や朽ちた木材のにおいとともによみがえってきたのだ。あのみじめだった年月が、吹きつのるたえがたい木がらしの勢いにのって、ぼくの前を追いまくられてゆく。何かぞっとするようなものが、その想い出を記憶のなかに送りこむ。そのさまには、閑静な小径に落ち葉を走らせる微風よりも手においかねるものがあった。奇妙な皮肉といったらいいか、そんなものが見ている前で甦ってきた年月をかすめるように裏がえしにしてゆく。やがて、すべてが一つになって舞いあがると、重苦しい空へと姿を消してしまった。

この秋という季節はもの淋しげである。消えてゆく太陽とともに生命が遠く薄れていってしまうかのようだ。膚を走りぬける寒さが心までをもふるえあがらせる。もの音というもの音はとだえ、地平線に目をやってもぼんやりとした光が霞んでいるばかりだ。すべては眠りにつくか、死を迎え入れようとしている。ついいましがた、ぼくは家路につく牝牛の群れを眺めていた。夕日のほうをふりかえっては鳴き声をたてていた。木苺の枝で牛を追いたてていた少年は、粗布の服にくるまりふるえあがっていた。斜面をくだりながら、牛はぬかるみに足を滑らせた。草かげに残っていたりんごの実が踏みつぶされていった。稜線もあやしくなった丘のかなたから、太陽が最後の光を投げかけていた。谷あいの家々に明かりがともされる。月は、夜露が結んだ星か、涙を集めた星かとみえる。雲間から姿をあらわし、蒼白い表情を示しはじめていった。

ぼくは、もう戻ってはこない自分の過去を時間をかけて味わいつくした。青春のときは過ぎてしまったのだと自分にいい聞かせると、心が晴れる思いがした。胸にひややかなものがしのびこんでくるのも、まだくすぶっている暖炉に手をかざすように胸をさぐりながら、炎は落ちてしまったのだと口にしうるのも、一種の喜びだといえるからである。ぼくは、この身に起こったありとあらゆることがらを、ゆっくりと思いかえしてみた。思索にふけり、情熱をもやしたこともある。ものごとに熱中しきったり、意気沮喪《そそう》した日々もある。希望に胸をふくらませたり、苦悩に胸をひきちぎられるようなときもあった。まるで地下の霊安室の見物にでもいって、左右に並べられた死骸の列にゆっくり視線を向ける男のように、あらゆるものを改めて思い返してみたのだ。もっとも年齢を数えあげてみれば、生まれてから大してときがたっていたわけではない。それでいながらこのぼくという男は、山ほどの想い出をかかえていて、どうしてよいものやらわからなくなってしまうのだ。それはちょうど、生きてきた年月の重みに耐えきれなくなった老人たちの気持ちに似ていた。自分の生命が幾世紀にも亘り、その存在の内部におそろしい数の過去の生物の残骸をかかえこんでしまったような気になることもしばしばあった。何でそんな気持ちを覚えたりするのだろう。人を愛したからか？　憎んだからか？　何ものかを模索したからだとでもいうのか？　こうして考えてみると、どうもそんな理由からではなかったように思う。ぼくの生活は、波瀾とも変動とも無縁の世界にあったからだ。名声も、逸楽も、学識も、金銭も、そんなものは考慮することなく静かに生きてきたからである。

これから綴ってみようとすることのいっさいは、誰ひとりにも語ったことがなかったものだ。日ごろ身近に暮らしていた者たちとて、その例外ではない。そうした連中というのは、われわれにとって、いってみれば寝ている肉を支えながらその夢には立ち入ることのないベッドのようなものなのだ。そもそも人間の心とは、何ものにも乱されることのない広大な孤独の場ではなかったか。心にきざすもろもろの情念は、サハラ砂漠の旅人のようなもので、燃えあがることなく生命を涸らせてしまっても、その最後の叫びはかなたまで聞こえることは決してない。

中学に入ったときから、ぼくの心ははやくも悲しみにつつまれていた。何をしても面白くなく、欲望ばかりがぼくを焼いていた。途方もなく波瀾にみちた生き方に熱っぽい憧憬の念をもやし、激しい恋を夢想してはそのことごとくを経験できればと思った。はたちという年齢のむこう側には、光と香気にみちた世界がぼくを待ちうけているはずだった。遥かに姿をのぞかせた人生が、目もあざやかに勝利の響きを高ならせているかに見えていた。ちょうどおとぎ話にでもあるように、どこまでも回廊がつらなり、黄金の燭台の明かりをうけてダイヤモンドが輝きわたっている。ひとこと呼べばその神通力で、魔法の扉が蝶つがいをきしませて開いてゆく。そこを進んでゆけば、ただうっとりとするような世界に視線がすいこまれる。目もくらむばかりのさまに微笑が浮かび、瞳が閉じてゆく。

漠然と何か壮大華麗なものを渇望していながら、それを言いつくすにも言葉を知らず、これだと正確に思い描くこともできはしなかった。それでいて、絶えずはっきりとした欲望としていだきつづけていたのである。ぼくは一貫して派手なものを好んだ。子供のころ、人がきをかきわけて大道芸人の仮小屋の入り口まで近づくと、芸人に仕える男たちの金モールだの、馬のくつわのリボンなどに見入っていたものだ。手品師の天幕小屋の前からいつまでも離れようとせずに、そのだぶついたズボンやえりの飾りの刺繍を眺めていた。そうだ。わけても好きだったのは綱渡りの女だった。長い耳飾りが頭のまわりを左右にゆれる。宝石の太い首飾りが胸もとにうちあたる。木と木につるしてあるランプの高さまで身をおどらせ、金箔を縫いこんだ衣裳がはねる拍子にすれあい、空中でふくらむといったとき、その女に惹きつけられるぼくの心はふるえたものだが、それでもむさぼるように眺めいっていた。最初に愛した女性とは、そうしたたぐいのひとたちだった。ばら色のタイツでしめつけられた不思議なかたちの太ももや、あのしなやかな腕を考えただけで、頭は悩ましい思いにみたされていった。のけぞるようにそりかえり、ターバンの羽根飾りが地面に触れるかとみえるとき、腕輪が背中で音を響かせる。女とは何ものかをぼくはすでに見ぬこうとしていたのだ（年齢の如何にかかわらず、男は決まって女性を夢想する。まだ幼いうちは、接吻しては抱きあげてくれる年ごろの娘の胸元に触れてみて、あどけない官能の喜びをおぼえる。十歳になれば誰しも恋を夢みる。十五になればそれが現実となる。六十になってもまだ忘れきれない。死者たちが墓の中で何かに想いをはせることがあるなら、地中で近くの墓にたどりつき、女の死骸の屍衣をまくってその眠りをともにしようとすることだ）。そんなわけで、女というものは、ぼくにとって幼い子供心をかき乱し、誘惑してやまぬ一つの神秘な存在であった。ぼくの経験からすると、そんな女のひとりがこちらをじっと見据えているようなとき、その視線には何か宿命的なものが含まれていて、それに触れると人間の意志もくじけるほかはないとすでに察しをつけて、楽しい思いにひたりもしたが、またそらおそろしくなりもした。

自習室で過ごした長い夜のあいだ、ぼくが夢みていたことといったら何だったろう。そんなとき、勉強机にひじをつき、ケンケ灯の芯が炎の中で伸びてゆき、受け皿にたれる油のしずくを一つ一つ眺めていたものだった。かたわらでは、学友たちがペン先を紙にきしませ、ときおりページをくったり本をとじたりする音が聞こえていたりした。ぼくは、いつもの快い夢想に心おきなくひたりきろうと、宿題を大急ぎでかたづけていった。本当のことをいって、ぼくは、夢が現実となったときの喜びの魅力をすっかりそなえたものとして、その姿をあらかじめ心に思い描いていたのだ。一所懸命それを夢想しようとするぼくは、あたかも何ものかの創造をもくろみ、霊感をかきたてようとする詩人さながらであった。できる限り奥深く思索の底に没入し、あらゆる相貌をきわめつくした。その源流にまでくだってゆき、また始めからやり直してみる。ほどなくそれは想像力の奔流というか、現実に背を向けた驚くべき飛躍といったものになっていた。さまざまな情熱のドラマを描きあげ、物語をつくりあげ、御殿のような家をこしらえては帝王きどりで住んでみる。ダイヤモンドの鉱山をかたっぱしから掘りつくし、これから歩きまわるはずの道に手桶いっぱいばらまいてみることもあった。

それから夜が訪れ、白いカーテンで仕切られた白いベッドにみんなが横になる。自習監督だけが寝室をあちこち歩きまわりはじめると、ぼくはますます自分ひとりの世界へと閉じこもっていったのだ。羽ばたきをして、そのぬくもりが伝ってくるあの小鳥を、胸に隠しているのがたまらなく嬉しい。眠りにつくまではいつでもずいぶん時間がかかった。時刻をつげる時計が聞こえると、それが沢山なればなるほど、喜びがましていった。まるで、その響きが歌いながらぼくを別世界へと導き、刻々と過ぎてゆくぼくの生命に、「先へ進もう、先へ、先へ。未来をめざせ。この瞬間よ、さらば、さらば」といいながら挨拶を送っているかのようだった。そして最後の振動が闇に消え、余韻が耳から遠ざかってしまうと、「また明日までお別れだ。同じ時刻に同じ時刻が告げられはしよう。が、明日になればそれだけ一日が失われている。遥かな世界へ、輝かしいあの目的に向かって、未来に向かって、陽光でぼくをすっかり包んでしまい、そのときこの手で触れることになるあの太陽に向かって一日近づいているのだ」と自分にいい聞かせていた。だが、それがあまりに先のことだと思うと、ほとんど涙を流さんばかりになって眠りにひきこまれていった。

ある種の言葉を聞くと、ぼくはすっかり落ちつきを失ってしまう。女とか、とりわけ情婦といった言葉がそうだった。書物や、版画や、油絵のうちにその説明をさぐってみる。できることならその衣をはぎとって、その姿を目のあたりにしてみたかった。ついにすべての謎がとけてしまった日には、まず無上の諧調に触れたかのようにうっとりと快さにひたったものだが、ほどなく興奮もおさまり、それからというもの、生きることの喜びがさらに強烈になった。俺は男だぞ、いつかは女を自分のものにしうる立派な存在なのだと自分にいって聞かせるときに、誇り高い気持ちがこみあげてくるのだ。人生という言葉の意味が理解できたのである。その門口に足を踏みこみつつあり、すでに何ごとかを味わいつつあったのだ。が、欲望はそこで立ちどまっていた。何を知っているかがわかっただけで、満足していたのである。情婦はどうであったかといえば、ぼくにとっては悪魔を思わせる存在だった。その言葉が持っている魔力に触れただけで、いつはてるともしれぬ恍惚感へと投げこまれてしまうのである。王者が地位を追われたり領土を増したりしたのは、寵愛した女たちのためではなかったか。その女たちのために、インド絨緞が織られ、金細工がなされ、大理石が刻まれ、世界が揺れたのである。女には奴隷が何人もいた。孺子のソファで眠れば鳥の羽根の扇で羽虫を追ってもらえる。贈りものを山と積んだ象が、目覚めのときを待っている。輿《こし》にはこばれてゆったりと泉のほとりにつれてゆかれる。目もさめるばかりにかぐわしい雰囲気につつまれ、呪われながらも崇められる群衆からは遠く離れた王座に腰をおろす。

結婚とは別世界に住まうこうした女は、まさしくその事実ゆえになおいっそう女らしく感じられるのだが、そんな女の神秘なさまにぼくはいらだち、異性と富との二重のわなとして惹きつけられていった。劇場ほどぼくが好きだったものはない。幕間におこる客席のざわめきや、席をもとめて胸をふるわせ走りぬける廊下までが好きだった。芝居がすでに始まっていたりすると、階段を飛ぶようにかけあがったものだ。楽器の響きや人声か喝采が聞こえてくる。中に入って席についてしまうと、まわりには着飾った女たちの人いきれがたちこめていた。それはどこかすみれの花束を思わせる香りの白い手袋や、刺繡入りのハンカチーフといったものからたちのぼる香りであった。鈴なりになった階上の桟敷が、花とダイヤモンドをちりばめた無数の王冠にみえ、宙に浮かんだまま歌に聞きほれているようだ。舞台にいるのは女優ひとりで、客席近くに立っている。テンポの速い声色がもれてくるその胸が、沈むかとみればまたふくれあがって脈搏《う》つようだ。リズムにつれて歌声が早まってゆくと、渦まくようなメロディーのなかに女がひきこまれる。短い繰りかえしが続いたりすると、ふくれあがった首のあたりが白鳥のそれを思わせ、大気中にあふれる接吻の重みをたえていた。両腕をさしのべる。声は高い叫びとなる。泣いているかのようだ。閃光のようなものが走る。とらえがたい愛の仕草で何かを求めている。それから主旋律に戻ると、まるで女の歌声がぼくの心を引きちぎり、情熱あふれる振動でつつみこんで自分のそれを見わけがたいものにしてしまったのだ。

みんなが拍手を送っていた。かと思えば花を投げる。ぼくはといえばすっかり興奮しきって、女の上にふりかかる聴衆の熱狂的な感嘆と、こうした男たち全員の慕情と、ひとりひとりの心の中の欲望とを味わいつくしていたのだった。ぼくが求めていた愛情とはそんな女のものだった。こちらがおじけづいてしまうほどの、むさぼるような恋心で愛されてみたい。誇らしげな気持ちが沸きおこり、たちまち金持ちや権力者と肩を並べても平気だといった思いにひたらせてくれる、あの王女か女優が陥るような恋心で愛されてみたい。みんなから絶讃され羨望のまととなっているあの女は、何とも美しい。集まってきた男たちの毎夜の夢に、燃えあがらんばかりの欲望をはぐくませるあの女は、劇場の照明の中にしか姿をみせず、輝くばかりの光線を浴びて歌をうたい、詩人の理想境を自分にふさわしい世界として歩きまわるのだ。自分が好きな男には、まるで違った恋心をいだいているのだろう。そんなとき、ただ見とれるだけで堪能する連中に思いきり浴びせかけるものとは比較にならぬ美しい恋心にひたるのだろう。歌われる歌も甘美な調子をおび、その音調もはるかに低くおさえられて、心情あふれ、わななくばかりのものとなるのだろう。その澄みきった声がもれてくるくちびるを目の前にして、真珠におおわれてきらめく艶やかな髪をまさぐれたなら、どんなにか幸福であったことか。が、舞台の高さは、こうした夢想のつきはてる地点を示しているかに思われた。その向こう側には、ぼくにとっての恋と詩の世界がひろがっていた。そこでは、愛する心は一そう美しく、高らかな響きをおびる。森や豪壮な邸宅が煙のように宙に消え、空気の精が天から舞いおりてくる。歌声と恋心とが横溢する世界であった。

夕方になって誰もがいなくなり、風が音をたてて廊下を吹きぬけていったり、休み時間にみんなが鉄棒やボールで遊んでいたり、塀にそってあてもなく歩きながら菩提樹の落葉を踏みしめ、それを蹴あげたり踏みつけたりするもの音に気をまぎらわせているとき心に浮かぶのは、いまみたようなものだった。

ほどなく恋に身をまかせたい欲求がぼくを捉えた。とどまるところを知らぬ渇きにかられて恋がしたくなったのだ。恋の苦悩を夢想する。胸の痛みに襲われる瞬間をいまかいまかと待ちうけながら、そんなときが訪れればどんなにか甘美な心にひたりきれるだろうと思った。これこそその瞬間だと思ったことも何度かあった。誰でもいい、ふと美しく思えた女を頭の中で選びだし、「この女を愛してやる」と自分にいいきかせる。ところが、いつまでもとっておきたいその面影は薄れてゆき、拡がりだすこともないまま消えていってしまう。おまけに、無理にも恋をしろとわが身にいい聞かせ、心に向かって信じきれもしないような芝居をうってみせている自分に、ぼくも気づいていた。だからこうして夢からさめてしまうと、ながいこと憂鬱な思いにひたりきったものだ。現実に生きたわけでもない恋をほとんど想い出としてなつかしんだりする。それから再び別の恋を夢想し、それで心がみたされぬものかと思ったりする。

ぼくが熱烈な恋を頭の中で描いていたのは、とりわけ舞踏会や芝居にいった翌日であり、二、三日つづいた休みがあけた日のことだった。これと思った女を、見かけたままの姿で思い出してみる。女は、白いドレスを着て、微笑みかける相手の男の腕に支えられてワルツの動きに引きこまれてゆく。かと思えば、桟敷のビロードの手すりにもたれたまま、王家の女にふさわしい静かな横顔をみせていたりしたものだ。四組舞踏の曲の響きがまだしばらくは耳もとから消えず、輝くばかりの照明に目のくらむ思いをするのだが、そうしたものも、やがてすっかり胸の痛むような単調な思いのうちに溶けこんでいってしまう。こんなふうに、恋とも呼べぬほどの恋を幾つとなく経験したものの、それも、せいぜい一週間か一と月ぐらいしかつづくことはなかった。ぼくとしては、幾世紀にも亘ってつづいてくれればと思っていた。その恋の土台となるものをどこに求めていたか、またそんな漠たる心が何をめざしてひろがっていったかといったことはいまのぼくにもよくわからない。考えてみると、未知の感情を味わってみたいという欲求とか、絶頂をかいまみることのできない聳えたつ何ものへかの願望といったものであったのかもしれない。

心が恋を知るのは、肉体がうずきはじめるより前のことである。ところで、ぼくは人を好きになることのほうが、快楽を求める気持ちより激しかった。官能のなぐさみよりも、恋心を求めていたのである。思春期によくあるこうした恋愛観はもうぼくには残ってさえいないが、そんな時期にあっては、官能は意味を持たず、無限の意識だけが横溢しているものだ。幼年期と青年期とにはさまれた過渡期というものだろうが、あっという間に過ぎてしまうので記憶している暇さえないのだ。

詩人たちの書いたものに恋という字を無数に読んできたし、その言葉を何度も口にしては甘美な思いに酔っていたので、静かな夜の蒼空に輝く星を目にしたり、岸辺によせる波のざわめきを耳にしたり、露のしずくに光る陽光をみるにつけ、「これが恋だ。ああ、これが恋しているということだ」と自分にいい聞かせずにはいられなかった。そして、そうすることが嬉しくてならない。誇らしい気持ちであった。すでに、これ以上は考えられないほどの献身的な行為に走る心の用意ができていた。ことに、通りがかりの女の人が軽くからだに触れていったり、正面から見すえていたりするだけだと、その人に恋をしたい気持ちがますますたかまり、なおいっそう思い悩んでみたくなった。ぼくのちっぽけな心臓の鼓動で胸がはりさけてくれればよいと思ったりしたものだ。

読者にもこんな記憶がおありだろうが、まるで空中に接吻が漂っているかのようにふと曖昧な微笑が口もとに浮かんでしまう年ごろがあるものだ。かぐわしい微風に心がふくれあがり、熱い血潮が体内に脈うっている。クリスタル・ガラスの盃で葡萄酒があわだつように、血管中の血があわをたてるのだ。前の日よりもいっそう幸福で、豊かな気持ちになってめざめる。胸のときめきは高まり、心は燃えるようだ。うっとりと流れるようなものが内面にこみあげてはひいてゆき、この世ならぬ思いを漂わせつつ熱い陶酔がかけぬけてゆく。樹々が風をうけてゆるやかに頭をかしげ、重なりあった葉がふるえているさまは、あたかも言葉をかわしあってでもいるかのようだ。雲が音もなく流れ、空が顔をのぞかせると、そこには月が微笑みかけていて、高みから河面に影を投げかけている。夕暮れに散歩にでたりすると、刈りとられた干し草のにおいが胸をみたし、森ではかっこうの鳴き声が聞こえ、流れ星が目にとまったりする。そんなとき、大地と空とが穏やかな接吻のうちに触れあうあのもの静かな地平線にもまして心は澄みわたり、深々と大気と光と青空とに充たされていはしなかったか。ああ、女たちの髪のあの香《かぐわ》しさはどうか。その手の肌のしなやかさはどうか。瞳のしみとおってくるさまはどうであったか。

だがそうしたものも、今となっては少年時代のあの目もくらむばかりの体験の初々《ういうい》しさを失っている。前夜の夢の記憶になおもふるえつづけるといったものではもはやなくなっているのだ。それどころか、すでに始まっている現実体験にあっては、ぼくの心は讃歌を口ずさみつつ壮大な調べを高鳴らせていた涯しれぬ諧調の世界を生きていたのである。ぼくは、喜びとともにあの心を魅了する歓喜を味わっており、いま目ざめようとする官能を知って誇らしい思いが心につのってくる。天地創造のアダムのように、ようやく永い眠りから醒めようとしていたのだ。眼を醒ましてみると、かたわらに、自分そっくりだがどこか違ったところのある生きものを目にする。その違いが、二人を目もくらむばかりの力で引きつけることになったのだが、それと同時にぼくが感じたものは、この見たこともない姿の存在に対しての、思っただけで得意になるような気持ちであった。みれば太陽が一段と輝いている。花はかつてなく快い香りを漂わす。もの影はいっそう柔和で恋心をそそるようなものになっていった。

そうした微妙な変化につれて、日いちにちと頭脳がさえてゆくのが感じられる。頭と心とが同じ一つの生活をいとなんでゆこうとしていたのだ。自分の知性が生みだすものがそのまま感性の動きであったのかもしれない。とにかくその変化は、ことごとく情念のうねりにた熱気を帯びるに至っていた。存在の奥底に感じていたひそかな喜びは、外界に向って溢れださんばかりだった。ぼくにとって、世界は、そのありあまる幸福感にひたってかぐわしい香りを放っていた。想いをかけた女の戸口に立つ男のように、ぼくはあえて自分の心をさいなみながら中に入ろうとはしない。そうすれば、ある確かな希望を底の底まで味わいつくし、「これからあの女をこの腕でだきしめるのだ。ぼくのものになる。あの女はまさしくぼくのものになるのだ。夢ではない」と自分にいいきかせることができたからである。

思えば奇妙な矛盾ではなかったか。女たちの世界を避けて通りながら、その前にでてみると何ともいえない快感を覚えてしまうのだ。ぼくは、女などに心は奪われまいと思っていながら、その一方ではあらゆる種類の女にかこまれて暮らし、一人ひとりについてこれこその女だという真実に踏み入り、その美しさで自分を包みこんでしまいたかった。すでにそうした女たちの唇は、母親がしてくれる接吻とは異なる接吻へとぼくを誘っており、だからぼくは、空想のうちでそうした女たちの髪の中に身を埋めてみるのだった。二つの乳房のあいだに頭をおき、胸をおしつぶされるような無上の快楽に引きこまれてこの身をこなごなにしてみたかった。あのうなじに軽く触れる首飾りになれないものか。肩にあとをつけるあのホックに、隠された全身をおおう衣服になってみたかった。着物の奥の世界となると、ぼくにはもう何ひとつ見えてはいない。その背後には無限の愛がひろがっていた。そう思ってみただけで思考は乱れ、さきをたどることができなくなってしまう。

ぼくが自分の身に感じたいと願っていたこうした情念のうねりは、書物を読んで知ったものだった。生きている人間は、ぼくにいわせれば、わずか二つか三つの概念なり言葉なりを基盤にして進んでおり、残りのいっさいはその周囲を、あたかも衛星が恒星のまわりをまわっているように旋回しているにすぎない。そう考えて、ぼくは自分の世界の広大な周辺部に金色の太陽を無数に輝かせてみたのだ。頭の中では恋物語が威勢のよい革命論と境を接し、胸をうつ情熱のドラマが、派手な犯罪と向かいあうといった調子だったのだ。熱帯の国々の星の夜のイメージが、焼きはらわれた町々の真っ赤な炎や、密林のつる草や、滅亡した王国の栄華や、墓地や揺籃のイメージと重なって同時に夢想の中にあらわれてくる。灯心草のあいだをぬって流れるかろやかな水の音、鳩舎にとまって鳴く雉鳩のさえずり、ミルタの茂みや蘆薈《ろかい》のかおり、鎧にうちおろされる剣の音、前足で宙をかく馬、まばゆい黄金、生のきらめき、不治の病人の最期の苦しみ。そんなものに、ぼくは変わらぬ無感動な視線を投げつづけていた。まるで、足もとでうごめく蟻の群れを見おろしているような気持ちだった。だが、表面はおそろしく動揺し、多様な叫びがこだましあっているかにみえるこうした人間の宿命の上に、その総体像でもあり深い皮肉なイメージでもある苦悩の姿が尽きることなく浮かびあがってくるのだった。

冬の夜、窓から明るい光のもれてくる家の前で足をとめると、中ではみんながダンスをしている。ぼくは赤いカーテンの奥をすぎてゆく人影に見入り、贅《ぜい》を尽くしたもの音に耳を傾けたものだ。それは盆の上のグラスが触れあい、銀器が皿にあたって鳴る音だった。そんなとき、このさんざめく夜会に、みんなが料理を味わいつくしている夜会に仲間入りするかしないかは、自分の気持ちひとつなのだと思った。が、人をさげすみ孤独でありたい気性からぼくはその場を離れてしまう。人格はひとりきりになったときに高潔となり、また精神も世のなぐさみごとから縁遠いところでいっそう豊かなものになると思いこんでいたからだ。そこでぼくはまた歩きはじめ、ひとけのない路地をぬけてゆくと、街燈の明かりがつり輪をきしませながらわびしげに揺れていたものだ。

詩人たちの苦悩を思い描いてみると、心に通じるものがあって無上に清い涙があふれてきた。詩人たちの精神を底の底まで感じとり、ぼくの心も射通されるようで痛ましい思いにみたされるのだ。ときとして、作品を読むときの感激に誘われて、自分も偉大な詩人となり、その偉大さに自分も達したような気持ちになってしまうことがあった。ほかの人たちなら冷静に読めるようなページが、ぼくには熱狂のたねとなり、古代の巫女《みこ》のような興奮にとらえられてしまうのだ。そのあまり、海辺で無我夢中に詩句を朗誦する。そうかと思えば脇目もふらずに草原を歩きまわり、すっかり惚れこんでうっとりとした声で口ずさんでみたりしたものだ。

悲惨なまでの激昂ぶりを知ろうともせず、情感あふれる詩句をそらんじて月の夜に詠じてみる気もない人間は不幸だと思う。こうして永遠に美なるものの中に生き、王者にまじって誇り高い気分にひたり、彼らの比類なき言葉遣いに情熱をもやし、詩才が不滅なものにした恋にあこがれるのは、至上の悦楽でありはしまいか。

それからというもの、ぼくの生きる世界はどこまでも拡がる理想境に限られてしまった。そこでは何ものにもとらわれず思いのままに伸びのびと飛翔し、蜜蜂さながらに、どんなものからも血となり肉となるものをつみとって歩くことができた。ぼくは、森やせせらぎの静けさのうちに、他人だったら聞きわけられまい言葉を発見しようとつとめたのだ。そして、その諧調がふと露わにしてくれるものを聞きとろうと、じっと耳をかしたのである。ぼくは、雲と太陽とが織りなす壮大な絵画を描きあげていたのだが、それはどんな言語を用いても完成しうるものではなかった。また人間たちのふるまいのうちにも、もろもろの連帯や対立関係が不意に見えてきたが、その光にうたれたような鮮明なありさまには、われながら目もくらむ思いがしたものだ。ときには、芸術と詩とが無限の地平線を開示し、それぞれに固有の光彩がおのれを輝かすかとみえたこともあった。ぼくは赤銅色の豪壮な建物を築き、きらめきわたる大空へと、羽毛よりもやわらかな雲の階段をどこまでものぼりつづけていた。

鷲は誇り高い鳥で、高い山頂にしか住もうとしない。そこから見おろせば、谷間に雲が流れ、それにつれて燕が移行してゆく。もみの林に降りそそぐ雨が見てとれる。大理石の塊が激流におし流されるさまが目に入り、羊飼いが牝羊を呼ぶ笛の音が聞こえ、断崖を飛び移るかもしかが眺められる。雨が滝となって流れおちようとも、嵐で木が折れても、急流がさかまく波となってとどろこうとも、雷鳴が山頂をうちくずそうとも、すべては下界の光景にすぎない。鷲は悠然たる姿勢をまもり、はるか上空を舞いながら羽ばたくまでだ。山のうなりを快くうけとめ、悦楽の叫びを響かせながらめくるめく雲の流れに逆行する。そして広大な空のはてへとさらに舞いのぼってゆく。

　このぼくもまた、嵐のうなり声や、遥かに伝ってくる漠とした人々のざわめきを聞くと嬉しくてならなかった。地表からはるかに離れた巣に住んでいたからである。そこにいれば、心は澄みきった大気でみたされる。ぼくは、勝利の叫びを高らかにとなえながら、孤独の身をまぎらわせていたのだ。

　この世のものごとにおさえがたい嫌悪感をいだくのに、さして時間が必要ではなかった。ある朝、自分がふけこんで、知りもしないはずの多くのことを経験しつくしてしまったような気持ちがしたのである。ぼくは、この上なく心をそそるものにも関心を払わず、この上なく美しいものにも軽蔑の念を示していた。他人なら羨望の念をおさえきれないものが、ぼくにとってはあわれみのたねであった。欲望の対象となりうるようなものさえ、何ひとつ見あたらなかった。たぶん、あさはかな思いあがりから、世間の見栄よりも一段と高いところに住んでいるとでも考えていたのか。すべてから超然としている自分も、結局はあてどもなく拡がりだした貪欲さの昂じきった存在だったに違いない。ぼくは、ちょうど完成もまたずにすでに苔がはえだしている新築の建物のようなものだった。級友達のただやかましいはしゃぎかたは我慢がならなかったし、連中の愚にもつかぬ色事には肩をすくめるばかりだった。一年間も古ぼけた白手袋やしおれた椿の花を手離さず、接吻やため息をなげかけている友人がいた。お針娘につけ文をして、料理女と逢っているのもいた。前者は間がぬけていたし、後者は滑稽を通りこしたものに思えた。おまけに立派な連中とつきあおうとあやしげな連中とつきあおうと、どちらにしても退屈なことに変わりはない。ぼくは、信心深い人たちに対しては皮肉屋だったし、信仰など鼻にもかけぬ人たちに対しては神秘家だった。そんなわけで、あまり人に好かれたりすることはなかったのである。

そのころぼくは童貞だった。娼婦をながめるのが楽しみで、そうした女たちの家がある街を通ったり、女たちが流して歩く場所へしげしげと出かけていった。ときにはそんな気持ちになろうとして言葉をかけてみることもあった。そのうしろからつけてゆき、からだに触れてみたり、女たちの周囲にたちこめる雰囲気につつまれてみたりもした。それでいてぼくは図々しくも落ちつきはらったつもりでいた。自分の心は空洞のようだと思っていた。ところがその空洞と思われていたものは実は深淵だったのである。

ぼくは巷の雑踏にまぎれて歩くのが好きだった。通りがかりの誰でもをじっと見つめて、その顔だちにきわだった悪徳なり情熱なりをさぐろうとするといった、ごくつまらぬことで気を晴らすことがしばしばあった。顔という顔が、いずれもそそくさと目の前を通りすぎてゆく。あるものは、微笑みながら髪を風になびかせ口笛を吹いて立ち去ってゆく。蒼ざめた顔もあれば、赤ら顔もあり、鉛色の顔もあった。みんな、すばやくぼくのそばから姿を消す。馬車からみている看板のように、次から次へと流れてゆくのだ。そんなことをするかと思うと、こんどは一定の方向に進んでゆく足ばかりを見つめていることもあった。その足にもからだがあって、そのからだには思考する精神があるのだと努力して考える。こうした動きのいっさいにも目標があるのだと考えてみる。そうした上で、この歩みがどこにたどりつき、こうした人間が何故歩いたりするのかと思ってみたりもした。車馬の一行が反響する柱廊に吸いこまれるように入ってゆき、重い踏み板が音をたてておろされるのにも見入ったものだ。劇場の入り口にはどっと群衆がなだれこむ。靄の中に灯火が輝くのが目に入る。視線をあげると、星影のない空が黒々としている。ある街かどに、男がひとり手風琴を奏でていた。ぼろをまとった子供たちが歌っている。果物売りが、赤い大きな提灯の光の中で荷車を押していた。カフェは騒音にみちていた。鏡がガス灯の光にまばゆく輝き、ナイフが大理石のテーブルの上で音をたてる。入り口では、金のない連中がふるえながら背伸びをして金持ちの食事をながめている。ぼくはその仲間入りをして、それと変わらぬ視線で世の果報ものたちを見やっていた。連中のありきたりな幸福ぶりがうらやましい。自分が情けなくて、もっとみじめになれないものかと思う日々があるから、そんな気持ちになるのである。そんなとき、ぼくは平坦な道に踏みこむようにひたすら絶望の底へとわけいってゆく。胸が涙ではりさけんばかりとなって、心がはやり泣きだしてしまう。みじめな境遇におちいり、ぼろをまとい、喰うものにも困り、傷口から血が流れるような思いをして、憎しみの気持ちをいだいて復讐の手だてを求めたいと何度思ったことか。

あの不安にさいなまれる苦悩とは、いったい何なのだろう。特異な才能であるかのごとく誇りに思い、また恋心のように隠したりするあの苦悩とは、何なのだろうか？　それを誰にも明かしはせずに、自分だけのためにとっておき、涙ながらに接吻しては胸にだきしめてみたりする。だが、何を嘆くというのか？　すべてが微笑みかける年齢でありながら、どうしてそうふさぎこんだりするのか。胸をわって語りあえる友達がいないのか？　自分のことが自慢でならない家族があるではないか。エナメルを塗った長靴が、綿入りの外套があるではないか。言葉にもならないそうした大げさな悩みなど、詩情をきかせた狂騒曲にすぎない。よからぬ読書の思い出か、修辞学でいう張喩《ちょうゆ》というやつだ。もっとも、幸福もまた、倦怠の日にふと思いついた隠喩の一つではないのか。永らくそんなことはあるまいと思っていたが、いまではそれを疑ってみる気持ちはいささかもない。

何ひとつ好きなものもないくせに、ひたすら恋がしたくてならなかった。ぼくは、恋の本当の味も知ることなしに、死ななくてはならないだろうか。人生はありとあらゆる情景をみせつけてくれるが、いまだにやっとその一端を目にしたかしないかといったところなのだ。溢れだす清水のほとりに息をはずませる馬にまたがり、森の奥で響く角笛の音を耳にしたことすら一度だってなかった。また、静かな晩にばらの香りを吸いこみながら、愛する人の手がこの手の中でおののき、無言で握りかえすのを感じたこともない。なんということだろう。ぼくの心の空虚なこと、うつろでわびしげなさまといったら、最後まで飲みきって底をぬかれた酒だる以上のものだった。暗がりでくもの糸をかぶっている酒だる以上のものだったのである。

ぼくの悩みはルネの悩みとも違っていた。月光にもまして美しく銀色に輝き、大空を思わせる広大なその哀愁とも異質のものだった。ウェルテルの純潔も、ドン・ジュアンの放埒さをも持ちあわせてはいなかった。いずれにしても、さして純粋ともいえず、また豪放なところもなかったのだ。

といった次第で、結局のところ、ぼくはほかの誰とも異なるところのない当たり前な一個の人間だったのだ。生き、眠り、食べ、飲み、泣き、笑い、自分の世界にひたすら閉じこもっていた。そして、どこへでかけていっても、必ず自分自身のうちに築きあげられるが早いか崩れおちる希望の廃墟にめぐりあっていたのである。それは、砕けちってしまったものの塵であり、何度となく踏みこんでいった小径であり、恐ろしくも退屈な前人未踏の深淵であったが、いずれもその表情に変わりはなかった。毎朝目がさめると同じ太陽が輝いていれば、誰だっていやになってしまうはずだ。変わりばえのしない日を送り、変わりばえのしない苦悩に身をこがしているのにはうんざりだ。欲望をいだき、その欲望にげんなりしてしまうのにもあきがくる。期待し、そして手に入れてしまうことにもいやけがさしてきはしないか。

こんなことを書きつらねても意味はなかろう。あいも変わらぬ悲痛な声で、あいも変わらぬ陰気な話を語りつづけたりする理由は何もないはずだ。書きはじめたときは、かなりのものだと自負していたが、進むにしたがって涙が胸に流れおちて、声がつまってしまう。

ああ、うす白い冬の日ざしは、幸福な思い出のようなわびしさだ。まわりはすっかり影につつまれてしまう。燃えあがる暖炉に目を向けると、並べられた炭の表面には黒々とした太いすじが交叉していた。異常な生命が脈うつ血管の動きのようだ。夜の訪れが待たれる。

楽しかった日々を思い出してみる。陽気で、仲間もたくさんいたし、陽光が降りそそぎ、雨があがると小鳥が姿をみせずにさえずっており、みんなして庭を散歩したりした日々のことだ。散歩道の砂はしめっていた。ばらの花びらが花壇に散って、大気は芳香にみちていた。幸福が手もとを通りすぎてゆくときに、どうしてそうと感じとれなかったのか？ そうした日々には、一瞬一瞬がゆるやかに歩んでくれと願い、その幸福を時間をかけて味わい賞味すべきだったのだ。いつもと変わりなく暮れてゆきながら、その思い出が快くよみがえってくるような日々さえあるではないか。たとえば、かつてこんな経験がある。冬のこととて大そう寒かった。仲間たちとの散歩から帰ってくると、人数もさほど多くなかったので、ストーブのまわりにくるま座になってもよろしいといわれたのだ。ぼくたちは大っぴらに暖をとり、定規を使ってパンを焼いたりした。煙突が低くなっていた。話題は山ほどあった。見てきた芝居のこと、好きな女のこと、卒業のこと、大人になったら何をするかといった話であった。それからまた、草むらから顔をだしたちいさなマーガレットの野原に仰向けにねそべったままで午後を過ごしてしまったこともある。花は黄色と赤で、みどりの牧場に見えかくれしていた。それは尽きせぬニュアンスにとんだ絨緞であった。澄みきった空はちいさな雲をうかべ、雲は丸みをおびた波にたうねりをみせていた。顔に両手をあてがい太陽をすかしてみた。指のまわりが金色にそまり、肉の部分はばら色だった。わざと目をつむり、まぶたの上に金色の輪にかこまれた大きなみどりの斑点をみようとした。またある夕方には、それがいつであったか記憶にないが、積みあげた藁のかたわらで眠ってしまっていたこともある。目をさましてみると、夜になっていた。星が輝き、またたいていた。藁がその影を長く背後におとし、月は美しく銀色の顔をみせていた。

どれもこれも何と遠い昔の話であることか。その頃、ぼくは本当に生きていたのだろうか。あれがこの自分であったのか。それとも現在の自分がぼくなのか。いままで生きていた一瞬一瞬が、たがいに深淵によって切り離され、きのうと今日とのあいだには永遠が横たわっているかと思われてそれがぼくには恐ろしい。日々の感慨として、きのうはこれほどみじめではなかったと思われる。何が豊かだったとはいえないにしても、自分が貧相になってゆくような気がしているし、新たな時間の訪れが、ぼくから何かを奪ってゆくような気もする。まだ心のうちに苦しみのために残された場所のあることだけが不思議だった。ところが人間の心というものは、悲しみに限っていえばくみつくされることはないのだ。ほんのわずかな幸福でいっぱいになってしまうというのに、人類の不幸という不幸がそこで顔をあわせても、大きな顔で生きてゆける。

何が必要だったのかと聞かれても、ぼくには答えるすべがあるまい。ぼくの欲望にはまるで目的がなかったし、悲しみにも直接の原因はなかった。というよりむしろ、目的と原因とがありすぎて、とてもこれだとは断言できなかったのである。ありとあらゆる情念がぼくの内面に侵入し、出口もわからず押しこめられていた。そしてその一つ一つが同じ鏡に反映するように燃えあがっていた。ぼくは謙虚でありながら自尊心は旺盛だった。孤独に生きながら栄光を夢みていた。世間を離れて生きながら、そこにうって出て、人目を惹きたくてならなかった。節操を尊びながら、日夜の夢では狂ったように放蕩に身をゆだね、けだもののような快楽にふけっていた。内面におしこめていた生命が胸に凝りかたまり、しめつけられて息もつまるほどであった。

ときとして、もう耐えきれなくなってしまうことがある。あくなき情念に焼きつくされ、魂からあふれだす熱い溶岩にみたされてしまうのだ。何とも呼びようもない代物を熱烈に愛し、壮麗な夢想にふけりえない自分をなげき、頭だけの快楽にそそのかされては、詩という詩、諧調という諧調をくまなく自分のものにしたくてならなかった。そして、自分の胸と自尊心の重みにうちひしがれて、ぐったりと苦悩の淵に落ちこむのだった。顔に血がのぼり、脈が激しく目がくらくらとして胸ははりさけそうだった。もはや何も目には入らず、感覚も失われていた。酔ったような気持ちになって頭がおかしくなってしまった。自分が偉大な人間のような気になり、キリストがこの肉のうちに姿をかりてあらわれ、それが人目に明らかなものとなれば、世間はあっと驚いたことだろう。そしてその苦しみは、自分が体内に宿している神の生命そのものだったのである。この荘厳なる神に、ぼくは、青春の歴史をそっくり捧げてきた。自分自身を、なにか神聖なものをまつる神殿につくりかえていたのだが、しかし、その内部はうつろなままだった。礎石にはさまれていらくさがはえつき、石柱が崩れ落ちる。いまでは、みみずくが巣をつくってしまうといった次第なのだ。旺盛に生きぬいたというわけでもないのに、生きることがぼくを消耗させ、また、夢想は夢想で、大仕事でもやってのけたときのような疲労をもたらす。何ものかを創造せんとする行為そのものがぐったりと動きを失い、自分自身にもそれと明らかにされることもなく、ぼくの生命の裏側で無気力に生きつづけていたのである。ぼくは、無数の要素が豊かに眠りこけている混沌であり、また、その構成要素も、どんな姿をとって自己を主張すべきか、また自分をどんな姿に変えていいのか見当もついていなかった。自己のフォルムを捜しもとめ、つまりはその鋳型を待ちうけていたのである。

存在の多様性という点で、ぼくはちょうどインドの大森林ににていた。そこに踏みこめば、生命が一つ一つの原子のうちに脈搏ち、太陽の光線の推移につれて奇怪ともなれば愛すべきでもある表情を浮かべることになる。紺碧の空には芳香と毒気がみちあふれ、虎がはねまわり、象が悠然と歩むさまは、寺院の塔が生きものとなったかのようだ。神々は神秘にして畸型をなし、洞窟の穴深く堆《うずたか》い黄金の山に身を隠している。そして森林を大河が貫流し、口を開いた鰐が岸辺の蓮のあいだで甲羅をうちならしている。木の幹やペストで青黒く変色した死体とともに、花々がかたまりとなって流されてゆく。そんなことを書きつらねてはみたものの、ぼくは生きていることが好きだった。といっても、横溢するがごとく輝きわたり、晴れがましく生きることが好きだったのである。狂ったような駿馬の疾走や、星のきらめきや、岸辺へとうちよせる波のたゆたいを見ているときに、生を愛する感慨にとらえられていったのだ。はだけられたみごとな胸が波うつとき、愛する女の視線がふるえるとき、ヴァイオリンの弦がトレモロを響かせるとき、柏の木が小刻みにゆれるとき、夕日が沈もうとするとき、そんな感慨にふけるのだったが、夕日は窓ガラスを黄金色に染めあげ、王妃たちがひじをよせてアジアに視線をはせたバビロンの露台を思いおこさせる。

しかるに、そうしたものにかこまれて生きながら、ぼくは行動することもないまま暮らしていた。自由を奪われたイメージの中に生き、幾多の行為へと身を投ずる端緒に触れようとしてさえいながら、動きだそうとはしなかったのである。ぼくは、耳もとでうなり声をたて大理石の上をはいまわる蝿の群れにたかられても、微動だにしない彫像そのものといってよかった。

ああ、もし人を愛する破目になど陥っていたとしたら、そして自分の上にふりかかってくるこうした拡散的な力をすっかり一点に集中しえていたとするなら、どんな激しい恋をしていたかわかりはしない。ときには、誰でもかまわない一人の女性とめぐりあい、その人を愛してみたいと思った。それは、ぼくにとってはすべてをそなえ、その人からは何でも期待できるような女性だった。それは、ぼくが考えている詩の太陽であり、花という花をほころばせ、美という美を輝かせるはずのものだった。自分が陥る恋は神聖なものだと思いこんでいた。あらかじめその人をまばゆいばかりの後光でつつみこんでいたのである。そして雑踏にまぎれて偶然に出あうことになる最初の人に、ぼくの心を捧げるとしよう。こちらの心を充分読みとってくれそうな視線でながめてみる。つまり、このほんのわずかな瞳の動きで心のありったけを読みとってくれるような視線で、その女を眺めるのだ。そうすれば自分はその愛を手にすることができるかもしれぬ。ぼくは、自分の運命をこうした偶然にゆだねていた。だがそんな女はほかの誰とも変わることなく過ぎていってしまう。もう行ってしまった女とも、それから来ようとしていた女とも異なるところがないのだ。そんなことをしているうちに、やがて落胆のときがきた。雷雨に襲われぬれそぼって千切れた船の帆よりもひどいありさまだった。

こんなふうに興奮が続いたあとで、ぼくにとっての日々の生活は、過ぎゆく時間とめぐりくる日々とからなる永遠の単調さとして再開されたのである。夕暮れの訪れを待ちきれず、月末まであと幾日あるのかと指おりかぞえる。新たな季節が来ればいいと願い、来てしまえば今より快適な日々が微笑みかけるようなつもりでいた。ときとして、両肩に重くのしかかる鉛のマントをふりはらい、一心不乱に学問と思索にうちこむべく勉強し、読書がしたくなることがあった。そこで一冊の書物を開いてみる。それから二冊、十冊と開くのだが、一冊の書物のほんの一行すら読みきらないうちに、いやけがさして放りだしてしまう。そして変わりばえのしない退屈さから眠りこんでしまうのだった。

この世に何かすることがあるか。何を夢み、何を築きあげればよいというのか？　生きることが楽しく、一つの目標への歩みを歩み、何ごとかに心を悩ますことのある人がいるのなら、それが何であるかを教えてもらいたい。

ぼくは自分にふさわしいものを一つとして見いだしはしなかった。それと同時に自分は何ごとにも適してはいないと思っていたのだ。勉強するのはどうか。ある一つの思想に、ある野心のために、それもみじめでごくつまらない野心のためにすべてをなげうってみるか。地位を、名声を手にしろというのか？　が、そのあとはどうなるか。何の役にたつというのだろう。それに栄誉というものはぼくの好みではなかったのだ。赫々たる栄誉といえどもぼくの気持ちをみたすものではいささかもなかったはずだ。ぼくの心と同じ動きをしめすことには絶対にならなかったからである。

生まれた瞬間から、ぼくは死への欲望を背負いこんでいた。生きていることほど愚かしく、それに執着することほど恥ずべきことはないと思われたのだ。同年代の者たちと同様に宗教教育をうけてはこなかったので、無神論者が感ずるあの無味乾燥な幸福感をいだきはしなかったし、また、懐疑論者がいだくあの皮肉めいた無頓着ぶりをも持ちあわせてはいなかった。たぶん気まぐれな思いからだったのだろうが、ときに教会に足を踏み入れたりしたことがあるのは、オルガンに聞き入り、壁のくぼみに彫りこまれていた小さな石像に見入るためであった。ところが教義という点に関しては、そこまで近づいてゆくことはなかった。自分はまさしくヴォルテールの後裔のつもりでいたのである。

ぼくは他人の生活をながめやっていたのだが、その生活はぼくの生活とは異質のものであった。信仰深い人間もいれば神を否定するものもいる。その存在に疑念をいだくものもいれば、そうした問題にはまったく関知せず、自分の問題に専念しているものもいる。つまり、自分の店で商売したり、自分の著作に執着したり、教壇でわめきちらしている連中である。いわゆる人類と呼ばれるものはそんなものであり、悪人や卑怯ものや白痴や醜悪な連中がうごめく地表のことなのである。そしてこのぼくはどうかといえば、群衆にまぎれこんだまま、大海に浮かぶ引きちぎられた海藻に似て、うねりをみせる無数の波間に見えかくれしていた。波はぼくをつつみこみざわめきをたてていた。

できることなら王者となって絶大な権力を手に入れ、多くの奴隷をしたがえ、血気にはやる軍隊を掌握したかった。女になって美貌を誇り、自分の姿にみとれ、裸になって足首まで髪の毛をたらし、せせらぎに自分の姿を映してみたかった。尽きることのない夢想にふけるのがうれしく、古代の華やかな祭りの席に参列し、インドの王になって白象にまたがり猟にでかけ、イオニア人のダンスをながめ、神殿の石段にひたひたと寄せるギリシアの海の音に耳をかたむけ、わが庭園の夾竹桃を吹きぬけてゆくそよ風に聞き入り、古代のガリー船を自分のものにしてクレオパトラと手をとって逃げる自分を想像してみたりした。ああ、どれもこれもつまらぬことだった。仕事をそっちのけにして身を起こし、街道を行く大型馬車にみとれている落穂拾いの女は救われない。また仕事にとりかかってみても、カシミア織りの肩かけや皇太子との恋が頭に浮かび、もはや落ち穂は目に入らず、束ねることもないまま家路につくことになるだろう。

世間なみのことをしておくにこしたことはなかったはずだ。人生を真面目にとったり醜悪に思ったりすることなく、しかるべき職を選んでこれに専心し、公平に切ったケーキをもらって、うまいといってほおばるほうが、孤独に歩んできた道を悲しげに進みつづけるより気がきいているのだ。ぼくは、こんなことを書くはずではなかったかもしれない。また書いたにしても、これとは違った話になるはずであった。が、筆が進むにしたがって、あまり遠くに位置しすぎた展望図のように、物語が混乱してしまう。すべてが過ぎていってしまうからである。燃えるがごとき熱い涙や、高らかに響きわたる笑いの思い出までが、過ぎていってしまうのである。あっという間に瞳は乾き、口もとにはまた皺がよる。ぼくに残されているものは、もはや来る冬ごとにつづいた永い倦怠の思い出でしかない。あくびをしながら、もう生きてはいたくないと思って過ごした、あの倦怠のときの思い出ばかりなのだ。

自分を詩人だなどと思ってしまったのは、たぶんそんな理由からなのだろう。悲惨なことは、何でも知りつくした。情けない話だが、おわかりいただけると思う。白状してしまうが、昔は自分に才能があるなどと考えていたのだ。すばらしい思いつきで頭をいっぱいにして進んでいたものだ。血管を走りぬける血液のように文章が筆先からあふれてくる。美しい響きがこそりとでも音をたてれば、澄みきった旋律が内面からふくれあがってくる。それはあたかも、空中に飛びかう声というか、風のたてるもの音が、山からたちのぼってくるかのごとくであった。人間の情熱にこの手で触れてみさえすれば、妙なる旋律を響かせもしただろう。頭の中には書きあげた悲劇がいくつかあって、激昂した場面や人目には触れぬ苦悩が山積していた。揺り籠の中の子供時代から棺桶におさまった死者にいたるまで、人類の宿命がありとあらゆるこだまとなってぼくの内面に響きわたっていた。不意に、壮大な思考が精神をよぎることがあった。それは、雷鳴をともなわぬ大稲妻が、夏など一つの町をそっくり照らしだし、建築のこまかな細部や通りの交叉する地点を浮かびあがらせるときのようだった。ぐらぐらと揺れ、目はくらんでしまう。だが、自分がそれまで考えてきたものやその形式までをも他人のうちに発見したりすると、ぼくはあっという間に底なしの奈落へと失墜するのだった。その連中と肩を並べうると思っていたのに、もはやその模倣者にすぎない。そうわかってみると、天才の陶酔から凡庸さの何ともやりきれない気持ちへと追いはらわれ、王位を剝奪されたときのような憤激と、恥辱に身をさいなまれるような思いを味わいつくさねばならない。しかるべき日には、まさしく詩の女神につかえるべく生まれたのだと信じて疑わないことがある。かと思えば、自分が白痴と選ぶところがないと感じてもしまう。そしていつもの通りあまたの偉大さから卑小さへとすべり落ちながら、生涯で金持ちになったり貧乏人になったりする人のように、とどのつまりはみじめな思いにとらわれ、それからぬけ出すことができないのだ。

こうした時期、毎朝目がさめると、今日こそ何か重大なできごとが起こりそうだと思われたものだ。胸は希望でふくれあがり、まるで遥かな国から幸福を満載した船がくるのを待ちうけているようだった。が、時刻がたってゆくと、すっかり気が滅入ってしまう。とりわけ夕暮れどきになると、なに一つ訪れるもののないことがはっきりしてきた。とうとう夜になる。ぼくは床についてしまう。

外界の自然とぼくとのあいだには、心にしみいるような調和が成立していた。鍵穴から風が音をたてて吹きこんでくるようなとき、ぼくは心がしめあげられるような思いだった。街灯が雪の上に光をおとしているのをみたりしたり、月にむかって遠吠えする犬の声が聞こえたりするときもそうだった。

何にしがみついていればよいのかまるでわからなかった。世間も、孤独も、詩作も、学問も、不信仰も、宗教も支えになってはくれない。そうしたもののあいだを、地獄からもうけいれられず天国からもしりぞけられた死者の魂さながらに、あてもなく漂っていたのである。そこで腕をくみあわせ、自分を死骸にみたててみた。そうなると、ぼくはもはや自分の苦悩で防腐処理をほどこされた一個のミイラにすぎなかった。若者だったころから背中に重くのしかかっていた宿命が、寝ているぼくの目には、全世界に拡がりわたったように思われるのだ。太陽が地表を照らすように、宿命があらゆる人間のいとなみのうちにくまなく姿をあらわすのが見えてきた。それは、ぼくにとっては苛酷な神の力となり、ちょうどインド人たちが自分の腹の上を通ってゆく巨象の巡遊をあがめるように、崇敬の対象となったのである。悲しみにくれている自分が楽しかった。もう、それから逃れる努力をもしなかった。その快さをかみしめてさえいたのである。自分の傷口をひっかいて、爪に血がまみれているのに気づいて笑いだす患者の、あの絶望的な喜びの気持ちにひたってのことだった。

生きることに、そして人間たち、つまりはすべてに対する名状しがたい怒りがぼくをとらえて離さなかった。心には人をいつくしむ気持ちが宝としてうずもれていた。それでいて、ぼくは虎よりも兇暴になった。神の創造物を根絶やしにして、それをかかえて永遠の虚無の中に眠りこんでしまえないかと思った。火につつまれた町の明かりでも目ざめることがなければよい。炎ではぜている骨の音を聞き、死骸でいっぱいの河を渡り、背をまるめた人々の上を馬で速足にかけぬけ、四つ足の蹄鉄でこなごなにしてやりたい。ジンギスカンかチムールかネロになって、眉の動き一つで世界をふるえあがらせてやりたい。

心が燃えたって華々しい思いにつつまれたことが多ければ多いほど、ぼくの気持ちはふさぎこみ、あてもなく思い悩んだ。すでに久しい以前から、心はひからびきっており、もはや新鮮なものは何ひとつ注ぎこまれはしない。死骸が朽ちはててしまった墓の中のように、からっぽなのである。ぼくは太陽を憎悪していた。川の流れに耳を傾けたり森に目をやったりしていると、すっかり厭けがさしてしまう。田園ほど間抜けに思われたものは何ひとつなかった。すべてが暗く影につつまれ、せまくるしいものになっていった。ぼくはいつ果てるともしれぬ薄明の中に生きていた。

ときには、自分が思い違いをしているのではないかと考えてみた。そして青春を、未来を一望のもとにとらえてみた。それにしても何とみすぼらしい青春だったろう。何と空虚な未来であったことか。

みじめな自分に眺めいっていた視線をそらせて世間に向けようとするとき、目に入るものといったら悲鳴と叫び声と涙と痙攣とであった。あいも変わらぬ喜劇があいも変わらぬ役者によってあきもせず再演されていたのだ。しかもそれをとことん研究しつくし、毎朝つとめにもどってゆく連中だっているのだと思ってみる。そこから救いだしてくれそうなものは、もはや激しい恋愛しか残されてはいない。だがその恋愛というものを、この世のものとは思っていなかった。そこでこれまで夢想してきた幸福のいっさいを、苦々しい思いでなつかしむのだった。

そうしたぼくの目には、死が美しいものに映った。はじめから死を愛していたのだ。子供だったころ、墓の中には何があり、そこでの眠りがどんなものかを知りたいばっかりに、死んでみたいと願ったものだ。思い出してみると、毒を仰ごうとして古い貨幣の緑《ろく》青《しょう》をけずったり、ピンをのみ下そうとしたり、通りに飛びおりようと屋根裏の天窓に身を近づけたりしたものだ。子供なら誰でもそんなことをしてみるもので、遊びながら自殺しようとしているのだと考えてみると、結局のところ、人間というものは、いろいろなことをいってみても、おさえがたい衝動にかられて死を愛しているのだといわざるをえまい。おのれの手にかけたものをすべて死に捧げ、死から生まれ出ては死に回復する。生きている限り、人は死を夢想してばかりいる。体内にその萌芽を宿し、心にはその願望をいだいているのだ。

自分がこの世にもう存在しないと想像してみるのは、こよなく快いことである。どこの墓地へいっても、深い静寂がはりつめている。身を横たえて経帷子《きょうかたびら》にくるまり、胸に両腕を十字に組みあわせていると、草の間を吹きぬけていく風のように幾世紀が経過しようと、もう目ざめることもない。大伽藍の礼拝堂で、石棺の上に横たわるあの細長い石像を幾度となく眺めたものだ。あまりの静寂ゆえに、それに匹敵するものはこの世に生きる限り手にすることがあるまいと思われる。まるで眠っているかのようだ。石像の唇の上には、墓の底から浮かびあがった微笑のようなものがみられた。まるで眠っているかのようだ。死の快さを味わいつくしているかのようだ。もはや涙を流してみたり、朽ちはてた足場の木がくずれるようにすべてが崩壊するかと思えるあの意気沮喪ぶりを味わう必要もないというのは、まさに幸福中の幸福、将来をうれえることのない歓喜、目ざめることのない夢ではないか。それからことによると、星空のかなたの、美しさのまさる世界へと踏みこんでゆくのだろう。そこでの毎日は輝きと香りにみちあふれている。おそらく人間は、ばらのにおいか牧場のさわやかさのようなものになるのかもしれない。いや違う。そんなことはない。死はまさしくすべての終わりであって、棺からもれ出てゆくものなど何ひとつありはしないと思ったほうがましだ。それでもまだ感じとれるものがあるとすれば、死そのものの虚無性であり、それ自身の楽しい思い出であり、おのれを讃美する死のイメージであろう。つまり、もはや何も存在しないのだと感じうるにたるだけの生命が残されていればよかったのだ。

そんなわけで、ぼくは高い塔のいただきにのぼり、深淵に身をのりだしてめまいの到着を待ったりした。身をおどらせて宙に舞い、風に散っていくという途方もない気持ちをいだいたのである。あいくちの先端やピストルの銃口をじっと眺める。そんなものをひたいにおしあて、つめたい感触やとがった感触になれていった。またあるときは、荷車引きが町かどを回り、途轍もなく大きな車輪が舗道の塵を引きくだくところに見入っていた。馬が並み足で進んでゆくとき、自分の頭もあんなふうにこなごなになるのかと思っていた。とはいっても、埋葬されるのはいやだった。棺桶のことを考えるとぞっとしてしまう。むしろ森の奥の枯れ葉の床によこたわり、鳥のくちばしでつつかれたり嵐の雨にうたれたりしながら、自分の遺骸がわずかずつ失われてゆくほうがよかったのである。

ある日のこと、それはパリでのはなしだった。ぼくはながいことポン・ヌフの橋に足をとめていた。冬のこととてセーヌ河には流氷がながれていた。まるく大きな氷塊がゆっくりと滑ってアーチがぶつかりあってくだけていた。河はみどりに近い色をたたえていた。ぼくは自殺を思ってこの場所に来た人たちのことを考えてみた。そのときぼくがいたその地点を、いったいどれほどの人が通っていったことだろう。逢いびきや商談にむけて急いでいった人たちが、ある日、小刻みに歩きつつ死の瞬間の接近に胸をしめつけられながら、ここへと戻ってきたのだ。欄干に走りよる。そしてその上にとびのると、身をひるがえしてしまう。ああ、その場所でどれほど多くの不幸が終わりをつげ、どれほどの幸福がほころんだことか。何とも冷えびえとして湿った墓ではないか。あらゆる人に向かって口を拡げるその大きさはどうか。おそろしい数のものがのみこまれていることだろう。みんな河底に沈んで、顔をこわばらせ青黒い死体となって、ゆっくりところがってゆく。あのいてつくような波の一つ一つが、眠ったままの者たちを押し流し、静かに海へと引きずってゆくのである。

ときには、老人たちが羨望のまなこでぼくをみつめていることがあった。若々しく、花の年頃で幸福ではないかというのだ。彼らは、くぼんだ瞳でぼくの白いひたいに見入っていた。自分たちの恋物語を思い出しては語って聞かせてくれる。だがぼくは、あの老人たちが若かった頃は、人生はいまより美しいものではなかったかとよく考えてみたものだった。おまけに、羨みのたねになるようなものは何ひとつぼくにはなかったので、彼らが昔をなつかしく思う気持ちがかえってねたましかった。ぼくが手にしたこともないような幸福を彼らが隠し持っていたからである。それに、そうしたものは少年期にかえった男たちの弱みにすぎず、憐憫の気をそそるものだった。ぼくは静かな微笑を浮かべたのだが、それは回復期にさしかかった病人がどんなつまらぬことにもみせる微笑であった。ときには、飼い犬が無性にいとおしくなり愛情をこめて接吻してやることもあった。かと思うと簞笥に近づき、古い学生服をながめ、それをはじめて着た日のことや、それを着てでかけていった日のことなどを思い出す。そして、過ぎていった日々の記憶のうちにひたりきっていった。悲しい記憶であろうと陽気な記憶であろうとどちらでもかまわない。とにかく思い出とは快いものだからである。それに、誰にとっても、この上なく悲しい思い出すらが、なおなんともいえず滋味あふれるものなのだ。それは無限の拡がりをそっくりいいあらわすものではないか。もはや帰ってはこないひとときを、流れさり、永遠に消えていったある瞬間のことを考えると、ときには幾世紀もが費やされてしまうことがある。そしてその一瞬のためになら、未来をそっくり売りわたそうとかまわないものだ。

だがそうした思い出も、ほの暗い大きなサロンにぽつりぽつりとおかれた燭台のようなもので、暗闇にとりまかれて光っているにすぎない。視線が働くのはその灯りがひろがっている部分だけである。燭台のま近にあるものは輝いているが、残りはことごとく黒々と、闇につつまれて気も滅入らんばかりだ。

さらに筆を進めるにあたっては、次の点を話しておかねばなるまい。

あの年はいつだったか、いまではよくおぼえていないが、学校が休みに入っていた時期のことだ。快い目ざめを味わったぼくは窓からそとをながめた。朝の光がさしはじめていた。まっ白な月が空にのぼっていった。丘と丘との切りたった谷間には灰色と桃色のもやがゆるやかに流れ、宙に消えていった。囲いのなかでめんどりが鳴いていた。家の裏手の畑へと通じる道に、荷車が通ってゆく音が聞こえた。車輪がわだちにはまってきしんでいた。農夫たちが、干し草づくりに出かけてゆくところなのだ。垣根には露が光り、日をうけて輝いていた。水と草のにおいがしていた。

家をぬけだすと、ぼくはX……をめざした。十二キロほど歩かねばならなかった。ひとりきりで、杖も持たず、犬もつれずにでかけたのである。まず、麦畑のなかをうねうねと伸びる小径を進み、垣根ぞいにりんごの木の下をとおっていった。あらゆる想念をはらいのけ、自分の足音だけに聞きいっていた。規則正しい足の動きが、心を快く揺さぶった。すべてから解きはなされたような気持ちだった。ぼくはだまりこくっていた。心はおだやかだった。気候は暑かった。ときおり足をとめる。こめかみが脈搏っていた。こおろぎが葉のなかで鳴いていた。やがてまた歩きはじめる。人影のない部落を通りすぎた。中庭には何のもの音もしない。日曜日のことだったと思う。牝牛が木かげの草によこたわり、のんびりと口を動かしていた。耳を動かして羽虫を追っていたのである。砂利の上に水が流れていた道を進んでいった記憶がある。みどり色のとかげや金色の羽の昆虫が道路のへりをゆっくりとはいあがっていった。道路はあたり一帯より低くなって、張りだした枝の木の葉にすっかりおおわれていた。それからぼくは高台にでた。あたりは野原で、草は刈りとられていた。目の前に海がある。深い青さをたたえた海であった。ふりそそぐ陽光はきらめく真珠をちりばめたようだ。燃えたつような熱気が波の上に幾重にも帯をくりひろげていた。紺碧の空とそれよりも深い色調の海とにはさまれて、水平線がぎらぎらとした炎を思わせる。ぼくの頭上では高まってみえる空の円天井が波の彼方で低まってゆく。また海のほうがそりあがってゆく。そのありさまは、視線に触れはしない無限の円を描いているようだ。ぼくはあぜ道に身をなげだすと、その美しさにすっかり見とれきったように空を眺めた。

ぼくが寝そべっていた畑は麦畑だった。うずらの鳴き声が聞こえていた。鳥はあたりを旋回し、土くれめがけておりたつ。海はおだやかだった。人間の声というより、むしろため息のようにささやいていた。太陽までがその音をたてているかのようだった。あらゆるものにおしげもなく光を投げかけ、それに焼かれて手足がひりひりした。地面からは照りかえしが熱くはねかえってくる。ぼくはその光線の海におぼれきっていた。目をつむってもまだ見えてしまう。潮のかおりがぼくのところまでおしよせ、こんぶや海藻のにおいをはこんでくる。ときに、ふと波が動きをとめてしまうかにみえるが、飛沫をとばせた浜辺に音もなくうちよせ、まるで音もなく口づけする唇のようだ。そんなとき、引いていった波は打ちよせるまでだまりこくり、ふくれあがった大洋が口をとざしているすきに、ぼくはほんの一瞬ながらうずらの声に聞きいるのだった。やがて、また波がたちさわいだ。そのあとで、鳥のさえずりが始まるのだった。

ぼくは、くずれた地面をしっかりとまたぎながら、海辺までかけおりていった。誇らしげに顔をそらし、胸をはってさわやかな微風を吸いこむと、微風にぼくの汗ばんだ髪の毛が乾いてゆくのだった。神の霊が体内にみちあふれ、心がふくれあがってゆくような気がした。奇妙な力に衝きうごかされて、何かわからぬものを熱愛していたのだ。自分が太陽の光の中へと吸いこまれ、波の表面からたちのぼる海の香りとともにこの壮大な青さの中に散ってゆくことはできまいかと思った。そのとき狂おしいまでの歓喜がぼくをとらえた。まるで神々のような幸福がそっくり魂の中へ入りこんできたような気持ちで歩きはじめた。そのあたりは断崖がつきでているので、沿岸は視界から姿を消し、目に入ってくるものは海ばかりであった。波が砂利の砂浜を歩くぼくの足もとまでうちよせてきた。水面すれすれの岩にあたってしぶきをあげる。きちょうめんに岩をうち、水になった腕でもあり透明なテーブルクロスでもあるかのように、からみつくようにしては青さを去らせつつ引いてゆくのだ。風でぼくのまわりにはあわが舞い、岩のくぼみの水たまりにさざ波がたつ。海藻がいたましくうなり、打ちあげていった波の動きになおもふるえつつゆれていた。ときおり、かもめが一羽、大きな羽ばたきをみせて飛びさり、断崖の高みめがけて舞いあがってゆく。潮がひき、反復される歌声がいまにもとだえんとするかのように波の響きが遠のいてゆくにつれて、砂浜がこちら側に拡がりだしてきて、波が残していったひだがあらわになってくる。そのときぼくは、この世界が創造された喜びと、神がそこに人間を住まわしめたことの幸福とを、ことごとく理解したのだ。自然は完璧な諧調のごとく美しく思われた。無我の喜びのみが耳にすることのできる諧調である。愛する心のようにこまやかで、祈りのように清らかな何ものかが、水平線のかなたからたちのぼってくるような気がした。それは、空の高みから、引きちぎられたような岩のいただきから降ってきた。大洋の響きと、太陽の光線と出あって何か甘美なものとなり、それをぼくは天上の世界であるかのようにわが領地となしたのだ。そこで生きることが、自分を幸福にし、偉大にしてくれるような気持ちだった。太陽を見すえ、陽光の中へと舞いのぼる鷲のような気持ちであった。

いまや地上のあらゆるものが美しく見えた。調和を欠き、不ぞろいなものはもはや何ひとつ目に入らない。ぼくは、いっさいのものを愛した。足をつかれさせる小石や、ささえの手をつく固い岩や、ぼくの声を聞きとどけ、ぼくに愛情をいだいてくれるのではないかと思われるあのもの言わぬ自然など、そんなものまでを愛したのである。そんなとき、夕暮れに燭台の灯に照らしだされた聖母像のもとにひざまずいて讃美歌をうたったり、やさしいみどり子イエスを抱き、天の一角から漁夫たちの前に姿をあらわす聖母マリアを愛慕するのは、どれほど心地よいことだろうかと思っているのだった。

ところが、それですべてが終わってしまう。たちまちにして自分がこの世に生きる身であることが思いだされる。ぼくはわれにかえり、またもや呪いにとりつかれ、人間たちとの生活に戻るのだと感じながら歩きはじめる。こごえきった手足が痛さの感じによってもとの状態に返るように、生きかえったのである。ちょうどついさっき、思い描くこともできないほどの幸福を味わったのと同様に、名状しがたい失望の中へと失墜したのだ。そんな風にして、ぼくはX……へ行ったのである。

家に戻ったのは夕暮れだった。またもときた道を通り、砂の上には自分の足あとを、草むらには寝ころがったあとを目にとめた。あれは、夢を見ていたのではないかと思われた。自分が二人いて違った生き方をしてしまうような日があるものだ。二人目の自分はもはやはじめの自分の思い出でしかない。ぼくは、歩きながらも、ふとした茂みや一本の木、あるいは道路のかたすみで足をとめるのだった。まるで、その朝は、その場所が生涯の大事件の舞台装置でもあったかのようだ。

家にたどりついたときは、ほとんど夜になっていた。玄関の扉はみんな閉まっており、犬があちこちでなきはじめた。

肉のうずきに身をまかせ愛欲におぼれたいという気持ちに襲われたのは十五のときだったが、十八になるとまたそんな思いがよみがえってきた。これまでの文章から何ごとかでも理解していただけたなら、この年ごろになってもぼくがまだ女性を知らず、恋の経験もなかったことを思いおこしてくださると思う。恋の情熱がいかに美しく、そのとき奏でられる調べがいかに音高く響きわたるものかという点については、詩人たちの文章を読んでみれば幾つもの主題が夢想できた。官能の喜び、つまりは年ごろの男たちが知らなくてはならない肉体の逸楽に関しては、不断の欲求として心にいだきつづけ、あらん限りの興奮であえて精神を燃えたたせていたものだった。恋するものたちは、とことん恋にひたりきっては情熱の限界にまで達し、情熱を夢想しつくして恋からぬけでようとするのと同様に、ただ頭で考えてみるだけで恋という主題をきわめつくし、泉を涸らすほどに飲んでいれば誘惑の源を断ちうるような気がしていたのだ。ところがきまって出発点へと逆もどりして、ぼくはのり越えがたい円周上を堂々めぐりしており、その周囲を何とか拡げようにもむなしく頭をぶつけているばかりだった。ことによると、夜中にみていた夢は夢の中でもとりわけ美しい夢だったのかもしれない。とにかく朝になると、ぼくの心はふくれあがっていて微笑まずにはおられず、甘くしめつけられるような気がしてならなかったからだ。目がさめるのがおしくてならず、またあのときめきが味わいたくて眠りにつくのをいまかいまかとまっていたのだが、昼のあいだじゅうはあのときめきのことが頭を離れず、しかも、その気になればあっというまに味わえたかもしれないもので、その感覚は宗教的な畏怖の念のようなものだった。

ちょうどそんなときに、肉をそそのかす悪霊がこのからだの筋肉という筋肉に住みつき、血の中いっぱいに泳ぎまわるのがはっきり感じられたものだ。女たちの視線をうけとめてはふるえてみたり、絵画や彫像の前にたっては気もそぞろになるといったあの無邪気な時代があわれに思われた。生き、享楽し、愛してみたかった。漠然とながら燃えたつがごとき季節の到来を予期していた。それはちょうど、まだ草も葉もばらの花も芽を吹いてはいないのに、春さきの好天が訪れ、なまあたたかい風が夏の熱気のようなものを運んでくるといった感じに似ていた。自分は何をすればよいのか？　誰を愛し、また誰が好きになってくれたりするのか？　どこの貴婦人が気に入ってくれたりするのだろう？　手をさしのべたりする絶世の美女は？　せせらぎにそって歩く孤独な散策を、また息のつまるような暑い夜、ふくれあがった心がもらす星へと向かうためいきを、そっくり口にしうるような人間がどこにいようか？

恋を夢みることは、すべてを夢みることであり、無限の幸福であり、神秘なる快楽である。勝ち誇る美わしき女たちに向けられるむさぼるような視線には、熱狂的な気がこもっているし、その顔へと注がれる視線には、射ぬかんばかりの力がみなぎっていた。その身のこなしには、えもいわれぬ優雅さと頽廃の香りとが息づいており、そのドレスのひだからは、魂の底の底までゆさぶるようなもの音がたちのぼってくる。そして全身の肌から発散する何ものかに触れると、ぼくは、まるで死んでしまいそうな魅力につつみこまれていったのだ。

それからというもの、人が口にする言葉のうちでとりわけ美しく感じられる一語が存在するようになった。姦通という言葉がそれであり、無上の甘美さがとらえがたくその周辺に飛びかい、不可思議な魔力がかぐわしい香りをくゆらせていた。誰かが話してくれる物語、読みふける書物、みんなの仕種といったもののうちにはきまってそんなことが語られており、青年の心に対する永遠の解説になっているものだ。それを聞きながら心ゆくまで味わいつくし、無上の詩情にめぐりあうのだが、そこには呪われた気持ちと肉のおののきとが一つになって漂っている。

とりわけ春が近づいたりして、リラが花開き小鳥が若葉のかげでさえずりはじめるころ、この胸が人を愛さずにはおれない気持ちにとらわれるものだった。ひたすら恋とよばれるものに没入し、何かしら甘美で誇りたかい感情にひたり、光とかぐわしい香りの中にうっとりと身を休めたい。いまでも一年のうちにきまって数時間というもの、こんなふうに思春期の心をとり戻し、もえいでる若芽とともにぼくの胸はふくれあがってゆく。だが、ばらの花がふくらんでも、逸楽が花咲くことはなくなってしまった。いまとなっては、ぼくの心からはもはや樹々の緑は失われてしまった。吹きぬける熱風に目がつかれ、砂ぼこりが渦となってたちのぼるあの街道筋ほどにも緑は残っていないのである。

あれやこれやと書きつらねてしまい、いよいよこれからこの先を語ろうと思うのだが、あの思い出の底におりてゆこうとするこの瞬間、ぼくはふるえがおさえきれずに躊躇してしまう。まるで昔の恋人にでも逢おうとしているかのようだ。胸がしめつけられて階段を一つのぼっては足をとめる。女と出逢うのが心配で、留守ではないかと気遣われる。あまり大事に心にいだきつづけたある種の思いについても、それと同じことがいえるのだ。もうこれかぎりおさらばしようとしても、まるで生命そのもののごとく体内をかけめぐり、心はあたりに漂う大気のうちにそれを吸いこんで息をつく。

すでに書いたことだが、ぼくは太陽が好きだった。陽光の照りはえる日に、ぼくの魂は、ぎらぎらと輝く地平線のそれににた晴れやかさと、大空のような高く開けた気分を帯びていたものだった。というわけで、それは夏のことだった。……ああ、すべてを筆で書きつくせそうには思わないが、……暑い日だった。ぼくは家を出たのだが、家族のだれひとりぼくの外出に気づいたものはいなかった。路上にはほとんど人影がみえない。敷石は乾ききっていた。ときおり熱気が足もとの地面からたちのぼって、頭がくらくらするほどだった。家々の壁からは焼けつくような照り返しがあって、日かげにいてさえ陽光を浴びているより暑く思われた。町かどのごみの山のあたりには、蠅の群れが日ざしをあびてうなりながら、まるで大きな金色の輪のようにぐるぐるまわっていた。屋根の交叉した角が、一直線で青空をえぐって浮き出していた。壁の石は黒々として、鐘楼のまわりに鳥の影はなかった。

歩きつづけるぼくは、どこかで息をつき、微風に吹かれたかった。地上から舞いあげ、うずまく風とともに運びさってくれる何かがほしかった。

町のはずれを出ると、つらなる庭の裏手の、街の通りとも小径ともつかぬ道を歩いていた。激しい陽ざしが木々の葉をもれてあちらこちらに落ちていた。影が濃いあたりには、草の芽がまっすぐに伸び、小石の先端が光線を反射し、土ぼこりが足の下で乾いた音をたてていた。自然という自然が痛いまでの存在としてそこにあった。それから、太陽は隠れてしまった。大きな雲が沸きあがり、夕立がやってきそうだった。それまでぼくの心をしめていた気がかりな思いが様子を変えた。もはや前ほど苛だってはおらず、胸をしめつけられるような気持ちを覚えはじめた。それは、もはやひきちぎられるような痛みではなく、息苦しさだったのだ。

ぼくは地べたに腹ばいになった。そこは、影と沈黙と夜の気配とがどこにもまして色濃く感じられ、身を隠すにはこれ以上はないといった場所であり、ぼくは息をはずませながら、狂気のような欲望に心を沈ませていったのである。雲には、どこか人をぐったりさせるようなものが含まれていた。雲は、胸と胸とが折りかさなるようにぼくの上にのしかかり、ぼくをおしつぶした。ぼくは肉のうずきに身をまかせたい欲望を感じていた。その欲望は、クレマチスの匂いよりもかぐわしい香りをたたえ、庭の壁にさしている陽ざしよりも燃えたつようだった。ああ、どうして力いっぱいだきしめるものがこの腕の中にないのか。この熱っぽい肌の重みで息もつまるほどにおしつぶし、それができなければ自分がいまひとりの自分となって、その分身を愛し、二人して一つに溶けあうことができないものなのか。それはもはや、漠たる理想像への欲求でもなければ、消えさった美しい夢への渇望とも違うものであった。そうではなくて、せきをきって流れる奔流のように、ぼくの情熱は四方に狂ったような急流となって氾濫してゆく。ぼくの心をすっかりひたしきり、山地の急流よりも激しく、めくるめく響きをあたりにとどろかせるのだった。

ぼくは川のほとりにいった。ぼくはつねにかわらず水の流れが好きだった。押しあうようにして流れてゆくその波のゆるやかな動きが好きだった。それは静かな川で、白い睡蓮の花が流れの音にふるえている。水面は上下しながらゆっくりと流れ、たえることなく拡がってゆく。なかほどにある島々には、青々とした茂みが水中にたれさがっている。川岸は微笑むかと思え、さざめく水の音いがいは何も耳にはいるものはなかった。

ここには大きな樹が何本かあって、水辺でしかも影になった部分のひやりとした空気が心地よく、ふと微笑が口もとに浮かんでくる。誰の心にも宿っている詩の女神は、調和あるしらべに聞きいって鼻孔を開き、美しいもの音を胸に吸いこもうとするかのようなのだが、それににて、ぼくのうちにも何かしれぬあるものがふくれあがってきて、人間のそれを越えた喜びのようなものを呼吸しようとしていた。空を流れる雲や、陽ざしをうけて黄金色に染まったビロードを思わせる芝生に視線を向け、流れの音や、風もないのにひとりでに揺れ、揺れ動きながらしかも静まりかえった樹々のこずえのわずかなもの音に耳をかたむけていると、この愛にむせかえるような自然の重圧を感じながら、肉のうずきに気も遠くならんばかりの思いであった。そこで恋を呼びもとめたのだが、唇はふるえ、まるで誰かの吐息を感じとったかのように前へと誘われていった。この手は、皮膚に感じとれる何ものかを求めていた。この視線は、一つ一つの波頭に、ふくれあがった雲の輪郭のうちに何かしらある一つのものの姿を、ある歓喜を、一つの啓示をさぐりあてようとしていたのである。欲望が毛穴という毛穴からわきだしていった。心はやさしさにあふれ、諧調にみちていながらしかもそれはあふれでようとはしない。頭のまわりに髪をゆりうごかしては顔をなぜ、喜びとともにその匂いをかいでいた。樹々の根もとの苔に身を横たえると、もっとものうい思いにとらわれたいと願ったのだ。できればばらの花の重みに息もつまり、無数の接吻にこたえきれずおしつぶされてみたい。風にゆらぐ花に、流れにうるおう岸辺に、陽光に肥沃となる大地になれないものか。

草の中に足を踏みいれてゆくのは快い。ぼくは歩いた。一足進むごとに新たな喜びがぼくのものとなっていった。そして足の裏で、芝生の気持ちよさを味わいつくすのだった。はるかにみえる牧場には動物たちがあふれ、馬がいる。小馬がいる。いななきや早足にかける音が地平線まで響いていた。地面は丘のあたりから大きな波のようにゆるやかにうねり、低くなったり高くなったりしている。川は蛇行し、島のかなたに姿を消していた。そしてそのさきで、草や葦のあいまからみえはじめるのだった。いっさいのものは美しく、幸福そうだった。自分なりのきまりに従順に、生の歩みをたどっていた。ただこのぼくだけがむしばまれ、欲望にあふれて苦しみぬいていたのである。

突然、ぼくは逃げだし、町へもどった。橋をいくつか越え、通りを進み、広場へ出た。女たちがかたわらを過ぎてゆき、その数は多かった。足ばやに歩いており、どれもがまばゆいまでの美人であった。その輝くひとみや牝山羊を思わせる軽やかな足どりを、これほど正面から見すえたことはかつてなかった。紋章をつけた馬車の扉にもたれかかる公爵夫人といった女たちは、ぼくに微笑みかけ、絹の褥《しとね》に横たわって愛戯にふけろうと誘っているかにみえた。ショールを羽織った貴婦人たちが、ぼくを見ようと露台に身をのりだして、じっとこちらに視線を送りながら、恋をするならわたしたちよ、このわたしたちですよといっているのだ。どの女もぼくが好きなことは、そのポーズや、目の動きや、身動きもしないさまからはっきりと読みとれた。それに、女はいたるところにいたのだ。ひじを突きあわせ、かすめるようにしてその匂いを胸にすいこむ。あたりの大気は、女たちの香りでみちみちていた。おおったショールのあいだから汗ばんだ首すじがのぞき、歩みにつれて帽子の羽根がゆれている。ぼくの前を進みながら、かかとがドレスのすそをめくりあげる。そのそばに近づいてゆくと、手袋をはめた手がふるえている。この女とかあの女とかといった一人ひとりが問題なのではなく、女というものの総体とその個々人が、それぞれに応じて姿かたちと欲望の無限の変貌ぶりのうちに、衣服の存在を無意味なものにしていたのである。ぼくはたちどころに女たちをすばらしい裸身でかざりたて、そのありさまを目前にくりひろげてみた。それから女たちのそばを歩きぬけるとき、一瞬のうちに、みだらな思いや、それに接したら何でも好きになってしまう香りや、刺激的な軽い感触や、魅惑的な姿態などをあたうる限り拾いあげてゆくのだった。

自分の行き先がどこであるかはよくわかっていた。それは、通りすぎたりするときにきまって胸がさわぐ細い街路にある一軒の家であった。そこには緑いろのブラインドがさがっている。戸口までに石段が三つあった。思えば、そんな光景をすっかり暗記してしまっていたのだ。その閉ざされた窓を見るためだけにまわり道をして、よくじっと眺めいったことがあったのである。それはともかくとして、まるで永遠に歩きつづけるのかと思われたあとで、ぼくはこの通りに足を踏みいれた。胸がつぶれてしまうのではないかと思った。人通りは絶えていた。ぼくはひたすら進みつづけた。肩で押した扉の感触が今でも残っている。扉は抵抗感を示さなかった。ぼくは、扉が壁にぴったりとはめこまれて開きはしないのではないかと心配だった。だが、そんなことはなかった。滑るように、音もなく蝶つがいを軸にまわったのである。

ぼくは階段をのぼった。黒々とした階段で、踏み段はすりへり、足をおろすときぎしぎしときしむのだ。あいかわらずのぼりつづけてゆくが、何も見えない。頭はばかになったようだ。誰も話しかけてくるものはなかったし、もう息ができなかった。やっとのことで、ぼくはある部屋に入った。ぼくには大きな部屋と映ったが、そこにたちこめていた暗さのせいでそう思われたのだ。窓は明けはなたれていたのだが、大きな黄色のカーテンが床までたれて日光をさえぎっていた。室内は淡い太陽の反映で彩られていた。奥の右手の窓ぎわに、女がひとり腰かけていた。もの音に気づかなかったに違いない。部屋に入ってもこちらをふりむかなかったからだ。ぼくはそのまま足をとめたまま、じっと女に視線を注いでいた。

女は白のドレスで、袖は短かった。窓のへりにひじをついて、片手を口もとにあてがっていた。これというほどもないつまらぬものに見入っているかのようだった。黒々としたその髪は、すべらかに編まれてこめかみにたれ、からすの羽毛のようなつやをおびていた。ややうつむきかげんで、えりあしの短い毛がほつれ、首のあたりでちぢれていた。まるみをおびた大きな櫛は、上端に赤いサンゴの粉がちりばめられていた。

女は、ぼくの姿をみるなりあっと叫び、さっと立ちあがった。ぼくは、まずその大きな両眼の輝くような視線にどきりとさせられた。この視線の力におされて伏せていた顔をやっとおこしたとき、愛くるしい美しさにみちた容貌が目に入った。髪のわけ目のさきからまっすぐ伸びてくる一本の線が、みごとに描かれた弓がたの眉のあいだをぬって鼻すじをきわだたせている。鼻孔の部分はわずかにふるえ、古代のカメオのそれを思わせてそりかえっており、さらにその線は、青みがかったうぶ毛で翳りをおびた熱っぽいくちびるの中央に達していた。そしてその下に首があったのだが、それは肉づきのよい、色白で、丸みのある首だった。着ているものの薄い布地をとおして、もりあがった胸が呼吸の動きにつれて上下するのが見える。こうして正面からぼくを見すえるように立っており、その周囲には、黄色いカーテンごしに陽光が漂い、白い衣裳と黒髪の顔とをきわだたせていた。

とうとう女は微笑を浮かべた。こちらの身をあわれみ、気をつかってくれたのである。

だからぼくは近よることができたのだ。髪につけていたのが何かはわからないが、女は芳香につつまれていた。ぼくの心は、舌のさきでとける桃よりもやわらかく張りを失ってしまったような気がした。女のほうから言葉をかけてくれた。

「どうなさったの？　こちらへいらしたら？」

そういうなり、壁ぎわのねずみ色の布地の長椅子のところへいって腰をおろした。そのかたわらにすわると、女はぼくの手をとった。熱い手だった。ふたりはいつまでも見つめあったまま言葉もかわさなかった。

これほど近くから女性をみたことはなかった。女の美しさがすっかりぼくを包みこんでいた。腕と腕とが触れあい、ドレスのひだがぼくの両足の上に落ちかかっていた。腰のぬくもりがぼくの心を焼いた。こうして触っていると、波うっている女のからだの動きが伝ってくる。まるみをおびた眉と、こめかみに走る静脈に眺めいっていた。女がいう。

「で、どうなの？」

「で、そうだな」と、こちらもほがらかに言葉をあわせたが、そうすることで眠りへと誘いこまれずにはいないこの魅惑をふりはらおうとしたのだ。

だが、それからさきは何もできない。ひたすら女の姿に眺めいっていたのである。ひとことも口をきかずにその手をからだにまわし、自分の上になるようにぼくを引きよせ、無言の抱擁に入った。そこでこちらも両腕で相手をだきしめ、肩に唇をおしつけた。はじめて知る愛の接吻の味を飲みほしながら、年ごろになっていらいつづいて静まることのなかった欲情と、思い描いたかぎりの肉の喜びの実現とを玩味していたのである。ややあってから、首をおこして女の顔をつぶさに見つめようとした。その瞳の輝きにぼくの心は燃えあがっていった。その視線は、二つの腕にもましてぼくを包みこんでしまう。自分が相手の目の中に吸いこまれるように消え、指と指とが一つにからみあった。女の指は長く、細かった。まるで生きもののような微妙な動きでぼくの手の中を滑ってゆく。ちょっとでも握ってみようものなら、つぶれてしまうかと思われたほどだった。そんなありさまを感じとりたくて、ぼくはことさら力をこめてみたりしたものだ。

いまとなっては、女がかけてくれた言葉も、また自分が何を答えたのかも憶えてはいない。こうして、腕の鼓動のリズムに引きこまれ、そこにとり残されたまま、いつまでも揺れていたのである。一瞬一瞬が陶酔をつのらせ、時が進むにつれて新たな何ものかが魂のうちに入りこんできた。焦躁と欲望と歓喜とに全身がふるえていた。それでいながらぼくは荘重なさまを失わず、陽気であるよりは陰鬱で、もっともらしく構え、どこか神聖で至高の存在のイメージといったものの中に没入していたのである。女は、ぼくの頭をかかえて胸の中にしめつけたが、それはまるで、胸の上でつぶれてしまうのを怖れるような、そっと力をぬいた手であった。

肩をゆらりとずらせて袖を腕からぬくと、ドレスのホックがはずれた。コルセットはつけておらず、胴着の前がわずかにはだけていた。女とかたく結ばれ、顔をうずめたまま呼吸を忘れて気が遠くなってしまったならと思わせるような、あのみごとな胸の隆起の一つがそこにのぞいていた。ぼくのひざに腰をかけたまま、まるで夢想にふける少女のようなあどけない様子をしていた。美しい横顔が、簡素な線でうかびあがっていた。愛くるしい胸のまるみの一つがわきの下でひだとなって、まるで肩が微笑んでいるような印象となっていた。色白の背は、ちょっとつかれたとでもいいたげに前かがみとなり、くたびれた感じのドレスが、裾に大きなひだを作って床にくずれおちていた。彼女は視線をあげ、悲しげで心にしみいるような歌の文句を、口の中でつぶやくようにくりかえしていた。

ぼくは女の櫛に手をかけ、それをひきぬいた。髪は波のうねりを思わせてほどけ、黒々とした長い房が腰にたれてゆれていた。ぼくはまず髪の上に手を置き、それから髪のあいだに、そしてその下にさしいれた。腕を奥までのばし、顔をうずめてゆく。ぼくはどうしていいのかわからないような気持ちだった。思いだしたように、頭のうしろで髪を二つに分け、それを前までまわしては離してみたりして楽しんだ。そうかと思うと、髪をそっくりたばね、それを引っぱってはのけぞる顔や、前につきでたのどを眺めたりもした。女は、まるで死人のようになすがままにしていた。

女はふいにぼくの手をふりほどくと、からんでいたドレスから両足をぬいて牝猫を思わせる敏捷さでベッドにとびあがった。マットレスは踏まれてくぼみ、ベッドはぎしぎし音をたてた。そしてベッドのたれ幕をすばやくうしろにおしやり、身を横たえたのだ。女は両腕をさしのべ、ぼくをとらえた。ああ、この場でこれまで交わされてきた愛撫のぬくもりが、そのままだシーツの上に残されているような感じがした。

やわらかく湿りけをおびた手がぼくのからだをまさぐった。顔に、唇に、そして目の上に女は接吻してくれたのだ。その先を急ぐような愛撫の一つ一つに、ぼくは気が遠くなりそうだった。彼女は仰向けになってあえいでいた。ときには細目に目を閉じたまま、これでもかといった皮肉めいた視線をこちらに注ぐのだった。それから腹ばいになってひじをつき、踵をあわせて高くあげたりすると、何ともいえない愛くるしさがあふれ、いかにも場なれのしたものおじしない姿態でこぼれんばかりであった。とうとう彼女はすべてをあげてぼくに身をまかした。見あげるように深く息をつくと、それにつれて全身がそりあっていきた……。燃えるような膚は、小刻みにふるえながらぼくの下に横たわり、わなないていた。足のさきから頭のてっぺんまで、すっかり快感にとらえられるのが感じられた。口と口とがぴったりとかさなり、指と指とがからまり、一緒にわななきつつ揺れながら、だきあったまま一つになってしまう。髪の香りと唇からもれる吐息を吸いこんでいると、無上の快楽のうちに死に絶えてしまいそうな気がした。なおしばらくのあいだ、ぼくは口を閉ざす気力もないまま、胸の鼓動や、興奮した神経の消えようとする痙攣を味わいつくしていた。すると、すべてが闇にかえり、消えさって行くような気がした。

で、女の方はというと、これもまた口をきこうとしない。肉をまとった彫刻のように身動きをとめ、青白い顔のまわりに黒くゆたかな髪がたれていた。そして腕と腕とが力なく放りだされていた。ときおり、ひざと腰とをぴくりと痙攣がとおりすぎた。ぼくの唇がおしつけられていた個所が、乳房の上にまだ赤く残っていた。しゃがれた悩ましげな声がのどからもれるさまは、まるで泣きつかれてしゃくりあげながら眠りこんでしまうといった様子だった。突然、女の声がする。「われを忘れたそのときに、子をはらみでもしたならば」といっていたのだ。そのあとの文句はもう憶えてはいない。両足を組んで、まるでハンモックにでも横たわっているように身をゆすっていた。

その手をぼくの髪にからませると、まるで子供のお相手でもするかのようにしながら、ぼくにいいひとがいるかどうかとたずねた。ぼくが、いるさと答えるとさらに問いつづけるので、それは美しいひとだ、人妻なのだとつけくわえた。それからさらに、ぼくの名前は何というのか、どんな生活を送っているのか、家族は、といったことをきく。

「で、きみは、きみの恋の体験は?」とぼくがいう。

「恋だなんて、まあおかしい」

そう口にするなりとってつけたように笑いころげたので、ぼくは困ってしまった。

女は、いまあなたが好きなひとは美人なのねと念をおし、ちょっと黙ってまた言葉をついだ。

「そうね、あなたは首ったけなんでしょうね。あなたの名前、名前を教えてちょうだいよ」

ぼくとしても、彼女の名前が知りたくなった。

「マリーっていうの」と彼女は答えた。「でも、昔はそれとは違う名前があったわ。うちではマリーなんて呼ばれていなかったの」

それからどんなやりとりがあったか、もう憶えてはいない。何もかも記憶から消えさった。すでに、それはそれは昔の話になってしまっているのだ。それでいながら、まるできのうのできごとのようにはっきり目に浮かぶ点もいくつかないではない。たとえばあの部屋の光景だ。まんなかがすりきれたベッド・カヴァーや、銅の装飾をそなえ赤い波模様のとばりのついたマホガニー製のベッドのイメージがまざまざと甦ってくる。指が触れると乾いた音をたて、そのへりはすりへっていた。マントルピースの上には造花をかざした花瓶が二つ置かれて、中央には、振り子の置き時計があった。その文字盤は、石膏の円柱につるされていた。壁のところどころに、黒い木の額に入った古い版画がかかっていた。描かれているのは、沐浴の女たち、ぶどうをつむ人々、漁夫などであった。

それから女がいた。あの女がいたではないか。彼女の思い出が甦ってくることがしばしばあるのだ。それはなまなましく鮮明な思い出なので、その容貌のごく些細な特徴があらためて目に見えてくる。幾年も前に他界した親しい友人たちをその衣裳や話しぶりとともに思いだし、あまりのことにはっとなるときのように、夢の中だけで経験できるような驚くべき記憶の正確さをもって、それは目に見えてくるのだ。女の下唇の左手に、ほくろが一つあったことをはっきり憶えている。顔に微笑が浮かぶと、しわになった膚の中に見えていた。女は、すでにみずみずしいといった時期を過ぎてしまってさえいた。きっと結ばれた口もとには、苦しみぬいて疲れきったさまが漂っていた。

身じたくができて帰ろうとすると、女は別れの言葉を口にした。

「もう、これまでね」

「また会うことだってあるさ」

「あるかもしれないわね」

それからぼくはその家を出た。外気にあたると、気力が甦った。自分がまるで違った人間になったような気がした。もう同じ男でないことが、顔つきから察しがつくのではないかと思われた。ぼくの足どりは軽く、自信にあふれ、満ちたりて、屈託がなかった。生きてゆくのに、もう学ぶべきことも、感じとるべきことも、欲すべきことも何もない。家に帰りつくと、そこをあとにしてから限りない時間がたってしまったような気がした。自分の部屋にあがって、ベッドに腰をおろすと、その日一日のできごとにぐったりと気力も失せ、その信じがたい重みがのしかかってきた。おそらく夜の七時ごろだったのだろう。日が沈みかけており、空は夕日の色に染まっていた。地平線のあたりは、家々の屋根の上に真っ赤に燃えあがっていた。庭はすでに影につつまれ、ものさびしげな様子にあふれていた。葉虫が群れをなして、黄色に、あるいはオレンジ色に、塀のすみずみをぐるぐると旋回し、また茂みの中を、高く低く飛んでいた。地面は乾き、灰色だった。通りには、下層の人々が細君に腕をかして、歌を口ずさみながら歩きすぎ、城門の方へと進んでいった。

ぼくは、自分のしたことがいつまでも気になっていた。名状しがたい悲しみが襲ってくる。嫌悪感でいっぱいだった。げんなりして、何をする気にもならなかった。「だが、この今朝まではこんなではなかった」とぼくは思った。「もっと溌剌としていたし、幸福でもあった。どうしたことなのか」。そういって頭の中で、さっき歩いた通りという通りをたどりなおしてみた。出会った女たちや、歩きまわった小径をすっかり思い浮かべる。マリーの家までまた行ってみる。それから自分の思い出のどんなこまかい点までにも足をとめるのだった。記憶をしぼりあげるようにして、できるだけ多くの点を把握しようとした。そんなことをして夕刻をすごしてしまった。まるで老人のように、その心を魅了する思いにしっかりとしがみついていた。今後、ぼくにはこんな体験は何ひとつあるまい。恋は他にも幾つか訪れはしよう。だが、これに似たものはもうないだろうと感じていた。あの、初めての香りをもう知ってしまった。あの響きはすでに放たれてしまった。自分が感じたあの欲望をいま一度味わいたい。あの歓喜はもう消えさってしまったものなのか。

これまでの生涯といま生きつつある自分、つまり過ぎ去った日々にいだいていた期待と現在のぼくをとらえているやりきれない倦怠感とをじっと考えてみるとき、自分の心が生存のどんな部分にあったのか、そして自分が夢想のうちにあるのか行動しているのか、すっかり厭悪感にみたされているのか欲望にみたされているのか見当がつかなくなってしまう。いやというほど食べすぎたあとの嘔吐と、まだこれからだという熱烈な期待とを同時にいだいていたからである。

愛の行為とは、ではあんなものでしかなかったのか。女とは、ではああしたものにすぎなかったのか。みちたりてしまったのちもなお求めずにいられぬというのは、いったいどうしてなのだろうか。これほどまでに渇望しながら、なぜかくも裏切られた思いがするのか。どうして人間の心はこうも広大で、人生はこんなにも卑小なものなのか。天使たちの愛をうけてもまだ充分でないと思われるような日々がある。それでいて天使たちの愛も、世俗の女の愛撫のもとではたちどころに消滅してしまうのだ。

だが、幻想が消えうせたあとには、この世ならぬ香りといったものが人の心に残される。そこで幻想が逃れさった小径という小径をたどり、そのあとを捜しもとめるのだ。すべてが束の間に消滅することはない。人生は、無限に始めることでしかなく、新たな世界が目の前に開けてくるのだと自分にいいきかせては気をまぎらわせる。実際のところ、こんな結果に陥るために、至上の夢想やにえたぎる欲望をあれほど浪費せねばならぬものなのか。だがぼくは、心に築きあげてきた美しいイメージのいっさいを放棄してしまいたくはなかった。失われた童貞よりも身近な地点に、それより漠然としていながら美しさにおいてまさるものの姿や、いだいていた願望に似た正確さにおとるが、現世をこえて無限に拡がる肉の楽しみを自分のためにつくりあげていたのだ。これまで思い描いていた想像上のイメージを、明確に浮かびあがらせようとつとめていると、それにいま体験したばかりの感覚の鮮烈な記憶が入りまじってくる。そしてまぼろしと現実の肉体、また夢想と現実世界といった具合にすべてが混同してしまうのだった。ついさっき別れてきたばかりの女は、ぼくにとってはそうした混同の総合としての大きさをそなえ、そこではすべてが過去に要約され、しかもすべてが未来へと身をおどらせるのだった。ひとりになってあの女のことを思い描いてみる。あらゆる角度からあれこれとらえなおしてみては、そこに何かしら新たなものが、つまりそのときは気づかず自分のものとしえなかったものがさぐりあてられるのだ。また会ってみたいという気持ちがぼくをとらえた。それが執念になった。ぼくを惹きつけた宿命というか、滑りおちる急な斜面のようなものであった。

そう、それは美しい女だった。暑かった。ぼくはぐっしょり汗にぬれて女の家の戸口にたどりついた。その窓からは明かりがもれていた。きっと眠れずにいるのだろう。立ちどまると、弱気になった。どうしてよいかわからず、あとからあとからとりとめもない思いに襲われ、いつまでも立ちつくしていた。またしても、ぼくはその家に足を踏み入れた。ふたたび階段の手すりをすべり、部屋の鍵をまわしたのだ。

彼女は、昼間きたときのようにひとりきりだった。同じ場所に、ほとんど同じ姿勢でいたのだが、ドレスを着替えてしまっていた。今度のは黒くて、肩のあたりを縁どっているレースの飾りがその胸もとで自然に揺れていた。つややかな肌であった。顔は、燭台の明かりに照らされた場合に特有の妖艶な蒼白さをたたえていた。唇は閉ざされることもなく、髪はカールをすっかりのばし、両方の肩にたれていた。視線は天井に向けられ、消えうせた星を瞳で追ってでもいるかのようだった。

女は、すぐさまおどりあがって喜び、ぼくのところにかけ寄ると、両腕でだきしめてくれた。ぼくたちふたりにしてみれば、夜半のあいびきで恋人たちが経験するに違いない、あの全身がふるえあがらんばかりの抱擁であった。そんなとき、闇の深さに目をこらし、木の葉が踏みしかれる音を一つ一つ、そして森の木のない草原を通りすぎるおぼろなものかげを一つ一つながいあいだうかがっているうちに、二人は遂にめぐりあい、抱擁しあうことになるのである。

女はぼくに言葉をかけた。待ちこがれていた、それでいながらやさしくもある声であった。

「そうなのね。あたくしのことが好きなのね。こうしてまた逢いに来てくれるなんて。ね、そうでしょう。まあ、あなたったら、あたしが好きなのね」

その言葉には、フルートをせいいっぱい高く響かせたときのような鋭くしかもやわらかい声色がひめられていた。

ひざをかがめて半腰になり、ぼくのからだに両腕をかけると、陶酔しながらも気が重そうな調子でこちらを見つめるのだった。ぼくはといえば、かくも性急に襲いかかった情熱にいささか驚きはしたものの、それで心が魅惑され、得意にもなった。

女が着ているドレスは指で触れるとかさかさと音がした。生地のビロードの感触を味わったあとで、思いだしたように熱をおびた裸のやわらかい腕に触れてみることもあった。衣裳が着ている人の性質を帯びているかのように感じられる。それからは、淫らこの上もない裸体の魅力が漂い出していた。

彼女は、何としてもぼくのひざに腰かけたいといいはった。それから忘れがたいあの愛撫をしはじめたのだ。ぼくの髪に手をさしいれると、向かいあったままのその目でこちらをじっと見つめ、灼けつくような視線をぼくの視線に投げかけるのである。こうしてじっと姿勢を崩さずにいると、その瞳がどんどん大きくなるように見え、そこからはあふれんばかりの気配が発せられて、ぼくの心の上を流れてゆくように感じられた。まばたきをも見せぬこのまなこからあふれる流動性のものは、尾白鷲の飛翔が次々に描く環にもにて、その一つ一つに触れるぼくを恐るべき魔力でますますがんじがらめにしていた。

「そうなのね。あたしのことが好きなんだわ」と女がくりかえした。「好きなのよ。こうしてまた来てくれたんですもの、わざわざね。でも、どうしたの。まるで口をきいてくれないわ。悲しそうにしてるのね。もう、その気がなくなってしまったの？」

　女は、ちょっとだまってからまた言葉をついだ。

「あなたって、なんていい顔してるんでしょう。そりゃあ立派なものだわ。いいから接吻して、抱いて頂戴。キッスよ。さあ早くキッスして」

　女はぼくの口に唇をよせると、鳩の鳴き声のような音を響かせながら、そうしてくみつくす吐息に胸をふくらませるのだった。

「そうだ。今夜は泊まっていらっしゃい。いいでしょう。泊まってゆくのよ。一晩じゅう二人っきりでね。恋人にほしいのはあなたみたいな人よ。若くて、新鮮で、あたしのことが好きでそれしか念頭にないような恋人なの。そんな人がいたら、ぞっこん惚れてしまうでしょうよ」

　そういって、彼女はまるで神も天上から地上に降りたちはしまいかと思われるほどの、途方もない欲望にはたとうたれたのだった。

「そんなことをいって、恋人は一人ぐらいいるだろう」とぼくはいった。

「なに、あたしのこと？　人が好きになってなんかくれますかね、あたしみたいなものを。こんな人間がいるなんて思ってもくれないわ。鼻もひっかけてくれやしない。あなただって、あしたになって、あたしを憶えててくれるものかしら。ただ、こういうだけよ。『そうか、昨日は商売女と寝たのか』ってね。ああ、たまらない。なんて話なんでしょうね（そういって、彼女は腰にこぶしをあてがうと、みだらな様子でおどりはじめた）。あたしは踊りがうまいのよ。ほら、あたしの衣裳をみて頂戴」

彼女は戸棚をあけた。そこには、仮装舞踏会の衣裳といっしょに、黒い仮面と青いリボンが見えた。また、金モールのついた黒ビロードのズボンも釘にかかっていた。すぎさった謝肉祭の色あせたなごりである。

「この衣裳を見て頂戴」と女はいった。「これを着てよく舞踏会にいったものだわ。今年の冬は、それはおどったものよ」

窓はあけはなたれ、蠟燭の火が風にゆれていた。マントルピースの上にそれをとりにゆくと、枕頭の机に置いた。ベッドのそばまできてそこに腰をおろすと、女はうなだれた様子でじっと考えこみはじめた。ぼくも言葉を口にはしなかった。時間をやりすごしていた。八月の夜の熱をふくんだ香りがここまでたちのぼってくる。そこからは、大通りでの樹々のざわめきが耳に達してくる。窓のカーテンははためいていた。夜をとおして、嵐めいた天候だった。ときおり稲光がして、女の顔が真っ青に浮かびあがる。心の高揚をおさえた悲しみの表情に、ひきつれたような顔であった。雲はす早く流れていた。なかばその影になった月が、ときおり深い色の雲にかこまれ澄んだ空のいっかくに姿をみせた。

女はゆっくりと着ているものをぬいでいった。まるで機械を思わせる正確な動作であった。下着だけになると、床の上を裸足でこちらにやってきた。手をとってベッドのところまでぼくを導いた。ぼくを見つめてはいなかった。何か別のことを考えていた。唇はばら色でしっとりとした湿りをおび、鼻がふくらんで瞳は燃えあがるようだった。その姿からは、ちょうど演奏家がいなくなっても楽器から眠りに入った楽譜のひそやかな香りがたちのぼり続けているように、脳裡をよぎる思いにふるえているようにみえた。

ぼくのかたわらに身を横たえてしまうと、彼女は娼婦にふさわしい誇りをもってその肉体のすばらしさをありったけ誇示するのだった。かたくしまって、たえず嵐めいたうなりとともにもりあがるその胸を、ぼくはまざまざと見た。真珠のような光沢の腹にへそがくぼみを作っている。弾力をおび、痙攣し、しかもやわらかなその腹は、顔をうずめると暖かな繻子の枕を思わせた。腰つきはすばらしかった。これこそ女の腰だという腰で、肉づきのよいももへとくびれてゆく線は、横から見ると、蛇というか魔性をおびた何ものかの、どこかうねうねとして頽廃的な姿態をどうしても思い出させてしまう。肌をしめらせている汗のせいで、その肉体はみずみずしく吸いつきそうな様子をおびていた。そして暗闇にその瞳が光っているさまは、どきりとさせられるものがあった。右手につけている琥珀の腕輪は、女が寝台の腰板にぶつかるたびに音をたてていた。ぼくの顔を胸にだきしめるようにして話しはじめたのは、ちょうどそんなときであった。

「あなたは恋と、快楽と、肉の喜びを与えてくれたわ。どこからきたの。お母さんはどこにいて？　あなたを身ごもったときはどんな気がしたかしら。アフリカのライオンみたいな強い人とか、あまりの香りに鼻を近づけると死んでしまいそうな異郷の樹々のにおいを夢想していたのかしら。黙っているのね。その大きな瞳であたしを見て。じっと見つめて頂戴。あなたの口は？　口を近づけて。こうよ、こうして。ほら、あたしのを吸って頂戴」

それから、まるで酷寒を耐えるかのようにがちがちと女の歯の根があわなくなった。開いたままの唇がぶるぶるとふるえ、意味のとれない言葉を宙に吐きだすのだった。

「ああ、あたしたちが本当の恋人ならいいのにね。わかって？　嫉妬するかもしれなくてよ。あなたを見つめたりする女の人がいれば、どんなけちな女の人にでも嫉妬するわよ……」

そして、その言葉の最後は叫び声になっていた。かと思うと、腕にぎゅっと力を入れてぼくをつかまえ、いまにも死にそうだなどと低くつぶやくのだった。

「本当に、男って、とりわけ若い男の人っていいものね。もしあたしが男だったら、女という女はみんな夢中になる。あたしの目の輝きっていったら、それはみごとなものでしょうよ。着物をきればすごく立派だし、うっとりするみたい。あなたのいい人は、あなたに夢中なんでしょう。逢ってみたいわ。二人で逢うときはどうしてるの？　あなたの家にくるの、それともむこうに出かけてゆくの？　馬に乗って散歩にでかけるときかしら。馬上のあなたって、堂々としてるに違いないわ。芝居がはねて、その人がクロークにコートをとりにゆくときかしら。それとも、暗くなってからその人の庭に出かけてゆくの？　あずまやに二人して腰かけて語りあいながら、それは楽しいときを過ごしているに違いないわ」

ぼくは、ずっと女にしゃべらせておいた。そんな言葉を綴りあわせては、ぼくにおあつらえむきの恋人像をこしらえあげているようにみえた。そして、ぼくの脳裡に生まれてしまったそんなまぼろしのようなものをいとおしく思った。それは、夕暮れに野原に光る鬼火よりもすばやくひらめいていたのである。

「二人が知りあってから、もうずいぶんになるの？　ちょっと話して頂戴よ。どんな言葉をかけてやればその人は喜ぶの？　大がらな人？　それとも小がらなの。歌を歌ったりして？」

きみは思いすごしをしていると女にいってやらずにはいられなかった。きみのところに来るまでにずいぶんと気をもんだし、それからぼくは後悔した、というよりいうにいわれぬ恐れをいだいた。やがて突然きみのほうに戻ってこずにはいられなかったのだとさえ語ってきかせてやったのだ。ぼくには情人などいたためしがない、いたるところで捜し求めはしたし、ながいこと夢想しもした。いってしまえばぼくの愛撫の手をうけいれてくれたのはきみが最初なのだとはっきり話してしまうと、女はびっくりしたようにこちらに身を寄せ、まるで幻影でもとらえようとするかのように腕をつかまえていうのだった。

「本当ですって？　いや、嘘なんていってはだめよ。なら童貞だったわけなの？　あたしが男にしてあげたっていうの？　そうよ。あなたの接吻にはどこかうぶなところがあった。まるで子供たちだけで恋のまねごとをしているような感じだったわ。それにしてもびっくりしちゃう。かわいいわ、あなたって。じいっと見ていると、ますます気に入っちゃう。ほっぺたは桃みたいにやわらかいし、肌は本当にまっ白。きれいな髪の毛は手ごたえがあってふさふさしている。まあたまらない。あなたさえその気になってくれれば、うんと可愛がってあげる。あなたみたいな人って、初めてなんですもの。素直な気持ちであたしを見つめてくれているみたい。それでいて、その目がこの身を燃えあがらせるのよ。どうしてもあなたに身を寄せて、この胸にだきしめたい気持ちなの」

それは、ぼくが生まれてから耳にした最初の愛情のこもった言葉であった。誰の口からもれたものであろうと、至上の幸福感にしびれながら心がうけとめる言葉である。その事を忘れないでいていただきたい。ぼくは、心ゆくまでその感覚にひたりきっていたのだ。ああ、未知の大空をめざして、すばやく身をおどらせたさまはどうだったろう。

「ほら、何をしているの？　しっかり抱いて。しっかり抱いて頂戴。あなたが接吻してくれると若返るのよ」と女はいった。「あなたのにおいをかいでいるのが好き。まるで六月に咲く大好きなすいかずらのような、さわやかでしかも同時に甘い香りなの。歯をみせてごらんなさい。あたしのよりも白いわ。あたしがきれいだっていったって、あなたには及ばない。……こうしていると、なんて気持ちがいいことかしら」

そういうなり、女は唇をぼくの首に押しあて、まるで猛獣がしとめた獲物の腹でもむさぼるかのように、焼けつくような接吻でまさぐるのだった。

「いったい今夜はどうしてしまったのかしら。あなたのせいですっかり燃えてしまったわ。お酒をのんで、歌いながら踊ってやりたい。ときどき小鳥になりたいなんて思うことはあって？　二人で飛びまわりましょうよ。大空で一つになれたら気持ちがいいに違いないわ。風に押しやられ、雲にとりまかれる。……だめよ。黙ってて頂戴。こうして見ているんだから、じいっと見ているんだから。あなたの記憶が永遠に残ってほしいの」

「どうしてそんなことというのかい？」

「どうしてですって？」と彼女は言葉をついだ。「そりゃあ、憶えていたい、思い出していたいからよ。夜、眠らずにいるときに思い出し、昼間起きているときにも思いだしていたいの。窓にもたれて通りがかりの人に目をやりながら一日中思い出していたいし、ことに夜になったりして、もう何も見えなくなったのにまだ蠟燭の火をつけないでいるときに思い出したいの。あなたの顔が、からだが、肉の喜びがいきづいているこのみごとなからだが目に浮かんでくる。それから声が耳によみがえってくるでしょう。そうだわ。聞いて、ねえお願い。あなたの髪を切らせて頂戴。この腕輪に入れて、一生手離さないわ」

いい終わるなり女は立ちあがり、はさみをとってきて頭のうしろから一房の髪を切りとった。とがった小型のはさみで、とめがねで重なり離れながらぎしぎし鳴った。ひやりとした金属とマリーの手とをいまでも感じとることができる。

髪の毛を贈ったり交換したりするのは、愛しあうものたちにとってはこよなく快いことの一つである。夜という夜が開かれてからというもの、どれほど多くの美しい手が露台ごしに房をなす黒髪を与えてきたものだろう。懐中時計の8の字がたによじれた鎖の下に、髪がこびりついた指輪やクローバーのようなかたちで髪を結んだ思い出のロケットといった、つまらない床屋の手にけがされた髪がある。が、ぼくはといえば何のてらいもない髪がよかった。ただの一本も失うまいとして両はしを糸で結んだだけのものがよかったのだ。初めて知った恋が最高に達し、別離を明日にひかえたといった二度と味わえぬ瞬間に、自分の手で愛する人の頭から切りとった髪である。髪の毛、と思っただけで心がおどる。それは、太古の女にとってはえもいわれぬマントだったのではないか。かかとまでたれさがって二つの腕をおおってしまうような場合がそうだった。男とつれだって大河のほとりを進んでゆくと、世界にそよぐ初めての微風が、棕櫚のこずえで獅子のたてがみと女の髪とを一緒にゆさぶっていたものだった。ぼくは髪の毛に愛着をおぼえる。掘りかえされた墓地やとりこわされていく古い教会にたたずんで、掘りおこされて地面の黄味がかった人骨と腐った木材のあいだに見えてくる髪の毛を、幾度となくじっと見まもっていたものだ。太陽がその光景に薄白い光線をなげかけ、まるで金の鉱脈のような輝きを与えていることがよくあった。いまではひからびてしまった誰かの手が、まだ生きていた白い頭に一つにたばねられ香油にうるおったその髪をなでつけ、枕の上にくりひろげてみたり、いまでは歯茎もなくなってしまっただれかの口がその中ほどに接吻を置き、幸福感に涙をこらえながらその先端に歯をたてたりした日があったのだと想像してみるのがぼくは好きだった。

がらにもなく見栄をはって、ぼくは自分の髪を切らせてやった。こちらから相手のももらいたいといいだすのは気はずかしかった。だがいまとなってはぼくの手に何ひとつのこされてはいない。手袋も、ベルトも、三枚のばらの押し花さえも書物のあいだに保存してはなく、ただ一人の娼婦と寝たのだという記憶しかのこされてはいないとなると、女の髪をもらっておけばよかったと残念に思われるのだ。

ぼくの髪を切ってしまうと、彼女は脇に戻って身を横たえた。官能的に全身をふるわせてシーツの下にもぐりこみ、ぶるぶるとふるえていた。それから、まるで子供のようにぼくのからだの上で身をまるくした。しまいに、ぼくの胸に顔をのせたまま寝入ってしまった。

一つ呼吸をするたびに、自分の胸の上で持ちあがる寝顔の重みを感じていた。この見知らぬ存在とのあいだに、ではいったいどんなに深い一体感を覚えていたというのだろう。今日という日までたがいに見ず知らずの他人だったぼくたちが、偶然によって結ばれたのだ。同じ一つの床に横たわり、何とも名状しがたい力によって一つになっていたのである。二人はこれから別れてゆき、ふたたび会ったりすることもなかろう。空中を漂い飛びかっている原子も、地上で愛しあう心と心よりも結ばれあっている時間は長い。おそらくは、夜のあいだに、孤独な欲望が身をもたげ夢想がたがいに求めあったりするのだろう。一つの欲望が見知らぬ魂を求めれば、たぶんその魂は星座も異なる地球の裏側で欲望を求めているのであろう。

いまこの女の脳裡に去来する夢はどんなものか。家族の夢だろうか、初恋の人か、世の中のことか、男たちのことか、豪華でなに不自由ないはなやかな暮らしだろうか、それとも年来の恋であろうか。ことによったら、このぼくの夢を見ているのかもしれない。その蒼白いひたいにじっと目をやって、ぼくは女の眠るさまをうかがっていた。鼻からもれてくるかすれたもの音の意味をさぐってみようとつとめたのである。

雨が降っていた。雨の音とマリーの寝息に耳を傾けていた。まさに消えようとする燈火がクリスタル細工のうけ皿ではぜている。夜明けの色がさしてきた。一条の金色の光が空にさっと走り、水平にひろがった。とみると、次第に黄色と葡萄酒の色あいをおび、部屋の中に薄白い光をほのかに送りこんできた。そこには紫色のひだがかかって、いまなお顔の色と、鏡にはえる消えかかった蠟燭の光とたわむれあっていた。

マリーはぼくの上に横たわったままなので、からだのある部分は光をうけ、別の部分は影になっていた。わずかにからだを動かしていたので、頭が胸よりも低くなっていた。腕輪をした方の右の腕はベッドの脇にたれ、ほとんど床に触れんばかりだった。枕もとのテーブルには、すみれの花束がコップの水にさしてあった。ぼくは手をのばし、花束をとり、歯で糸をかみ切って、花の香りを吸いこんだ。前日の暑さのせいか、あるいはことによるとつみとってから時間がたってしまっていたからなのか、すみれはしおれてしまっていた。そこには何ともいえぬ独特な香りが感じられたので、一つずつ鼻に近づけてみた。湿りけをおびた花だったので、ほてった目に押しあてて冷やそうとした。血は燃えたぎっていたし、疲れた手足がシーツに触れると、まるで火傷でもしたような感じがしたからである。それからぼくは、自分が何をすべきか見当もつかないし、また女の寝顔を見ているのが奇妙に嬉しかったので起こそうとする気にもなれず、マリーの胸もとにすみれの花をまとめてそっと置いていった。ほどなく、女の胸はすっかりそのかげに隠れてしまった。この美しいしおれた花は、それにおおわれて眠っているマリーを象徴しているようにぼくには思われた。たしかにこの花のようにみずみずしさは失われてしまっていても、ことによったら失われてしまっていればこそ、鋭くさすような刺激の強い香りを高く漂わしているのだろう。その身に起こったにちがいない不幸なできごとが、眠っていても口もとにかげをおとす暗さとなって美しさをそなえていた。首のうしろの両側にしわが走り、おそらく昼間は髪で隠しているのだろうが、それが女に美しさをそえているのである。肉の喜びにふけりながらもあれほど悲しみにみち、抱擁のうちにさえ痛ましい快楽が感じられるこの女をみていると、あとに残された痕跡から判断して、数しれぬおそろしい情熱が稲妻のようにその上を屈折して走りすぎたのだと想像できた。そうしてみると、女の身に起こったできごとを語って聞かせてもらえれば、おもしろいに違いない。人間として生きてゆくことのうちに、音高く響きわたるような一面を、激しい情念と美しい涙にみちた世界を追いもとめていたのがこのぼくだったからである。

そう思っていたときに、女が目をさました。すみれの花がみんな滑りおちた。女は微笑んでいる。目はまだ開ききっていないのに、もうその手をぼくの首にまわして朝の長い接吻をしてくれた。起きぬけの鳩のような接吻であった。

その身に起こったできごとを話してくれないかとたのむと、彼女はぼくに向かって語りはじめた。

「あなたが相手なら話せそうな気がするわ。ほかの女の人たちだと、うそもつくでしょうし、昔からこんな女じゃあなかったなんてきまっていいだすに違いない。家族はどんなで、こんな人たちと恋をしたのなんて作り話を語って聞かせることになりかねないわ。でも、あたしはあなたをだましたり、生まれの良いお嬢さまだったなんて思いこませたりはしないつもり。いいこと、あたしが幸福だったかどうかいまにわかるのよ。あたしは死んでしまいたいと思ったことがずいぶんあった。一度なんか、みんながあたしの部屋に入ってみると、窒息しかけていたことがあるの。そう。地獄ってものがこわくさえなければ、とうに死んでしまっていたはずだわ。やっぱり死ぬことだっておそろしい。避けて通るわけにはいかないあの瞬間がおそろしいのよ。それでいて、自分が死んでしまっていればいいなどと思うの。

あたしは田舎で生まれて、父は小作人だった。初聖体までは、毎朝野原で牛の番をさせられたものよ。一日じゅうひとりっきりで過ごし、畠のはずれの斜面に腰をおろして眠ったり、森に小鳥の巣をとりにいったりしたものだった。男の子みたいに木にのぼり、着ているものはいつでも破れていた。やれりんごを盗んだの、家畜を隣の土地に入れてしまったのといってなぐられたわ。取り入れの時期がきて、夜になってから中庭でみんながまるくなって踊ったりしていると、わたしには意味がわからないところのある歌の文句に聞きいっていたものだわ。若い男の人たちが娘たちに接吻し、みんなはどっと笑っていた。それを見ていると悲しい気持ちになり、夢想にふけったものよ。ときどき、帰宅の途中で干し草をつんだ馬車に乗せてくれと頼んだりすると、男の人があたしをかかえてだきあげ、うまごやしの束の上におろしてくれた。がっちりした若者の頑強なたくましい腕で地上から持ちあげられてゆくのに、名状しがたい快感を味わうようになってしまったなんてことが、あなたにはわかって？　その人の顔は陽やけして、胸は汗でびっしょり。普通は、肩のところまで腕をまくりあげていたので、その筋肉に触れるのが好きだった。手を動かすたびに、筋肉は盛りあがったりくぼんだりしていたわ。それから、男に接吻してもらってざらざらしたあごひげでこすられるのが好きだったの。あたしが毎日でかけていった牧場から降りていったところに、小さなせせらぎが流れていて、その両側にはポプラが列をなして続いており、流れのほとりにはありとあらゆる花々が咲きみだれていたわ。それで花束や、冠だの、花づなをあんだり、なかまどのたねで首輪をつくったりしたものよ。それがすっかり病みつきになって、エプロンはいつでも花だらけ。父がしかっていったわ。お前は、化粧のことばかり気にする女にしかなれなくなってしまうぞって。小さな自分の部屋にもいっぱい花を持ちこんだ。ときどき、その香りがあまり高いので酔ったようになって、意識がぼんやりして目が閉じそうになってしまっても、そんな奇妙な気分を楽しんでいたものよ。たとえば刈ったばかりの干し草のにおい、それもむっとして発酵したような干し草のにおいには、いつでもうっとりとするような気分にさせられたもので、だから日曜になると、納屋にとじこもって、くもが柱のすみに巣をはるのを見あげたり、蝿のうなり声に耳をかたむけたりして午後いっぱいを過ごしたわ。あたしは何をするのもおっくうな怠け者みたいな暮らしぶりだったけど、きれいな娘に成長した。健康ではちきれんばかりだったの。ときどき妙な気分に襲われて、ただひたすら、ばったり倒れるまで走りまくったり、そうかと思うとのどがさけそうになるまで歌を歌ったりした。あるいは、ひとりでながいことしゃべりつづけたりしたの。不思議な欲望のとりこになって、鳩が鳩舎のなかで愛戯にふける姿から視線を離すことができなかった。そのうちの幾羽かはあたしの窓辺まで飛んできて、日なたで羽をうちならしたり、葡萄の葉のあいだでたわむれあっていた。夜になっても、羽ばたきや鳴き声が聞こえていて、あたしの耳にはそれは快くまろやかに感じられたので、だからあんなふうにあたしも鳩になって、鳩たちがくちばしを触れあっているときのように、あんなふうに首をぐるぐるさせられないかと思ったほどなの。『いったいどんな言葉を交わしあっているのかしら』とあたしは考えてみたわ。『何しろあんなに幸福そうなんですもの』ってね。それからまた思い返してみたの。牡馬が牝馬を追いかけているのを見たけど、あのときの様子は実にほれぼれするほどだったし、鼻の開きぐあいの力強さは大変なものだったってことを。近づいてくる牝羊を感じて毛をふるいたたせる牡羊の喜びぶり、果樹園の枝に群れをなしてぶらさがる蜜蜂の、あのぶんぶんというなり声も思い出してみたわ。よく家畜小屋に入っていって、家畜たちのあいだにすべりこみ、その肢体からたちのぼってくるもの、生命感にあふれたほてりといったものを感じとり、それを胸いっぱいにすいこんだり、その素膚をひそかにみつめていたものだけど、頭がくらくらしてきて、どうしてよいかわからなくなって視線がきまってそっちのほうへ吸いよせられてしまったの。またそれとは別に、こんなこともあったわ。森の中のくねった道を歩いてゆくと、とりわけ夕暮れどきがそうなのですけど、樹木までが奇妙なすがたに見えることがあった。あるときは空に向かってさしのべられる腕のようだったり、そうかと思うと風にうたれてよじまげる人間のからだのような木の幹だったりするの。夜中に目がさめて、月が出て雲があったりすると、ぞっとするほど怖ろしくもあればあれが自分のものになればいいなと思うようなものが空に見えていた。いま思い出すのですけれど、あるときなど、あれはクリスマス・イヴのことだったわ。大きな女の人が裸でたちはだかり、目をぎょろつかせているのが目に入ったの。ゆうに百フィートはあったでしょう。が、その姿は進むにつれてどんどん伸びて細くなり、とうとうちぎれてしまった。手足はばらばらになったまま、まず頭が飛んでいってしまった。残った部分は、まだそっくりとぶるぶるふるえていたわ。そんな経験があったかと思うと、また夢もよく見ました。もう、十歳のころから、熱っぽい想像に燃えたつ夜を、淫乱な思いにみちた夜も幾晩となく過ごしたものだった。あたしの瞳に輝きがまし、血となって流れていたものは、男たちとあたしのからだが触れあっただけで胸がたかなってしまったのは、その淫乱な思いだといっていいと思うわ。おかげで耳もとには、絶えることなく肉欲の歌が歌われていた。目をつむると、肉体は金色に輝き、あふれでた水銀のように見しらぬものの姿が、ふるえているのが目に浮かんできたの。

教会に行くと、十字架にかかった男の裸体を見つめていたものだった。そして垂れたその頭を持ちあげてやる。やせた脇腹をふくらませてみる。手足にはすっかり彩色をほどこす。閉じたまぶたを開かせてやる。そんなふうにして、すぐ目の前に燃えるような視線の美男子をこしらえあげてみたものだった。十字架からひき離し、祭壇をこちらの方へ降りてこさせる。そのまわりには香がたちこめていて、男は煙の中を進んでくる。そうすると、ぞっとする身ぶるいのようなものがあたしの肌を走りぬけるの。

男の人から声をかけられたりすることがあると、その目をしげしげと見つめ、その目からほとばしるものを見きわめようとしたものだわ。とりわけすきだったのは、しじゅう休まず動いているようなまぶただった。黒目が隠れたり見えたりするような、まるで蛾の羽ばたきを思わせるような動きが好きだったの。そんな人たちの着ているものの奥に、男性たることの秘密をかぎだそうとしたの。そうした点について、友達の女の子にきいてみたり、父と母との接吻や、夜になってきしむそのベッドの音をじっとうかがってみました。

十二歳になって、初聖体をうけた。あたしのためにに町からきれいな白いドレスがとりよせられ、みんながブルーの帯をむすんでいたわ。あたしは、貴婦人たちがしているように髪の毛をカールさせてほしかった。うちをでる前に鏡に写してみると、自分が何とも美人に見えたので、自分自身に恋してしまいそうだった。そんな気持ちになれないかと思ったほどだったわ。聖体大祭のころだったので、尼さんたちが教会を花でいっぱいにかざっていた。いいにおいだったわ。あたしも三日前から、初聖体をうけるほかの女の子たちといっしょになって、誓いの言葉をいう小さな机をジャスミンの花で飾る準備に精をだしていました。祭壇はヒヤシンスでおおわれ、聖歌隊席の踏み段には絨緞が敷きつめられており、みんなは白手袋に大蠟燭を持たされていました。あたしは嬉しくてならなかった。あたしにはおあつらえむきの経験だと思っていたの。ミサが終わるまで、足の裏を絨緞にすりつけていた。だって、父の家には絨緞などなかったのですもの。できれば、きれいなドレスのままその上に寝そべりたい、聖燭の光にかこまれたまま教会にたったひとりで残れないものかなどと思ったわ。胸は新たな希望にときめき、聖体のパンを口にうけるのが待ちどおしくてならなかった。人の話によると、初聖体ですべてが変わるということで、拝受の瞬間が過ぎれば、あたしの欲望もすっかり静まるものと思いこんでいたの。ところが、それは間違いだった。もとの席にもどって腰をおろしても、いままで通りの欲望の炎に焼かれていたのです。司祭さまのほうに進んでいくときに、みんながあたしに注目し、なんて可愛い娘だろうと思っているのに気づいていました。あたしは自信ありげにそり身になって、自分がきれいなんだと思った。自分のうちにひそんでいて、それがどんなものか自分でもわからないような快楽の源泉のあれこれに故もなく得意になっていたの。

ミサが終わって教会の外にでると、みんなで並んで墓地を行列して歩いた。家族のものや集まってきた人びとが両側の草の中に立ち、進んでゆくあたしたちを見つめていた。あたしは先頭だった。いちばん背が大きかったからなの。食事のときには、なにも口に入らなかった。胸がすっかりつまってしまっていたの。教会での式のあいだ泣いていたので、母はまだ真っ赤な目をしていたわ。近所のひとが何人かお祝いをいいにやってきて、心から接吻してくれたけど、そんなふうにさわられるのがとてもいやだった。夜になって、夕べの祈りのころには、午前中よりももっと沢山のひとがきていました。あたしたち女の子の前に、男の子たちがすわらされました。こちらをじっと見つめており、なかでもあたしが凝視の対象になった。目をふせていても、まだその子たちの視線が感じられたわ。男の子たちは、髪にカールをあててもらい、女の子と同じように着飾っていた。聖歌の第一節を歌いおわって、男の子たちが変わってその続きにかかったとき、その声にあたしの心は高まっていった。その声が消えると、あたしの感じていたえもいわれぬ気持ちも引いていってしまったの。それから男の子の歌がまた始まると、ふたたびあたしの気持ちは張りつめたものになっていった。あたしは誓いの言葉をとなえた。いまおぼえていることといったら、白いドレスと純潔さといったことを話していたことだけなの」

マリーはそこで言葉をとめた。おそらくは、感動的な思い出にひたりきって、そのため我慢できなくなってしまうのを怖れていたのだろう。ややあってから、どうでもいいわという具合に笑ってみせ、言葉をつづけたのである。

「ああ、白いドレスなんていったけど、もうずっとまえにすり切れてしまった。それといっしょにあたしの純潔さもすり切れてしまったわ。あのときいっしょに式に参列した女の子たちは、いまはどうしているかしら。死んだひともいるだろうし、結婚して子供のできたひともいるんでしょうね。もう、あのうちの誰にもあわないし、つきあっているひともいないわ。毎年の元旦にはいまでも母に手紙を書きたいと思うのだけど、決心がつかないの。それにね、つまらないはなしだわ、そんな感傷じみたことなんて」

心の動揺にさからいつつ、女はつづけた。

「翌日は、それもまた祭日だったのだけど、仲間の男の子のひとりが遊びにやってきたの。そしたら、母がいうじゃあないの、『もう立派な娘になったんだから、男の子と出かけたりしちゃあいけない』ってね。そういって、母はあたしたちをひき離してしまったの。あたしがその子にすっかり熱をあげてしまうには、そんなことで充分だった。あたしはそのあとを追った。好きだっていってやったわ。いっしょにその土地から逃げてしまいたかった。あたしが大人になったとき、結婚してくれなきゃあだめよっていったの。あたしの夫だの、恋人だのと呼んでみたのだけど、相手のほうにはその勇気がない。ある日、二人だけになってしまったことがあった。森へ苺《いちご》をつみにいっていっしょに帰ってきたときのことなんだけど、積みあげた干し草の脇を通りかかったときに、あたしはその子にとびかかってやったの。からだごとのしかかって、唇に接吻しながら、『あたしを好きになって、ねえったら。結婚して。二人で結婚しましょうよ』って叫んでみたの。その子は、あたしをふりほどいて、逃げていってしまったわ。

そんなことがあってからというもの、あたしはみんなを避けてもう農場からは外に出なかった。みんななら快楽につつまれて暮らすように、あたしは欲望につつまれたまま孤独に暮らしていたの。どこの誰かが、いやだといわれても娘をさらって逃げたなどというわさがあったりすると、あたしは想像をめぐらして自分がその恋人になって馬の尻にまたがって男といっしょに野原を横切って逃げ、この腕に男をだきしめてでもいるような気持ちになったものだったわ。誰かが結婚するといった話題が出たりすると、すぐさま純白のベッドにいって横になり、まるで自分が花嫁になったつもりで、怖れと肉の喜びとに身をふるわせたりした。牝牛が仔を生むときの、何かをうったえるような鳴き声までが、うらやましくてならない。どうして仔を生むことになったのかという原因を夢想しながら、出産の苦しみをねたましく思ったというわけ。

そのころ、父が死んだの。母があたしをつれて町に出た。兄は軍隊に行って、大尉になった。あたしたちが引っこしたのは、十六のときでした。森や、あたしの好きだった小川の流れている牧場に、最後の言葉をつげてやったわ。教会の正面の扉よさようなら。そこでは、陽光を浴びながらそれは楽しい時をすごしたものなの。また、あたしの小さな部屋にもさよならをいってやった。それっきり、二度と目にしたことのないものたちなのよ。友達になった近所の女工たちが、あたしにその恋人を紹介してくれました。そのひとたちのあとについて遊びにでかけ、みんなが仲好くしあっているところを眺めていたものだわ。そんな光景にじっと見入っては、楽しんでいたの。毎日、何か新しい口実をつくっては家を留守にした。母はそれにちゃんと気がついた。はじめは、そのことで小言をいったけど、遂にはかまわなくなってしまったの。

そんなあげくに、ある日のこと、ひとりの年とった女のひとがきて、しばらく前に知りあったひとなんだけど、ちょっといい目を見させてあげようっていったの。その話によると、あたしに大金持ちの恋人が見つかったから、明日の晩、ちょっと町はずれまで縫いものでもとどけるといった気持ちで家を出ればよいのだという。道案内はそのひとがしてくれるというの。

それに続く一昼夜というものは、気が狂うのではないかと思われたことが幾度もあった。その時刻が近づくにつれて、時間の観念が遠のいてゆく。頭の中は、恋人だ、恋人ができるんだという言葉しかなかった。あたしにはもうじき恋人ができ、愛してもらえるんだ。つまり、あたしはこれから人を好きになろうとしているのだ。あたしは、まずいちばん華奢《きやしや》な靴をはいてみたものの、足のほうが大きくてさけそうなことに気がついたので、編みあげにしたの。また、髪のほうも、ロール巻きにしてみたり、それから真ん中で左右に分けたり、カールにしたり、おさげにしてみたりでありとあらゆる結いかたをしてみました。鏡に写してみるたびに、あたしの美しさはましていったわ。でも、これでもういうことはないというほど美しかったわけではない。着ているものは垢ぬけしていなかった。恥ずかしくてたまらなかったわ。ビロードの衣裳にくるまって色白の肌がはえ、レースでふんだんに飾りたて、琥珀やばらの香りを漂わせ、羽織っている絹が乾いた音をたて、金刺繡の衣裳に身をかためた召使にかしずかれるああした女のひとたちがいるけど、どうしてあたしはそうしたひとりではなかったのか。あたしは母を呪った。過去の生活を呪った。だからあたしは逃げだしたの。悪魔の誘惑にすっかりそそのかされ、その味覚をあらかじめあじわいながらね。

ある町かどをまがったところで、一台の辻馬車があたしたちを待っていたわ。中に乗りこむと、一時間後に、ある庭園の柵の前に止まって、そこで降りろといわれた。すこしばかり庭をぶらぶらしてから、あたしはその女のひとが姿を消しているのに気がついたの。あたしはひとりきりになって小径を歩いたわ。樹木は背が高く、すっかり葉におおわれていた。模様をあしらって植えこまれた芝生が、花壇をとりまいていた。こんなに美しい庭園をこれまで目にしたことはなかったわ。中央には小川が流れていた。あちこちに石が手ぎわよく置かれて滝をかたちづくっている。水面には、白鳥が何羽か遊んでいる。羽をふくらませて、流れにさからおうとはしない。鳥を飼ってある場所を見るのも面白かったわ。ありとあらゆる鳥たちが鳴き声をたてながら、鎖をつけて揺れていたわ。まだら模様の尾をひろげて、入りみだれて行きかっていたの。その光景は目もくらむばかりのものだった。白大理石の彫像が二つ、階段を昇りはじめる両側にあって向かいあっていたのだけれど、その恰好はなんともほほえましかった。正面の大きな泉水は、夕日に金色にかがやき、その水にからだを沈めてみてはと誘いかけるような風情でした。あたしは、そんなところに住んでいるまだ見ぬ恋人のことを考えていた。木の茂みの向こうから誰かが姿をあらわし、それが美男子で、アポロンのように威厳にみちた足どりで歩いてくるのを、いまかいまかと瞳をこらして待っていたの。夕食が終わり、ずっと前から聞こえていた邸宅のもの音が静まってしまうと、あたしを呼びよせた当の本人が姿を見せた。見ると、血の気の失せたような瘠せた老人じゃあないの。着ているものが小さいのではないかと思われるほどからだをぴたりとしめつけて、礼服の胸にはレジョン・ドヌール勲章をさげていたわ。ズボンの先を足の下でとめているので、ひざがまげられない。大きな鼻で、グリーンの目は小さくむつかしそうな様子に見えました。それが微笑みながら近づいてきたの。もう、歯がなかったわ。笑うんだったら、あなたみたいにばら色の小さな唇をしてなければだめよね。それに口ひげがかわいらしくひろがっているのでなければね、そうじゃあなくって？

あたしたちは、並んでベンチに腰をおろした。あたしの手をとると、それがとてもきれいだといって、指の先に一本ずつ接吻してくれたわ。あたしがその人に囲われ、何でもいうことをよく聞き、一緒に暮らす気があれば、うんとお金をあげる。あたしのために幾人もの召使をつけて、毎日きれいなドレスを着せて、馬に乗せてくれるし馬車で散歩につれだすともいったわ。だが、わしを愛してくれることが条件だ、とその人はいうの。あたしは、愛してあげるって約束してしまった。

もっともそうはいったものの、むかしなら男の人に近づいただけでからだの芯のほうを焼きつくしてくれたあの内面の炎は、燃えあがろうとしてくれない。その人にかしずいて、あたしはその囲われものになるんだと心の底で自分にいい聞かせているうちに、ようやくそんな気になりました。その人から中に入ろうといわれたとき、あたしはいそいそと立ちあがってやったわ。それにだまされて、相手はすっかり嬉しくなって、ふるえるほど喜んでいた。みごとな客間を通りすぎると、家具は金色の装飾をほどこされていて、それからあたしにあてがわれた部屋につれてゆかれ、そこであたしの着ているものをぬがせたいなんてその人はいうじゃあないの。まず、ボンネットからとりはずしにかかると、次には靴をぬがそうとしたのだけれど、からだをまげるのが大儀になって、『何せ、年が年だから』っていうの。ひざまずいた恰好で、視線で懇願するように、両手をあわせて、『何とも美しい娘だ』といいそえたわ。あたしは、それからどうなることかと気が気ではなかったの。

寝室の帷《とばり》の奥に大きなベッドがあり、男は叫び声をたてながらあたしをそこまでつれていったの。自分のからだがかけ寝具の羽根とマットレスの中に沈みこんでいったかと思うと、男のからだがあたしの上にのしかかってきて、苦しくてたまらない。唇が、冷たい接吻を力なく浴びせかけてきた。部屋の天井におしつぶされるかと思ったわ。相手のうれしそうな様子ったらなかったわ。われを忘れたありさまったらそれは大変なものだった。こんどはこちらも快感を体験してやろうとして、その努力が相手の快感を刺激していたのだと思う。でも、相手が喜んでみても、あたしには関係なかった。あたしが喜ばなければ意味がないし、それを待ちのぞんでいたんですもの。くぼんだ口や弱々しいからだから快楽を吸いあげようとしていた。この老人の全身から、快楽のイメージをかきたてようとしたの。自分の中に隠し持つ淫蕩な思いを途方もない力で一つに集めてはみたものの、この最初の肉欲の夜を通してさぐりあえたものは、ぞっとする思いだけだったわ。

その人が部屋から出てゆくとすぐにあたしは起きあがって、窓のところにいった。窓をあけて大気にあたり、肌を冷やした。できることなら大海原に身を浸して、男の汚れを洗いおとしたいと思ったわ。あたしは寝床をととのえ、あの生きた屍のような男が身をふるわせてあたしをへとへとにさせた跡という跡を、ていねいに消してゆきました。ひと晩じゅう、あたしは泣いて過ごした。どうにでもなれといった気持ちで、まるで去勢された虎みたいにうめいていました。ああ、あのときあなたがきていてくれればと思うわ。あの頃ふたりが知りあっていて、あなたがあたしほどに年がいっていたらよかったのに。あの時期だったら、二人は愛しあっていたはずだわ。あたしの年が十六、あたしの心が新鮮だったあの頃にね。あたしたちの一生はそんなふうに愛しあって過ぎていったのかもしれないのよ。あなたを胸にだきしめてこの腕はすりへり、あなたの目の中に吸いこまれてこの目がなくなってしまったのかもしれなくってよ」

マリーは言葉をついだ。

「貴婦人にふさわしくあたしは昼になって床から起きだし、どこへ行くにもついてくるお仕着せのお供をつけてもらい、四輪馬車をあてがわれてそのクッションに身を横たえるといった生活だったの。血統の正しいあたしの持ち馬は、もののみごとに木の切り株をとびこえ、乗馬帽の黒い羽根飾りが優雅にゆれている。でも、不意にお金持ちになってしまったものだから、こうして贅沢はそのいっさいがあたしの心を静めてくれるどころか、かえって燃えたたせてしまったの。程なく、あたしはみんなから知られるようになった。誰がさきにあたしをくどきおとすかっていうことになって、言いよる男たちは気にいられようとしてあっというようなことばかりしでかしていたの。毎日夜になると、昼間にうけとった恋文を読んでは、気持ちの持ち方がほかの男とは違い、あたしにぴったりの人の新鮮な語り口を見つけだそうとしたものだわ。でも、どれもこれも似たものばっかり。はじめから結びの言葉が読めてしまい、これからひざまずこうとするときの様子が目に浮かんでしまうの。あたしが気まぐれからいやだというと自殺してしまった人が二人もいたの。死なれても、動揺しはしなかったわ。死んで何になるっていうのかしら。むしろ、すべてをあげてあたしをものにしてくれればよかったのに。あたしだったら、もし男の人を好きになったりしたら、その胸元にとびこむのをさまたげるほど広い海原も高い壁もありはしない。またあたしが男なら、うまく話をつけて門番を買収し、夜中に窓によじのぼり、わがものとなった女の叫びをこの唇でおし殺してやったに違いない。それから夜が明ければ、前夜の期待に裏切られていたのだと思うわ。

あたしは我慢がならずそんな男たちを追いはらい、別の男たちとつきあってみた。型にはまった快楽ばかりで絶望しながらも、無我夢中でそれを追い求めていたわ。まだ経験したことがなく壮麗なものとして夢想していた悦楽に、たえず飢えつづけていたの。いやというほど海水をのみながら、しかものまずにはいられない難破した水兵さながらだった。それほどまでに焼けつくような渇きだったのよ。

洒落男も無骨な男もみんなおなじものなのかを確かめてみたい。だから、白い手の男、脂ぎった手の男、染めた髪がこめかみにべっとりとはりついている男などの情熱を味わってみた。顔が蒼白くブロンドで、娘のようにおどおどした少年を相手にしたこともあったわ。そんな子たちは、あたしにのしかかったまま、息たえだえだった。また老人たちも、じじむさい喜悦ぶりでこのからだを汚していったわ。目をさましてみると、そのあえぐような胸や、つやのない瞳をしげしげと見つめたものだった。村の居酒屋の木の長椅子にすわり、壺入りの葡萄酒をかたむけパイプをくゆらせるあいまに、下等な階層の男が荒々しく接吻するようなこともあったのよ。こちらも相手におとらず、低劣な快楽にかまけ、ふしだらな態度にでてやった。もっとも、低級な連中が高貴なかたがたより愛戯にたけているわけではない。わら束の上の恋がソファに横たわるときより暖かいというわけのものでもなかったの。男たちに情熱の炎を燃えたたせようとして、そのうちの幾人かには、女奴隷さながらに身もだえてみたこともあったけど、むこうの愛情がいや増しに増したわけでもなかったわ。頭の鈍い連中には、破廉恥な仕種までしてやったのに、そのお返しにうけとったのは連中の憎悪と軽蔑だった。あたしとしては、何倍もの愛撫をふるまい、すっかりいい気持ちにしてやろうと思っていたのにね。遂には、不具の連中のほうが普通人よりも愛戯については上等で、せむしに生まれついた者は肉欲だけでこの世にすがりついているのではないかと思って、せむしや、黒ん坊や、一寸法師に身をまかせてみた。百万長者もうらやむばかりの夜を過ごさせてやったのに、きっとあたしにおじけづいてしまったんでしょうね。そうそうに退散していったわ。貧乏人も、金持ちも、美男子も、醜い男も、あたしが望んでいたとおりには欲情を満足させてはくれなかった。誰もかれもが弱虫で、元気のない人ばかり。こんな子たちをはらんでしまった母親は迷惑だったでしょうね。酔ってばかりいて、女の手で殺されてしまうような中風病みのこさえた出来損ないの月足らずよ。シーツにくるまりながら、まるで戦死するみたいにびくびくしているのだわ。いまはじめたばかりなのにもうへとへとで、そうでない人など一人もいなかったわ。つまり、この地上には、かつてのあの神話時代の若者など影をとどめていないというわけ。バッカスもいなければ、アポロンもいない。葡萄の枝や月桂樹の冠をいただいて裸で闊歩していたあの英雄たちは、もういなくなってしまっているのだわ。このあたしという女は、帝王の愛妾たるにふさわしい人間だったのね。厳しい岩山で、アフリカの太陽のもとに、山賊と恋をしなければいけなかったのだわ。蛇のようにぴたりとからみあい、ライオンが交しあううなり声に似た接吻があたしの望みだったの。

この時期、あたしはずいぶん本を読んだ。なかでも、繰り返し繰り返し読んだものが二冊あったわ。『ポールとヴィルジニー』と、それにもう一つは、『王妃たちの罪』というものなの。それには、メッサリーナ、テオドラ、マルグリット・ド・ブルゴーニュ、メアリー・ステュワート、エカテリーナ二世といった女性像が描かれていたわ。『王妃となって、民の者どもの愛の対象となってやれ』と、あたしは自分にいい聞かせた。で、現実はといえば、あたしも王妃になったことはなった、このご時世で可能な女王様にね。自分の桟敷に入るなり、観衆に向かって勝ち誇った挑発的な視線を投げかけてやった。あまたの顔が、あたしの眉の動きを追っていた。この傲慢なまでの美貌によって、すべてを睥睨《へいげい》してやったの。

でも、恋人を休まず追い求めていることに疲れてしまい、しかもかつてないほどに是が非でも手にいれたいと思い、それに悪徳の一つを自分にとっては高価な責苦にしたてあげていたので、とうとうこんな場所までかけつけてきてしまったの。まだ純潔さが残っていて売りさばけると思っているかのように、胸をどきどきさせながらね。洗練されたあたしが貧相な暮らしをいかんともしがたいと思い、なに不自由なく過ごしていたあたしが悲惨な暮らしもしかたないと思ったの。落ちるところまで落ちてしまえば、たぶんもう永久に高望みはしまいし、からだのあちこちが消耗してゆくにつれて、きっと欲望もおさまるだろうと考えてみたわけ。そんなふうにあっという間に心をきめて、あれほど激しく望んでいたものに、こんりんざい愛想づかしをしてしまいたかったのよ。そう、いちごやミルクのお風呂に入っていたこのあたしがこんなところにやってきて、次から次へと人が通りすぎてゆく誰のものかもわからない貧相な寝床に横たわっているんですものね。この男だけは離さないという人がいる囲い女ではなくって、みんなにつかえる女になってしまった。何とまあ血も情けもない主人を迎えたものかしら。冬になっても暖炉はないし、食事にも上等な葡萄酒はついていない。着たきり雀でもう一年になるわ。でも、それでいいと思っているの。この商売は、裸になればできるんですものね。でも、これだけはしたいと思っていること、あたしの最後の望みが何だかわかって？　そうよ、ずっと望みをかけていたわ。いつかは、いままで見たこともないような人にめぐりあえるだろうって。ずっとあたしの手からすりぬけていたような男で、瀟洒なベッドや劇場の桟敷にその人がいないものかと思っていたの。あたしの心の中にあるだけの幻想だったわ。でも、この手でしっかりつかまえたい。いつかは、そんな日がくるのじゃあないかと希望をつないでいたの。きっと誰かが訪れてくる――これだけの人数がいれば、そんなこともあるはずだ――ことさら大がらで、高貴でたくましい男の人が訪れてくるだろう。その目は、サルタンの側室たちのようにみごとに切れあがっている。声の抑揚は煽るような調べとなってたちのぼる。肢体は豹を思わせ、驚くほどのしなやかさで情愛を刺激する。その人の体臭といったらついくらくらと気を失ってしまいそうで、その歯は、自分に捧げられた胸の隆起に歓喜とともにむしゃぶりつくに違いない。誰かがやってくるたびに、『この人じゃあないか』と心の中でつぶやくのだった。また別の男がやってくると、『この人じゃあないかしら。』この人があたしを好きになってほしい。愛してほしい。あたしをたたきのめして。滅茶滅茶にして。このあたし一人で後宮をつくりだしてあげるから。どの花が欲情をそそるか、どんな飲みものが恋の炎を燃えたたせるか知っているし、どうすれば、ぐったりとした気持ちまでがえもいえぬ快感に変わるかも知っているわ。そうしてほしければ、せいぜいしなをつくってその虚栄心をくすぐったり心を愉しませてあげてもいい。みるみるうちに憂いをおび、何をされてもいいなりになり、うっとりするような言葉や胸にしみる吐息を投げかけるあたしになって見せるわ。そんな人のためなら、蛇のようにうねうねとからだをよじらせてもいいし、夜中には、胸を引きさくように不意に狂わんばかりにからだをふるわせ、ひきつらせてみてもいいわ。どこか激しい暑さの国へ行って、クリスタル・ガラスの盃で上等の葡萄酒でも飲みながら、カスタニエットにあわせてスペインのダンスを踊ってあげる。あるいは野蛮人の女たちのように、戦闘の勝利をいのる歌を大声でわめきながらはねまわるわ。彫刻や絵画が特別好きな人なら、傑作にあるポーズを真似して見せて、ひざまずかせてあげる。情婦でいるより友人でいてほしいというなら、男装して一緒に狩りに出る。復讐には力になる。誰かを殺したいというなら、その見張りに立ちもしよう。盗みをはたらく人なら、二人して盗みもしよう。その人が着ているもの、からだをくるんでしまうマントまで好きになろう』。そんなふうに自分にいいきかせたものだわ。とんだ見当違いだった。絶対に、絶対にありっこないことだったの。むなしく時はたってゆき、朝がめぐってくる。男たちが堪能する肉の楽しみという楽しみが、あたしのからだのあちらこちらをくまなくすりへらせていっただけ。あたしはまるで十歳のときと同じ処女のままだったといってもいいわ。もし、処女というものが、夫も恋人も持たぬもののことだとすればのはなしよ。快楽を知らずにどんなものかとたえず夢想し、さも可愛らしげな幻想をいだき、それを夢にまで見て、その声を風のまにまに耳にし、月の鏡にその容姿をさぐるといったのが処女だとしたならばね。あたしが処女だなんぞといったら、あなたに笑われるかしら。でも、漠とした胸さわぎや、焼けつくような心の痛みに、処女だというしるしが感じられないかしらね。その条件は充分にそなえているわ。ただ男を知ってしまっているというだけのこと。

このベッドの枕もとを見て頂戴。マホガニーの板に入り乱れた長い傷あとという傷あとを見て。ここで身をのたうちまわし、頭をすりつけていった男たちの爪の跡なの。そんな人たちと心が結ばれた感じなんか一度もしなかった。人間の腕というものの限界にいたるほどぴったりはりついていても、何か深淵のようなものがいつもあたしを隔てていたわ。そうだわ。男たちが錯乱状態になって、すべてをあげて悦楽のうちへと没入しようとしているのに、あたしの心は無限に引き離されていて、いまこの瞬間野蛮人といっしょにその筵の床やアブルッツィの羊飼いと並んで、その羊の皮を敷いた洞穴に身を横たえていられないものかと願ったことが何度あったかしら。

実際のところ、あたしのことを念頭においてここにやってくる人なんて一人もいやしない。あたしがどんな人間かは、誰も知りはしないわ。あたしがそうした男たちのうちにあたしなりの男の人をさがしていたみたいに、あちらもきっとそれなりの女の人をあたしの中に求めていたのでしょう。ごみの中に鼻さきをつっこんで若鶏の骨や肉の切れはしをさがす犬が、往来にもちゃあんといるでしょう。あれと同じはなしなのよ。一人の商売女に襲いかかる恋の熱狂や、別れの言葉のうちに終わりをつげる美しくも哀しい物語を、はしからはしまで理解できる人がいるかしら。思いもとげられずに胸をつまらせ、目に涙をいっぱいにためてここにやってきた人を幾人みかけたことかしら。ある人びとは、舞踏会からいまでてきたところで、別れてきたばかりの女たち全員を、たったひとりの女のうちにひとまとめにしてみようとする。また結婚式からの帰りがけ、いまごろはあの純潔な女も、と思っただけで興奮してやってくる他の連中もいたわ。それからまだ若い子たちが、言葉もかける勇気もない恋人に心おきなく触れようとしてやってきて、目をつむってその姿を思い描いていたのだわ。結婚している男たちは、若さをとりもどし、かつてのよき時代の気軽な楽しみを味わおうとしてやってくるし、悪魔にそそのかされた司祭たちは、女がほしくなったわけではなくて、罪の化身たる娼婦を求めるの。みんなはあたしのことをあしざまにいい、恐れ、熱愛する。連中は、誘惑の力がより強く、恐怖の念がさらに激しくなるように、あたしが悪魔のようなくびれた足をして、ドレスが宝石で輝いていてくればいいと思っているのよ。そして、誰もが例外なく悲しげな様子で帰ってゆき、そのありさまは移りゆく影絵か、無数の足が地面にふりおろされたり、わきおこる漠とした歓声を思わせるもの音の記憶しか残されてはいない群衆といった風情だった。実際のところ、たった一人の名前だっておぼえているかしら。あの人たちは、訪れては去ってゆく。愛撫にはきまって底意がある。それでいてこちらには愛撫を求めるのよ。その気になれば、愛してくれともいいかねない人達だわ。大した男前だとでもいってやり、いかにも金持ちだというふうにあつかってやらないと気がすまない。すると彼らはご機嫌になるの。それに、みんなは笑うのが好きで、ときには歌を歌わされるかと思うと、黙っていたほうがよかったりしゃべるのを好んだり。あたしみたいに名の通った女にも、人の心というものが隠されているなんて誰ひとり考えてみた男はいなかったわ。あたしのくっきりとそった眉や裸の肩のまばゆい輝きに目をうばわれるなんて、ばかな人たちね。極上の料理が安く手に入ったことですっかり嬉しがっている。こちらからお迎えに出てはひざもとに身をなげだすこのおさえがたい恋の一念を、おのれのものとしなかったんですものね。

もっとも、ここにだって恋人のいる娘はいるわ。愛情を示してくれる本当の恋人がいるのよ。そうした女の人たちは、ベッドの中でも気持ちのうえでも恋人には特別の場所を残しておく。その人が訪ねてきてくれたときはもう大喜び。それは時間をかけて髪に櫛を入れ、窓辺の花瓶に水をやるのも、恋人を思ってのことなのよ。でも、あたしには誰もいない、ひとりもいないのよ。いじらしい若者から人目には触れない愛情を寄せられたことさえなかったの。ほら淫売だぞって、みんなが後ろ指をさすものだから、そんな子たちがいても顔をあげずに通りすぎていってしまうからなの。ああ、本当に、野原に足をはこんだり、田舎の風景を目にしなくなってから、なんて時間がたってしまったことかしら。あの悲しげな鐘の音をききながら過ごした日曜日が、どれほどあったことか。鐘はみんなをミサへと招いているんだのに、あたしはでかけてはいかない。雑木林で牝牛の鈴を耳にしなくなってから、なんと時間がたってしまったことだろう。ああ、ここからぬけだしたい。いやだわ、もうつくづくいやになってしまった。故郷まで歩いて帰ろう。乳母のところに寄ってやるわ。気のいい女だから歓迎してくれるでしょう。まだまだ子供だったころ、その女の人のところに行くと、お乳をくれたものだった。子供を育てたり、家の中の仕事の手だすけをしてやろう。森へ枯れ枝を拾いに出かけ、雪の日の夕方には暖炉の前でみんなしてあたたまろう。そう、もうすぐ冬になるのね。公現祭にはみんなでお菓子をたべて、誰が王様をひきあてるか楽しむんだわ。ああ、あの人ならあたしを可愛がってくれる。あたしは子供たちをあやして寝かしつけてやる。どんなにか、しあわせになれることかしらね」

マリーは黙りこんでしまった。それから、涙におおわれた奥にきらめく視線をあげてぼくに注いだのだ。あなたこそ、あたしのさがし求めていた人ではなくって、といいたげな視線だった。

ぼくは、女の話をむさぼるように聞いてしまった。その口からもれてくる言葉という言葉をこの目で読んでいたのだ。そこに語られていた生活に自分を一体化させようとつとめていたのである。たぶん、ぼくの想像が女にふさわしくつくりあげていた大きさにまで突然拡大されたのであろう、マリーは未知の神秘を一身にはらんだ新たな女へと変貌したように思われた。そして、娼婦と客という関係で結ばれていたにもかかわらず、心をそそる可愛らしさと新鮮な魅力とでぼくを招いているように思われたのだ。そういえば、これまでこの女を所有してきた男たちは、消えうせた香水のなごりというか、失われた情熱の跡といったものをその女の上に残していた。それが女を、誇りたかい官能性といったものに仕立てあげたのである。淫らな生活が、凄まじい美しさの装飾をそえていた。精根使いはたしたようなただれきった毎日を過ごしてきたのでなければ、みずから生命をたつことも恐れぬような微笑をうかべえたであろうか。それが男の腕の中で目覚める死者のような印象を彼女に与えていたのだ。であればこそその頰は蒼白さをくわえ、髪はしなやかに香りも豊かとなり、肢体は柔軟さをまし、やわらかく、ぬくもりを帯びるに至っているのだ。ぼくに似て、女もまた歓喜から悲惨の底への歩みと、希望から嫌悪感への疾走を経験してきた。名状しがたい意気沮喪《そそう》が狂わんばかりの痙攣のあとに続いて訪れる。女は娼婦として生き、ぼくは女を知らずに暮らしてきたので知りあう機会はなかったにしても、ふたりは同じ一つの道をたどっていたのだ。行きつくはては、同じ一つの深淵である。こちらがぼくのものになる女をさがし求めていたあいだに、女は女で好きになってくれる男をさがしていたのだ。女は世間に身をおき、ぼくは自分の中にこもったまま、求めるものはぼくたち二人を避けとおしていたのである。

「可哀そうに」と、ぼくは女を胸に抱きしめていった。

「つらい思いをしてきたのだね」

「じゃあ、あなたも何かこれに似た悩みごとをいだいてきたわけなの？　涙で枕を濡らしたことがよくあったの？　あなたにとっても、冬の晴れた日がやはり悲痛なものだったの？　霧がたちこめている夕方、それも独りで歩いているときなど、雨が心の底までしみこんできて、心がぼろぼろに千切れてしまうような気がするものよ」

「そうはいっても、きみが生きていることにぼくほどうんざりしきっていたとは見えない。楽しい思いをした日々だってあっただろう。だがぼくはといえば、まるで牢獄でうまれたみたいなものなのだ。ぼくのうちには、陽の目もみずに過ぎていったものが無数にある」

「そりゃあそうかもしれないけれど、あなたはまだそんなに若いじゃあないの。本当にこのごろでは、男はみんなふけこんでしまっているのね。子供のくせに、年よりのような倦怠感をおぼえている。あたしたちのお母さんは、あたしたちをお腹にはらんだ瞬間に、うんざりしきっていたのだわ。昔はこんなではなかったのね、そうじゃあなくって？」

「そのとおりだと思う」と、ぼくは言葉をついだ。「みんなが住む家は、どれもこれも似たりよったりだ。墓地の墓石のように白々として陰鬱じゃあないか。とり壊される黒っぽい古びた掘っ立て小屋の生活は、もっと熱気をはらんでいたに違いない。歌声も高かったし、みんながテーブルで水さしを滅茶滅茶にこわしてしまう。男女の営みの最中にベッドがぬけてしまうほどだった」

「でも、なんだってあなたはそう憂鬱なたちなの。たいへんな恋でも経験したってわけなの?」

「ないわけじゃあないけど、そうだな。やはりぼくの経験などみすぼらしいかぎりのものだった。きみの生活が羨ましき程度のね」

「あたしの暮らしが羨ましいんですって!」と女がいった。

「そうさ。羨ましいんだ。ぼくがきみの立場にいたら、きっと幸福だったろうと思う。きみが望んでいるような男は存在しまいが、ぼくが必要とするような女性はどこかに生きているだろうからね。ときめいている幾多の心のうちには、ぼくにふさわしい心だって一つぐらいはあるだろう」

「見つけなさいよ。見つけてごらんなさいよ」

「ああ、見つけたさ。ひとを好きになったこともあったんだ。おかげで内に押し殺していた欲望ではちきれそうになってしまったのだ。ああ、ぼくを惑わせた女たち、胸の奥では天使のような愛情を捧げて心をかけていた女という女のことを、きみは決して理解しまい。いいかい。ある女の人と一日を過ごしたあとで、内心こういったものだ。『どうして十年も前にこの人と知りあっていなかったものか。彼女のうちに流れさっていった日々は、ことごとくぼくのものだったのだ。生まれてはじめてのその微笑は、ぼくのためのものだったし、最初にその頭に浮かんだ考えも、ぼくのためのものだった。みんながやってきてはその人に話しかける。その人は答え、みんなのことを思う。その人が愛読する書物を、ぼくも読んでおけばよかった。どうしてその人が身をよせる木かげという木かげを一緒に散歩したことがなかったのか。その人が身につけながら、ぼくが目にすることのできなかったドレスは数知れない。生涯で、その人は最高のオペラを幾つも聞いているが、ぼくはその場に同席できなかった。ぼくがつみとったのでもない花々の香りを、ほかの男たちがすでにその人に捧げてしまっている。ぼくにできることは何ひとつ残っていない。ぼくは、その人から忘れさられるだろう。その人にとっては、街路でゆきかう一人の通行人さながらなのだ』と。

『他の連中は、ぼくが摘みとりもできなかった花の香りをもうその人にかがせてしまっていた。ぼくには、どうすることもできない。その人からは忘れさられてしまうだろう。その人にとっては、通りですれ違う一人の男でしかないのだから』ってね。また、その女から離れているときには、こういっていたものだ。『終日ぼくと会わずにいながら、あの人はどこにいるのだろう、何をしているのだろう』。女が男に好意を感ずる。そぶりで示してみせる。それだけで、男は女の膝もとにひれふすものなのだ。だがぼくたち男はどうだろう。女性の視線を惹きつけるなんて、偶然としかいいようがない。しかもだ……、男は金持ちで、女を散歩につれだす馬を持ち、彫像で飾った家に住み、宴席を張り、金をばらまき、評判になるといったものでなければ意味がない。ところが有象無象に囲まれて暮らし、才能でなければ金の力でそんな奴らを支配することもできず、およそ人間のうちで最も臆病で愚鈍なものと変わらぬほどに人の目にもとまらずにいるというのに、心は天上の恋に渇え、恋する女の視線を感じるだけで喜んで死んでもいいと思うほどなのだ。ぼくはそんな苦悩を経験してきたのだ」

「あなたは気が弱いのよ。きっとそうだわ。女の人がこわいのでしょう」

「今ではそんなことはない。昔は女の足音を聞いただけでふるえあがったものだった。髪結いの店さきで、みごとなできの蠟人形に見入っていた。髪には花やダイヤモンドを散らし、ばら色や白の襟をえぐった衣裳を着た人形だった。なかには、すっかり心を奪われてしまうほどの人形もあった。靴屋の棚に並んでいるものも、やはりぼくを不思議な興奮へと導いたものだ。夜の舞踏会のために買ってゆくその小さな繻子《しゅす》の靴を、ぼくは頭の中で細い素足にはかせてみた。繊細な爪のうっとりするような足、沐浴する女王のそれのような大理石を思わせる純白の足にである。洋品店の店さきにつるされて風に揺れているコルセットも、やはり奇妙な欲望をぼくに与えたものだ。好きでもない女の人たちに花束を贈った。そうすることで恋心が起きてくれればと願ってのことだ。そんな話を人から聞かされたことがあったのだ。誰ともきまらぬ人宛てに手紙を書いた。筆を進めるにつれて感動するためだった。そして、ぼくは泣いた。女の唇がほんのわずかでも微笑みかけたりすれば、ぼくの心は悦楽のうちへと溶けこんでしまうのだ。だが、それだけの話なのだ。それほどの幸福はぼくには不向きだった。ぼくを好きになってくれる人なんて、いただろうか」

「待つのよ。もうあと一年、待ってみるのだわ。六ヵ月でもいい。ことによったら、明日かもしれない。希望を持たなくっては」

「希望を持ちすぎていたので、何も手に入らなかったのだ」

「あなたの話しぶりは、まるで子供よ」と女がいった。

「そんなことはない。まる一日過ぎてからうんざりした気持ちにならない恋なんて想像すらできない。恋するものの心のありようを夢想しすぎたので、いやけがさしてしまったんだ。あまり一所懸命にちやほやされた人間がそうなるようにね」

「でも、世の中で素晴らしいことといったら、それをおいてはなくってよ」

「言われるまでもないことだ。自分を好きになってくれそうな人とただの一晩でもいっしょに過ごせたら、すべてを投げだしてもかまうまい」

「何ですって？　あなたが本心を偽らずに、内面に鼓動している心の大きさとやさしさをすっかりさらけだしてみたら、女という女はみんなあなたのことを欲しがるにきまっているわ。誰もがこぞってあなたの恋人になりたがる。それにしても、あなたはあたしにまさるとも劣らないおかしな人だったのね。地中に埋もれてまだ掘りあててもいない財宝を後生大事にする人がいるかしら。自分の美貌を意識する女だけがあなたみたいな人の胸のうちを見抜いて、悩ましたりするのよ。そうでない女の人は、そんな人のことは目に入らない。でも、あなたは好きになられて当然の人だったのね。ちょうどいいじゃあないの。このあたしがあなたを愛してあげるわ。あなたのものになってあげるわ」

「ぼくのものになるって？」

「そうよ。お願いするわ。どこでも好きなところへついていく。ここを出て、あなたの向かい側の部屋を借りにいくわ。一日じゅうあなたを見つめている。あなたを想うあたしの気持ちといったら、大変なものでしょうよ。夕方も朝も、あなたといっしょに過ごせるし、夜も二人して、腕をからだにからみつけて眠れるし、同じテーブルで向かいあって食事もでき、同じ部屋で身仕度を整え、二人で外出する。あたしのすぐそばにあなたを感じることができるのよ。あたし達は、お似合いの一組ではないかしら。あなたの希望は、あたしの絶望とうまく対をなすものではなくって？　あなたの生活とあたしの生活は同じものじゃあないの？　あなたは、あなたの我慢できない孤独な境地をひとつ残らず語って頂戴。あたしは、あたしが耐えてきた苦悩のかずかずを何度も話してあげるわ。一時間しか二人で過ごせないつもりで生きていかなければいけないのよ。二人のうちに潜む肉の喜びと心のこまやかさのいっさいを汲みつくし、それをいつまでも繰り返し、それから手を取りあって死んでいくのがいいのだわ。接吻して、もっと接吻して頂戴。あたしのこの胸に顔をうずめて頂戴。あなたの顔の重みをしっかりと感じとりたいの。髪の毛であたしの首にやさしく触れてほしい。あたしの手で、あなたの肩をなでまわしたい。あなたの目って、なんてやさしいんでしょう」

　乱れた毛布が床にたれさがって、二人の足はむき出しになっていた。女は、起きあがったからだを両膝で支え、それから毛布のへりをマットレスの下に折りこんだ。その色白の背が葦のようにたわむ姿を目にした。前の晩寝ていなかったので、疲労困憊《こんぱい》していた。額の部分が重く、まぶたの裏が熱くなっていた。彼女は目の上に軽く唇のさきで接吻してくれた。するとまるでつめたい水でしめらせたように、さっぱりとした。マリーもまた、しばしの間とらわれきっていた朦朧とした気持ちから徐々に目覚めてきた。疲労からくる刺激と、それに先だつ愛撫の味に心をかきたてられ、肉感的な忘我の境地でぼくを抱きしめると、こういうのだった。「二人して愛しあいましょう。誰も好きになってはくれなかったものたちですもの。あなたを離さないわ」

　彼女は口をあけたまま、喘いでいた。狂ったようにぼくを接吻する。それから不意にわれに返り、乱れた分け髪に手をかけると、こういいそえたのだった。

「ねえ、あたしたちの生活がこんなふうなものだったとしたら素敵でしょうね。太陽に黄色い花がすくすくと育ち、オレンジを実らせるような国の、砂が真っ白なんだと思うんだけどそんな浜辺に行って暮らせたらどんなにいいか。男たちはターバンを捲き、女は薄布の衣をまとっているような、そんな国よ。何だか知らないけれど葉の拡がった大木の下に寝そべったまま入り江の波の音に聞き入り、波うちぎわをいっしょに歩いては貝がらを拾う。あたしが葦で籠をつくる。あなたがそれを売りにでかける。あたし好みの衣裳をあなたに着てもらい、この指でその髪の毛をちぢらせてあげる。首のまわりには首飾りをかけてあげる。ああ、あなたによせる愛情はそれは大変なものでしょうよ。あなたが好きでたまらないわ。だから、あなたを心ゆくまで味わわせて」

激しい動きでぼくをベッドに押しつけると、マリーはぼくの全身にのしかかり、みだらな喜びをみせつけながら身を伸ばした。蒼白い表情で身震いし、歯をきっとかみしめ、ものに憑《つ》かれたような力でぼくを抱きよせたのだ。疾風のような愛へとひきこまれてゆく自分を感じた。こらえきれずに女は泣きじゃくる。かん高い叫びがそれに続いた。女の唾液でぬるぬるになった唇は泡をはなち、むずむずしていた。二人の筋肉はうねうねと一つにからみあい、しめつけあってたがいに食いこんでいった。肉の喜びは錯乱に、そして快感は激痛へと姿を変えていった。

不意にはっとしておびえたように目を開くと、マリーはこういった。

「子供を作ってみようかしら」

それからがらりと調子をかえて、甘えてせがむような声になった。

「そう、そうだわ。子供を作るのよ。あなたの子を……。あたしとは別れるつもりよね、あなたは。もう会うことはないのね。二度とここへは来ないのでしょう。時には思い出してくれるかしら。あなたの髪は決して手離さないわ。これで最後なのね……。行かないで、まだ夜明けとはいえないわ」

それにしても、ぼくはどうして女から急いで逃げようとしていたのだろう。すでに愛しはじめていたからか。

それから半時間の余も女のところから立ち去らずにいたのに、もう口をきいてくれようとはしなかった。ことによったら、その場にはいない愛する男の思いにふけっていたのか。別れるときには、訪れてくる悲しみをあらかじめ感じながら、愛する人がもうその場にはいなくなってしまったような一瞬があるものなのだ。

別れの言葉は交わしあわなかった。手を握ると、握りかえしてきた。だが、ぼくの手を握る女の力は、その心の奥に置き去りにされ、もう力とはいえぬものだった。

その後、女に会う機会はなかった。

いらいマリーのことがぼくの頭から離れなかった。いつまでも時間をかけてその追憶にひたることなく過ぎ去った日は、一日とてなかったのである。ときには自分からひとりになって閉じこもり、彼女の思い出を新たにしようと試みたりする。眠りに入ろうとする直前に、そのイメージに思いをはせようとすることがよくあった。そうすることで夜中に女の夢を見てみたかったのだが、そんな幸福はぼくには訪れはしなかった。

散策の場で、劇場で、街かどで、いたるところで彼女を捜し求めた。これといった理由もなしに、手紙がもらえそうな気がした。馬車が家の玄関に停まったりするたびに、女がそこから降りてくるのを想像した。どんなに胸をしめつけられる思いで、女たちのあとをつけていったものだろう。どんなに心をときめかせながら振り向いて、それがあの女かどうか確かめようとしたことだったか。

マリーのいた家は、とり壊されてしまった。彼女がどうなったか、誰ひとり教えてくれるものはいなかった。

自分に身を捧げたことのある女への心のうずきは何ともいえぬ苦痛にみち、他の何にもまして手がつけられない。ぞっとするほどの妄想が、とりかえしがつかぬものへの無力な苛立ちとなって心につきまとう。ぼくより先にあの女を知った男たちを妬ましく思う気持ちはない。が、それ以後あの女を知った者たちには嫉妬していた。決していいかわしたわけではないのだが、おたがいに忠実であろうという約束に忠実だったためだろう、ぼくは一年あまりもマリーにその言葉をたがえはしなかった。やがて偶然か倦怠感、あるいは同じ気持ちを持ちつづけるのに疲れてしまったからか、結果としてぼくは約束をたがえた。ほだが、いたるところでぼくが追い求めていたのは、マリー以外の何ものでもなかった。ほかの女たちと床をともにしていようが、ぼくは彼女の愛撫を思い出していたのである。

かつて燃えあがった情熱に新たな情熱をふりまいてみても無駄なことだ。姿をみせるのはきまってかつての炎なのである。それを根絶やしにするほどの力はこの世界に存在してはいない。ローマ人が築いた街道も、そこにはかつては執政官の馬車が疾走していたものだが、すでに久しくその役割を果たさなくなっている。そして無数の新しい道路がその跡を横ぎり、畑となって麦が育っている。だがその跡だけは認めることができる。耕してみると、旧街道のごつごつとした石くれが鋤の刃を欠いてしまうのだ。

男という男のほとんどが捜し求める女の典型像というものは、大空に描いてみた恋か、幼少期からいだいた恋の思い出にすぎないのだろう。それに関連を持つものなら何でも追い求めずにはいられない。気に入った二度目の女性は、きまってといっていいほど初恋の人に似ている。何でもやみくもに好きになったりできるには、よほど頽廃が進んでいるか、茫漠たる心の持ち主である必要があろう。また、もの書きたちの筆が語り、倦きずに繰り返し描いてみせるのが、いつも同じ女性だという点をよく考えていただきたい。赤ん坊に乳をふくませているある年若い母親を、十歳の年に心底から好きになってしまった友人をぼくは知っている。永いあいだ、その男はとても上品とはいえない肉づきの女しか女とは思わなかった。すらりとした女性の美しさが彼には我慢ならなかったのである。

あの時が遠のいてゆくにつれて、ぼくはますますマリーへの思慕の念を強めていった。不可能なものへの何ともしがたいもどかしさから、遭遇の機会をつかむためにただごととは思えない事件を考えついたりした。会った瞬間を想像してみる。川の青いあぶくを見れば、女の目が思い出される。秋に色づく白楊《はこやなぎ》の葉を見れば、女の容貌が思い出される。

あるとき、牧草地を早足に歩いていた。進んでいくぼくの足もとでは草が風に鳴っていた。と、マリーがうしろにいるような気がした。ふり向くと誰もいない。それとはまた別の日のことだが、一台の馬車が目の前を過ぎていった。顔をあげると、白い大きなヴェールが扉から外に流れ、風に翻っているではないか。車輪はまわりつづける。ヴェールは身をよじってぼくを招いていた。それが視界から姿を消すと、ぼくは孤独と憔悴の底に落ちこんだ。断崖の底よりも深いところにとり残されてしまったのだ。

ああ、自己の内部に隠されたいっさいのものをひきだして、想念だけで一人の人間を作りあげることができたらどんなにいいだろう。数しれぬ愛撫や吐息をむなしく失うことなく、自分の幻影をこの手でつかみ、額に触れてみることができればどんなにいいか。事実は、とてもそんなことはできないのだ。記憶は薄れ思い出は消えてゆく。いっぽう、苦痛のほうはじっと腰をすえたままとどまっている。これに先だつ文章を書いたのはマリーを思い出そうとするためである。綴られる言葉があの女といま一度時を過ごすような気持にさせてくれないかと望んでのことである。その試みには失望してしまった。知っていながら書きつくせなかったことが、まだまだ沢山ありすぎるのだ。

その上、これは誰にも聞かせたことのない秘密のうちあけ話なのだ。みんなからからかわれそうだ。惚れた男のことはきまって冗談の対象にされる。とりわけ恥ずかしいことだからだ。一人ひとりが、体面をはばかってかあるいは自分のことしか考えないためか、魂のうちに含まれる最良の、そして最も繊細な部分を隠してしまうものなのだ。他人から一目おかれるためには、最も醜い面ばかりを見せていなければならない。それが、人並みに生きる方法なのだ。たとえ真実を語ったところで、そんな女を好きになるなんて、なんと変わった男だと他人にいわれるのがおちなのだ。所詮は誰からも理解されなかったに違いあるまい。だとすれば、口を開いてみて何の役に立とう。

あるいはそんなふうに人からいわれるのも無理からぬことだったかもしれない。おそらくマリーとて、ほかの女にくらべてとりわけ美しく情熱的だったわけではあるまい。とどのつまりは頭の中の観念の産物のみを愛し、マリーのうちに、彼女に触れてはぐくまれた夢のような恋を後生大事にしていたにすぎないのではないか。

永らくぼくはこうした危惧の念と悪戦苦闘していた。恋が自分の立つ位置まで降りてくるのを望んでいたぼくとしては、恋をあまりにも高い地点にまつりあげてしまっていたのだ。が、そうした思いに無理にしがみついていた結果、それもやはり恋に似た何ものかではないかと考えずにはいられなくなってしまった。そうしたことをはっきりと感じるに至ったのは、マリーと別れて数ヵ月たってからにすぎない。あの体験があってすぐの時期には、ぼくはむしろ心静かにすぎる暮らしぶりであった。

孤独にゆき過ぎる者にとって、この地上は何とまた空虚なものであることか。ぼくはこれから何をしようとしているのか。如何に時を過ごしてゆけばいいのか。この頭脳を何に使うべきなのか。一日一日が暮れてゆくその遅さはどうか。生きてゆく日々の短さを嘆くものは、いったいどこにいるのだろう。そんな人間をとくと拝ませてもらいたい。ごくめでたい奴にちがいなかろう。

気ばらしでもしてみたらとみんなはいう。だが何で気をはらせというのか。つとめて幸福になれということだが、いったいそんな方法があるのか？　あれやこれやとさわぎたててみて何になる。自然にあってはあらゆるものがすばらしい。樹々はすくすくと伸び、河は流れる。鳥はうたい星は輝く。ところが人間は悶々としてあくせくと動きまわる。森を切り倒し、大地を掘りかえす。航海にうってでて、旅をする。かけずりまわってはけだものを殺す。泣く。わめく。地獄を夢想する。まるで神様から、自分には耐えきれぬほどの不幸を思い描く心の働きをさずかったとでもいわんばかりだ。

かつてマリーを知る以前には、ぼくの倦怠感には何かしら美しく偉大なところがあった。ところが、それはいまではごく愚かしい倦怠感になってしまっている。低級な酒をたらふくあおる男の倦怠感であり、酔いつぶれた男の前後不覚と変わりがない。

世の中のことを知りつくした者たちでも、これほどではあるまいと思われる。五十歳になっていながら、二十歳のぼくよりもみずみずしい人たちがいるのだ。そうした人々にとっては、まだ何もかもが新鮮で魅力にあふれている。ぼくもいずれは、ああいった駄馬になるのだろうか。馬小屋を出るか出ないかというのにもうくたびれて、かなりの道のりをびっこであえぎながら進んでからでなければ気持ちよく速歩に移れない。ああした駄馬みたいなものになってゆくのだろうか。世界に目を向けすぎていると気持ちが悪くなってくる。見ていて心が痛むようなものが多すぎる。いやむしろ、そうしたものがそっくり一つに溶けあって、同じうんざりした気分をかもし出してゆくのだ。

ダイヤモンドをふんだんには与えられず、また豪壮な邸宅にも住まわせてやれないからという理由で、恋人などないほうがましだと思っているようなおめでたい生まれの人間は、俗っぽい情事をまのあたりにして、平然たるまなざしで、愛する男女と呼ばれるあのさかりのついた二匹の動物の愚劣な醜行をながめていることができる。自分も泥まみれになる誘惑にはかられず、人を愛することを心の弱さとしてしりぞけ、そして襲ってくる欲望という欲望をひざでくみしいてしまうのだ。彼はそんな争いにやがて疲労困憊する。男たちの冷笑的な自己中心主義をみていると、ぼくは彼らから離れてゆく。また、女たちの限られた視野を思うと、つきあってゆくのがほとほといやになってしまいもする。結局はこちらが間違っているのだ。なぜなら、美しい上唇と下唇とは、この世の雄弁をそっくり集めたものより価値があるものだからである。

落ち葉がかさこそと風に舞う。あんなふうに、このぼくも舞い、飛んでいってしまいたい。二度と戻ることなく出発してしまいたい。どこと決まったわけではないが、この生まれた国を離れてゆきたい。この家が重く肩にのしかかってくる。同じ扉を、もういやというほど入ったり出たりしたものだ。この視線を、自室の天井の同じ場所にいやというほど向けてきた。その場所は、ぼくの視線ですりへってしまっているにちがいない。

ああ、ラクダの背に身をかがめる気持ちを味わえたらどんなに素晴らしいか。目の前の空は一面に朱に染まり、砂はすっかり褐色で、燃えたつような地平線がどこまでも伸び、地面には起伏があって、頭上はるかに鷲が舞っている。視線を転ずれば、ばら色の足をしたこうのとりが群れをなして飛び、水を求めて去ってゆく。砂漠を進む船を思わせるラクダの揺れに身をまかせる。太陽がまぶしく、目をつぶらずにはいられない。もの音はといえば、乗っているラクダのおし殺したような響きばかりだ。道案内が歌を歌ってだまりこくる。どこまでも進んでゆくばかりだ。日が暮れると杭をうちこみテントを張る。ラクダに水をやり、ライオンの毛皮を敷いて横になる。煙草をくゆらせる。火をたいて山犬を遠ざける。砂漠のむこうでその遠吠えが聞こえる。見たこともない星が、ヨーロッパの星よりも二まわりも大きく空に輝いている。朝になる。オアシスで皮袋に水をみたし、また進みはじめる。あたりには人影が絶えている。風がうなっている。砂が渦をまいて舞っている。

そして、とある平原を一日じゅう馬を走らせてゆくと、棕櫚の木が円柱のあいだに高く伸び、崩れ落ちた寺院の動かない影のかたわらに、その茂みのかげを静かに揺り動かしている。牝山羊が倒れた建築の正面をはいのぼって、大理石の彫りこみのくぼみに生えた草をたべている。人が近づいてゆくと飛びはねて逃げてゆく。その草原のさきの、木々に無闇と長いつる草がすっかりからみついている森をいくつか通りぬけ、こちらからは対岸がみえないほどの河をいくつか渡ったところには、スーダンがある。それは無人の国であり黄金の国である。だが、もっと遠くへ、休まず歩きつづけてみる。マラバールの熱気にあふれたさまを、人が死ぬこともあるその踊りをみてみたい。酒は毒薬さながらに人を殺し、毒薬は酒のように口あたりがよい。海、それは珊瑚と真珠にあふれた青い海で、山の洞穴の聖なる饗宴のざわめきを響かせている。もはや波も立たず、あたりの空気は朱に染まる。雲一つない空が大洋のぬるんだ水に映えている。錨索を水からひきあげると、湯気が立っている。鮫が船のあとをつけ、死者を喰べてしまう。

ああ、インドだ。とりわけインドへ行ってみたい。白い山々には塔や偶像があふれ、虎や象が山ほどいる森の中央には、膚の黄色い男たちが白い衣裳をまとい、錫色の女たちが足首と手首に輪をはめている。女たちがまとう透きとおった衣裳はもやを思わせる。目はとみれば特殊な花で染めあげた黒ずんだまぶたしかみえない。女たちは何かの神に捧げる頌歌をともにうたう。そして踊りを舞う。……踊れ、踊ってほしい、舞い姫よ、ガンジスの娘よ。この頭に触れんばかりに足をみごとにまわしてみせてもらいたい。蛇のように踊り手はからだをくねらせ、両手をふりほどく。頭が動く。腰が揺れる。鼻孔がふくれあがる。髪がほどける。くゆっている香の煙が間抜けたような金色の偶像のまわりに漂っている。それは、頭が四つに手が二十本あるといった偶像なのだ。

西洋杉の木でできた小舟、それは細長く、櫂は薄くて羽のようで、竹を編んだ帆をかかげた小舟なのだが、それに乗りこみ、ドラや太鼓の音に送られてシナと呼ばれる黄色の国に行こう。女たちの足は手の中におさまってしまい、顔は小がらで眉は細く、両はしがつりあがっている。女たちは緑の葦のあずまやで暮らし、皮がビロードを思わせる果物を塗りものの磁器に盛ってたべる。胸までおちかかるとがった口ひげに頭をそり、背中までたれる帽子のシナの官吏が回廊をそぞろあるきしている。そこには三脚の香炉がくゆっているのだが、それから稲茣蓙《ござ》の上をゆっくり進んでゆく。小さなきせるが一本、とがった帽子にさしてある。漢字が赤い絹の着物に黒々と染めぬかれている。ああ、茶筒をみながらぼくはどれほどの旅を夢想したことか。

新世界アメリカの嵐よ。樹齢何百年という柏を根こそぎにし、蛇が波間にたわむれる湖水をさわがせる嵐よ。ぼくを捲きあげてほしい。ノールウェーの急流が、あわだつしぶきでぼくをおおってくれないものか。シベリアの雪よ、丈をなして降りつもり行く道をかき消してほしい。そう、ひたすら旅をして断じて立ちどまってはならぬ。そしてこの大がかりなワルツを続けながら、遂には皮膚がさけ血がほとばしるまで森羅万象が消長するさまを見とどけたい。

山々がつきると谷が、街が終わると野原が、海のかなたには平原がつらなっていてほしい。斜面の道をのぼってはおりる。港に身を寄せあう船のマストのむこうに、大伽藍の尖塔が隠れてしまうほどであればいい。岩に流れ落ちる滝の音に、森を吹きぬけてゆく風の音に、日光を浴びてとける氷河の音に耳を傾けよう。走りゆくアラブの騎兵たち、駕籠で運ばれてゆく女たち、回教寺院の弧を描く円屋根、空にそびえるピラミッド、ミイラが横たわる息づまるような地下の墓、山賊が銃をかまえる峡谷、がらがら蛇がひそむ灯心草の茂み、高い背丈の草むらを走るまだらの縞馬、うしろ足で立つカンガルー、椰子《やし》の枝さきにぶらさがってゆれている猿、獲物めがけておどりかかる虎、逃げるかもしか……。そういったものをこの目で見てみたいのだ。

行ってみよう、行ってみようではないか。鯨やまっこう鯨がいどみあう涯《はて》しない海原を渡ろう。まるで巨大な海鳥のように両方の翼を羽ばたかせながら、蛮人たちのカヌーがやってくるではないか。血まみれの頭髪が船首にたれている。蛮人たちは脇腹を赤く塗っている。口がさけ、顔には絵の具を塗りたくり、鼻には輪を通している。殺戮の歌をわめくように歌う。大弓の糸は張りきっている。緑色の矢じりには毒が塗られ、あたれば悶絶するしかない。裸の妻たちは乳房にも手にも刺青をして、大きな火あぶり台を組みたてては夫たちの生け贄《にえ》を待っていた。蛮人たちは妻に白人の肉を持ち帰ると約束したのだ。その肉は、歯をたてればとろけるような肉である。

ぼくはどこへ行こうとするか？　地球は広い。道という道をさぐりつくし、あらゆる方向を涯ての涯てまでたどってやろう。ケープタウンを迂回しながら死に果て、コレラにかかってカルカッタで、あるいはペストにかかってコンスタンチノープルで死ねるものならどんなにか幸福なことだろう。

せめてアンダルシアの騾馬曳きであったならいいのだが。山岳地帯の峡谷を一日じゅう歩きまわり、夾竹桃の茂る島々が浮かぶグワダルキビール河を眺めてみたい。夕暮れには、バルコニーの下で奏でられるギターや歌声に聞き入り、アルハンブラ宮殿の大理石の泉水に映る月をながめてみたい。かつてサルタンの妃たちが沐浴したという泉水である。

どうしてぼくはヴェニスのゴンドラ漕ぎではないのか。あるいは季節がよくなると、ニースからローマまで乗ってゆけるあの頼りなげな馬車の一つに御者として乗っていないのか。ローマで暮らし、永住する人もいるではないか。ナポリの乞食は倖せものだ。海岸に寝そべって太陽をいっぱいに浴びて眠り、葉巻きなどくゆらせながら、天にたちのぼるヴェスヴィオス火山の噴煙をながめていられるのだ。その乞食の砂利の寝床が、そしてそこで見られる夢がうらやましくてならない。海はいつでも美しく、潮の香りやカプリ島からとどく遥かなざわめきを運んでくる。

ときにはシシリア島の小さな漁夫の村に降りたった自分を想像することがある。そこでは漁船はことごとく大きな三角の帆を張っている。それは朝のことなのだ。籠やひろげた網のあいだに、土地の娘がひとりすわりこんでいる。裸足で、ギリシアの植民地の女といった風情でコルセットに金色の紐をつけている。髪は黒く、両がわに編んでわけており、踵《かかと》までたれさがっている。女は立ちあがるとエプロンをはらう。歩く姿をみると、古代のニンフさながらにそのからだつきはがっちりと、しかもしなやかだ。こんな女に愛されてみたい。文字さえ読めない無知でみすぼらしい娘なのだが、その声は、シシリアなまりで「好きよ。どこにも行かないで」などとぼくに言葉をかけるときは、こよなく快いものであるに違いない。

原稿はここで中断している。が、わたくしはこれを書いた人間を知人に持っていた。以上のページにふんだんに盛りこまれている比喩的な表現だの誇張されたいいまわし、そしてその他の文体的探究のいっさいに目を通してこのページまでたどりついた人がいて、結末を見いだしたいと思うなら、さきを読みつづけていただきたい。これからそれを示してさしあげよう。

感情の表現に役だつ言葉はごく限られているに違いない。限られていなかったとしたら、この書物も一人称で書きあげられていたであろう。きっとこれを書いた男にとっては、いうべきことはもはや何ひとつなくなってしまっていたに違いない。もう筆が進まず、思考のみが活発になるといった地点があるものだ。その点で彼は書くことを放棄したのだ。読者にはお気の毒というほかはない。

偶然というものにはただ驚きいるほかはない。ことによったらもっと秀れたものになりそうな時に、この書物がちょうど中断しているというのも実は偶然の力なのだ。著者は、まさに世間の門口まで足を踏みこみつつあるところであった。多くのことを語ってくれえたはずであった。それでいながら、かえってきびしい孤絶の世界へとびたっていってしまったのだ。そこからは何ひとつ生まれてきはしない。そこで彼は、もはや泣きごとを口にせぬのが得策であると判断したのだが、それはおそらく彼が真に悩みはじめていたことを証拠だてるものであろう。その会話からも、手紙からも、また彼の死後に詳しく調べあげ、その中にこの原稿が入っていたノート類にも、告白を書くのをやめてしまってからの彼の心境を解明しうるにたるものは一つとして捉えられなかった。

彼は自分が画家でないことをひどく残念に思っていた。また音楽家でないこともなげいていた。頭の中にはごく美しい絵がいくつもあるのだといっていた。春の日の午前中にポプラの並み木道にそって散歩しているときなど、頭の中には尽きることなく交響曲が鳴りひびいていたのである。それなのに絵画も音楽も彼にはまるで理解できなかったのだ。誰がみても三流画家としか思われないものに感心したり、オペラを観終わって偏頭痛を起こしたところを見たことがある。もう少し時間をかけて辛抱して仕事に精を出していれば、とりわけ芸術の持つ造型美に対してより繊細な嗜好を持ちあわせていたならば、ご婦人の記念ノートにでも書きつけるにふさわしい凡庸な詩ぐらいは書いていただろう。何といわれようと、それは粋なはなしである。

思春期になりたてのころ、彼は三流の作家たちを手本にしていたのであり、文体からもそれがうかがわれる。年が進むにつれてそれに嫌気がさした。だが、傑出した作家たちは、かつての熱狂を彼にもたらしてはくれなかった。

美なるものに熱中し、醜悪なものには罪悪のごとく目をそむけた。本当のところ、醜い人間というものは何とも我慢しかねる代物であり、遠目にも身の毛がよだち、間近にみれば顔をそむけたくなる。醜い人間がしゃべったりするのを聞くのは苦痛そのものだ。泣いたりされると、その涙が苛立ちの種となる。笑うとなぐってやりたくなる。そして黙りこくってでもいようものなら、その無表情な顔にあらゆる悪徳と低劣な本能とが腰をすえているように見えてしまう。といった具合に、これを書いた男は、初対面から気に入らなかった人間を許すことは断じてなかった。そのかわり、ほとんど言葉をかけられたこともないのに、歩きぶりとか髪の刈りかたが気に入った人間に対しては、誠心誠意つくすのだった。

彼は人の集まりや、芝居見物、舞踏会、音楽会などを避けていた。そんな場所に足を踏み入れるやいなや、わびしさに身もこおり、頭のてっぺんに寒けが走るからである。人混みでひじでこづかれたりすると、まるで少年のような憎しみが胸にこみあげ、この人の群れに狂暴な、巣に追いこまれて進退きわまった猛獣のような気持ちで応ずるのだった。

人びとから自分が好かれてはいないとむなしく信じていた。彼は理解されてはいなかったのである。

社会的な不幸な事件とか多くの人間をまきこんだ災難といったものには、たいして悲しむことはなかった。あえていえば、奴隷のような民衆よりも、日あたりで翼をはばたかせている籠のカナリアに対して同情する。とにかく彼はそんな人間だったのだ。こまやかな心遣いと、真のつつましい心にあふれていた。たとえば、菓子屋で何かをたべていると き、その自分を見つめている貧乏人を目にしたりすると、もうじっとしていることができずに耳まで真っ赤になってしまう。店から出るときには、持ち金を残らず男に与え、逃げるように姿を消してしまうのだった。だが人からは冷笑的な皮肉屋だと思われていた。歯に衣をきせぬ言葉づかいで、人がひそかに思っていることをはっきりいい切るたちだったからである。

囲われ女に恋すること(それは、自分に女を世話するだけの力のない若者の理想だったが)は、彼にはおぞましい行為であった。我慢がならないことだったのである。金を払ってやる男は、主人であり支配者であり王であると彼は考えていた。貧乏ではありながら、金持ちにではなく富に一目おいていたのだ。他の男が衣食住の面倒をみている女の情人に金も使わずなることは、人の家の酒倉からブドウ酒を一本くすねるのと同じぐらい才気を感じさせることだと思っていた。だが、それをえらそうに吹聴するのは、手くせの悪い使用人やけちな人間のすることだと彼はいいそえるのだった。

人妻をものにしようとして、そのため夫の友だちになり、心をこめて手を握り、その駄洒落に笑ってみせ、うまくいかない商売には悲しそうな顔をし、使い走りをしてやっては夫と同じ新聞を読む。つまるところは、十人の漕役囚《そうえきしゅう》が一生に犯した以上の醜くも卑しい行為を一日のうちにやってのけること、それは、彼の自尊心にとってはあまりに屈辱的な何ものかであった。それでいながら、幾人もの人妻に恋をしてしまう彼なのだ。ときとして道が開けそうになる。ところが美わしきご婦人のほうから流し目でも送られようものなら、たちまち気が滅入ってしまうのだ。それはちょうど、花ざかりの杏の木を枯らしてしまう五月の霜にでもあたったかのようだった。

それなら女工たちがいるといわれるかもしれない。ところが女工とはうまくいかないのだ。屋根裏部屋へあがってゆき、食事にチーズをたべたばかりの唇に接吻し、霜やけだらけの手を握ったりする気持ちにはなれないのだ。

普通の娘を誘惑するのはどうかといえば、彼女たちを犯してしまったところで大した罪とは思わなかったに違いない。人間をひとり自分の所有に帰することは、彼にとっては殺してしまうより重い罪だった。殺人は、子供を作ることにくらべれば罪は軽いと本気で考えていたのである。殺人というものは、人のいのちを奪うものではあっても、その全存在ではなく、いずれは消えてゆく運命にあるいのちの、たとえ人の手にかからなくとも消えてゆくその存在の半分か四分の一、あるいはその百分の一を奪うことにすぎない。ところが子供を生むということに関しては、彼の言葉に従うと、揺り籠から墓場までその子が流す涙のいっさいに責任がありはしまいかというのだ。相手がいなければ子供は生まれまい。ところが現実には生まれてしまう。何故か？　生ませる側の楽しみのためであって、子供の楽しみ故にではないことは明らかなのだ。その結果は生ませたものの名前が子供につけられる。それが愚かしい名前であることは間違いない。そんな名前は壁にでも書いておけばよい。三字か四字の重みをひとりの人間に背負わせてみて何になろう。

彼の目には、午前中にあてがわれた処女のベッドに民法の力をかりて強引にもぐりこみ、こうして権威によって護られた合法的暴行をやってのける人間は、猿や河馬やひきがえるにも類例を見ることができないものたちとして映った。そうした動物たちなら、雌雄を問わず、同じ一つの欲望から求めあい結ばれたときに交尾するものだ。そこには、どちらか一方の恐怖もなければ嫌悪感もない。いま一方に強引なところもなければ淫猥な凶暴さもありはしない。それに関して彼は道徳にはかなわない理屈を長々と述べたてているが、それを述べてみてもはじまらない。

彼が結婚などせず、囲い女も人妻も女工も普通の娘も恋人にしなかった理由は以上のとおりである。後家が残っているが、これは彼の念頭になかった。

職業を選ばねばならなくなったとき、これだけはごめんだというものが山ほどあって彼は迷った。人道的な顔をしてごまかすほど頭がよくまわる男ではなかったのだ。生まれ持った心の素直さゆえ、彼は医学から遠ざかった。――商売はといえば、彼には金の計算ができない。銀行をみただけで神経がいらだってくる。とんでもないことばかり考える男だったが、弁護士という高貴な職業をまじめにとるには、その精神が健全にすぎた。おまけに、その正義感は法律とそりがあわなかったのである。また批評家としてうってでるには趣味がよすぎた。文筆で成功するにしては、たぶん、あまりにも詩人でありすぎたのだろう。それに、そうしたものは、いったい職業なのであろうか。職につき身をたてるべし、社会的な地位を築くべし、無為にうちすぎれば倦怠する、人に役立つ人間となるべし、生まれたからには働くべし。これらはまた何と理解に苦しむ格言ではないか。こうした格言が、注意深く彼の耳もとでくりかえしささやかれていたのである。

どこへ行っても退屈するし何をやろうと退屈するものとあきらめて、彼は法学部に進みたいといいだした。そしてパリに行って住みついた。生まれた村では、沢山の人が彼の身をうらやみ、カフェや芝居やレストランに行き、美女たちを目にしうるのは倖せなことだというのだった。彼は聞きながしておいた。そして何だか泣きだしたくなるときのような顔で笑うのだった。それにしても、自分の部屋から永久におさらばしたいと何度思ったことだろう。その部屋では幾度となくあくびをし、十五の年に芝居を書いた古いマホガニーの机の上にむなしくひじをすべらせたものだった。そうしたものから別れるのは並み大抵のことではなかった。他の場所にもまして愛着をおぼえるのは、おそらく自分が最も呪った場所なのかもしれない。囚人たちは牢獄をなつかしく思うではないか。それはつまり、牢屋にいるときは希望をいだいているが、出獄してしまうともうそれがないからである。監獄の塀のむこうに、マーガレットが咲き乱れ、小川がうねうねと流れ、黄色の小麦ですっかりおおわれ、並み木道が通っている野原を目にしていたのだ。――だがいったん自由の身になると、再び貧乏になって人生をあるがままの姿でまた見るようになる。それはみじめで、節くれだって、泥まみれで何ともうすら寒い。また野原も、あの美しかったものもあるがままの姿で見えてくるのだ。のどが乾いても果物がとれないように田園監視員という装飾をほどこされているし、腹がへって獲物を殺そうとしても森林監視員というおまけがついているし、散歩しようとして通行証がなければ憲兵というものでおおわれた野原が見えてくるのである。

彼は、とある家具つきの部屋に住むことになった。部屋の調度品は他の人たちのために買われたもので、他人の手によってすりへっていた。廃墟の中で暮らしているような気持ちだった。彼は勉強し、雑踏のにぶいもの音を聞き、屋根に降る雨をながめて日を過ごした。

天気がよい日にはリュクサンブール公園に行って散歩した。落ち葉を踏んで歩いていると、中学時代にもそれと同じ体験をしたことが思い出された。だが、十年後にそんなこと

をしていようとは考えてもみなかったろう。そうかと思うと、ベンチにすわって悲しくも
心にしみるものごとに思いをはせるのだった。泉水のつめたく黒ずんだ水を眺め、それか
らしめつけられるような胸をいだいて戻ってゆくのである。二、三度、何もすることがな
くなってしまい、礼拝の時刻に教会にでかけていって祈ろうとしたこともある。聖水盤に
指をひたし、十字をきる彼の姿を見かけたとしたら、その友人たちは何と思ったことだろ
う。
　ある夜のこと、場末の町をうろつきわけもなく苛立ってぬき身の剣にとびかかり、死ぬまで切りあいをやってみたくなったとき、ふと歌声が耳に入り、思い出したようにオルガンのやわらかい調べが聞こえてきた。彼はその教会に入った。回廊の下の地面に一人の老婆がうずくまって、ブリキの湯呑みに銀貨をちゃらつかせながら施しものを乞うていた。皮を張った扉が人の出入りにつれてばたりと揺れていた。木靴の音や、敷石の上で動く椅子の音が聞こえていた。奥の内陣は光で照らしだされていた。聖櫃が大蠟燭に輝き、司祭が祈禱をとなえていた。中央につられたランプが長い綱のさきで揺れ、丸みをおびた迫持《せりもち》の上の方や側廊は影になっている。オルガンが高まる。ステンド・グラスには雨がうちかかり、その鉛の区切りの線をきしませていた。それにつれて合唱がまたはじまる。それは、彼が断崖の上で海と小鳥との語らいを聞いた日のようであった。彼は僧侶になりたくてたまらなくなった。そうすれば遺骸に向かって大仰に弔辞を語りかけられるし、苦行衣

をまとい、神への愛に没我の境地でひれふすこともできるのだ……。不意に、何たる男かというあざけりの念が心の底に生まれた。彼は帽子をまぶかにかぶり、肩をすくめておもてに出た。

かつてないほどに悲しい気持ちであった。過ぎゆく日々がかつてないほど彼には長く感じられた。下宿の窓の下で鳴っているのが聞こえる手まわし風琴に心がかきむしられる。この楽器には如何ともしがたい哀愁が感じられるのだ。あの箱には涙がいっぱいつまっているのだと彼はいっていた。というよりむしろ、彼は何も言葉にしていったりはしなかったのだ。荒廃した退屈な男というか、すべてに幻滅した人間といった気取りを持った男ではなかったからだ。死の直前ごろには、性格が明るい男になったとさえ思われていたのである。手まわし風琴をまわしていたのは、多くの場合、南仏出身のしがない男か、あるいはピエモンテかジェノワの男だった。どうして故郷の山塊を、収穫期にはとうもろこしでいっぱいになる仮小屋を捨ててきたのだろう。その演奏を彼はじっと見つめている。四角ばった大きな頭、黒々とした顎ひげ、そして赤銅色の手をしている。赤い着ものの小猿が背中をとびはねて歯をむいてみせる。男が鳥打帽をさし出すので、そこに何がしかの金を投げ入れると、その姿が消えてしまうまであとをつけていったものだ。

下宿の部屋の真向かいに家が建ちはじめていた。工事は三ヵ月つづいた。壁が高さを増し、二階の上に三階がという具合に築かれてゆくのを見た。窓にガラスがはめこまれる。

あら塗りされ、ペンキが塗られる。それから扉がすえつけられる。幾組かの家族がやってきて住みつき、生活しはじめた。隣人ができたことが彼には不満だった。壁の石をみているほうがましだったのである。

彼は幾つもの美術館をあるきまわり、あの不自然に動きをとめてそれぞれの理想的な生の瞬間の若々しさを保った人物像を残らずながめるのだった。そうした人物像をみんなが見に出かけるのだが、彼らは自分の前をすぎてゆく群衆を、顔も動かさずに手を剣から離しもせずに眺めている。そしてその人物像の目は、見ている群衆の孫たちが埋葬される時期になってもまだ輝いていることだろう。古代の彫刻、とりわけ手足のこわれた彫刻にうっとりと眺め入っていたのである。

彼にとっては何とも嘆かわしいできごとが起こった。ある日、街を歩いていると、そばを通りすぎる男に見おぼえがあるような気がしたのだ。誰だか思いだせないその男も同じ反応を示した。二人は立ちどまって歩みよった。それはあの男だった。旧友で、最大の親友で、兄弟ともいうべきあの男だったのである。中学時代には教室で、自習室で、寝室で隣同士だった男だ。彼らは一緒に罰課や宿題をやりあげた仲間だ。校庭や散歩にでかけるときにも腕を組んで歩いたものだ。かつては、生活を共にして死ぬまで友人であることを誓いあったこともある。まず彼らは手をさしだして名前を呼びあった。それから、頭のてっぺんから足の先まで無言でながめあったのである。二人とも変わっており、すでにいささかふけこんでもいた。いまは何をしているのかとたずねあってから、ふと言葉がでなくなり、それ以上は口がきけなくなってしまった。六年らい会ったことがなかったのに、ほんのひと言さえ口にのぼってこない。結局のところ、たがいに見つめあっているのが気づまりになって、別れてしまった。

何をするにも気力がなく、哲人たちの見解とは反対に時間というものがこの世で最もあてにならない財産だと思われたので、彼は強い酒をあおっては阿片を喫いはじめた。身を横たえたままの姿勢でなかば酔っぱらったように、意気沮喪とも悪夢ともつかない中間地帯をさ迷って日々を過ごすことがしばしばであった。

ときには気力がよみがえることもあった。そんなときには発条《バネ》じかけのように不意に姿勢を整える。すると仕事をすることが魅力にあふれたものに思われてくる。思考がどこからともなく沸きあがって微笑んでしまうのだ。それは、賢者たちのはればれとした深遠な微笑であった。彼は早速仕事にとりかかる。彼には素晴らしい草案があった。幾つかの時代をまったく新鮮な視点から浮かびあがらせ、芸術を歴史と結びつけ、偉大な詩人たちを偉大な画家たちとともに註釈しようと思ったのである。そのためには語学を習い、古代史にさかのぼり、東方の国々に足をはこびたいと思った。すでに自分が碑文を読み、オベリスク文字を判読している姿が目に見えるようだった。が、やがて自分がばかばかしく思えて、あらためて腕を組むのであった。

それからはもう本を読もうとはしない。あるいは読んだところで、自分でもつまらぬものだと思い、それでいながらまさしくその凡庸さゆえにある種の喜びをおぼえるような本だったのである。夜になっても眠れない。寝つかれないのでベッドの上で寝がえりをうつ。夢を見ては目をさました。そうしたわけで、朝になると徹夜をしたとき以上に疲労していた。

あの恐るべき習慣である倦怠感に消耗し、またそこから生ずる虚脱感にある快楽をおぼえさえしながら、彼はさながら自分の死を見つめている人びとのごときありさまだった。外気を吸いこもうと窓を開くこともなくなっていた。もう手を洗おうともしない。貧者の不潔さの中で暮らしていた。同じシャツを一週間も着どおしで、ひげもあたらず、髪にくしを入れたこともなかった。寒がりだったくせに、朝から外出して足をぬらしても、一日じゅう靴をはきかえもせずに火をおこそうともしない。そうかと思うと、洋服を着たままベッドに倒れこんで眠ろうとするのだった。天井にはう蠅をながめ、煙草をふかしてみては唇から出てゆく青く小さなうずまきを目で追っていた。

彼が何を目論んでいたかは容易に理解できよう。その点にこそ不幸があるのだ。どんなことをすれば彼が生気をとり戻し、心を動かしたというのか？　恋愛であろうか？　彼は恋からは身を遠ざけていた。野心などは嘲笑の対象だった。金銭に対する彼の貪欲さは大そう強かったが、無為を好む心のほうがさらに強かった。それに百万という額も、彼にとってはそれを手に入れる苦労のほうが大変だった。贅沢というものは豊かに生まれついたものにこそふさわしいのだ。自分の手でかせいで産をなしたものは、それを食いつぶすことなどまずありえない。ところが彼の気位の高さといったら大変なものだったので、王座であろうと欲しがるまいといったほどであった。彼の望みは何だったのかとたずねる方もおられよう。私には皆目見当がつかない。だが、いずれ代議士に選ばれようなどとは断じて夢想していたのではないことは確実である。知事の位さえことわったであろう。式日に着用する格式ばった刺繍の衣服や、首にかけるレジョン・ドヌール勲章や、皮ズボンや、乗馬靴まで含めての辞退である。大臣になるよりもアンドレ・シェニエを読んでいるほうが好きだった。ナポレオンよりは、タルマになることをよしとしたにちがいないのだ。彼は無駄な言葉や曖昧な言辞を弄し、形容詞をいやというほど濫用する男だったのである。

こうした文体の高みにあっては、下界は姿を消して、そこでみんなが引ったくりあっているものが何であるのかまるで見えなくなってしまう。それと同じで、人間に何の値打ちもなくなり、軽蔑の対象でしかなくなってしまうような高みに位置することにも苦痛が伴うものだ。その苦痛にも生きのびてしまうような場合には、自殺だけが苦痛から人を解放してくれる。ところで彼は自殺しなかった。まだ生きていたのである。

謝肉祭がやってきた。彼はまるで楽しもうとはしない。何から何まで人のやることとは逆さまなのだ。埋葬をみていると彼の快活さがほとんど刺激されるほどだった。しかも芝居に行くとふさぎこんでしまう。彼には、群衆が衣裳をまとった骸骨で、手袋をはめて袖飾りをひらめかし、羽根飾りの帽子をかぶり、桟敷の手すりによりかかってオペラグラスでながめあい、愛嬌をふりまき、うつろな視線をかわしあっているように見えてきてしまう。平土間には、シャンデリアの光をうけて輝く白い頭蓋骨がぎっしり埋めつくしているのが目に入った。小走りに階段を降りてゆく人びとの足音が聞こえた。みんな笑っている。そして女をつれて立ち去ってゆくのだ。

少年時代のある思い出が彼の心によみがえった。X……のことが思い出されたのである。徒歩なら一日かかる村で、その場所については作者自身がこれ以前にすでに言及している。死ぬ前に、いま一度その場所を見てみたかった。命が尽きはてようとするのを感じていたからである。ポケットに金をねじこみ、マントをかかえてすぐに出発した。謝肉祭に続く告解期は、その年は二月のはじめにあたっていた。まだ寒さは厳しかった。道路は凍りつき、馬車は全速力で疾走した。彼は御者の脇にすわっていた。眠りはしなかったが、再び目にしようとしていたあの海に向かって快く引きつけられてゆく自分を感じていた。御者の手綱が屋上席のカンテラに照らされ、空中を舞って湯気をたてる馬の尻にうちおろされるのをみていた。空は澄みきって、夏のこよなく美しい晩のように星が輝いていた。

午前中の十時ごろにY……で馬車を降りると、そこから歩いてX……までの道をたどった。前とちがってこの時は急ぎ足で進んだ。それにからだを暖めようとして走りはじめたりもした。道路わきの溝には一面に氷がはり、すっかり葉を落とした樹々の枝さきは赤らんでいた。落ち葉が雨で朽ちはて、黒やにぶい灰色の大きなかたまりとなって敷きつめられていた。それが森の立ち木の根をおおい、空には太陽はなく白々としていた。道路標識が幾つか倒れているのに気がついた。ある場所では、この前ここを通っていらい木が切り倒されていた。彼は急いだ。早く着きたくてならなかった。やっと地形が傾斜しはじめた。そこで、野原を横切る見おぼえのある小径に踏みこんでいった。ほどなく、遠方に海が見えた。彼は足をとめた。海が、海岸に打ちよせたり沖の水平線でとどろいているのに耳を傾けた。冬の冷えきった微風にはこばれて、塩を含んだ香りがとどいてきた。心がときめいた。

村の入り口には新しい家が建てられていた。かわりに二、三軒がとりこわされていた。船は海に出ており、港に人影はなかった。誰もが家にひきこもっていた。子供たちが王様の蠟燭と呼んでいる長いつららが屋根のへりや雨樋のさきにたれさがっていた。乾物屋や宿屋の看板が鉄棒に下がってぎしぎしと音をたてていた。折りから満潮で、鎖がすれあうようなすすり泣きに似た音で浜辺の砂利にうちよせていた。

昼食をとったときに自分がまるで空腹を感じていなかったことに驚いたものだが、それから彼は浜辺に出て散歩した。風が空中でうなり、砂丘にはえている細い灯心草がひゅうひゅうと鳴って狂ったようにたわんでいた。しぶきが波打ち際から舞いあがって、砂の上をはしった。ときには突風がしぶきを雲のほうに吹きあげるのだった。

夜が訪れた。というより、一年で最ももの淋しい日々に、夜の接近を思わせるあのいつまでも続く薄暗い時刻がやってきたのである。大きな雪が空から舞い降りてきた。雪は波に触れて溶ける。しかし砂浜にはいつまでも残り、大きな銀色の涙のしみのような跡をとどめていた。

見ると、ある場所に砂に埋もれた古びた船があった。きっと二十年も昔にそこに坐礁したものだろう。船には海茴香《ういきょう》が生え、ヒドラや貽貝《いがい》が緑色になった舟板にはりついていた。彼はその船に愛着をおぼえた。まわりをぐるりと歩いてみた。あちらこちらに手で触れた。まるで死体でもみやるように不思議そうに眺めたのである。

そこから百歩ほどの岩壁にはさまれたところに、かつてよく腰をおろしてはそれとなく気ままな時を過ごした場所があった。——本を持ってはいたが読んだりしたことはなかった。そこを一人で占領し、寝そべったまま、切り立った白い岩はだにはさまれてみえる青空を眺めていたものだった。無上に快い夢想にふけったのは、まさにその場所であった。かもめの鳴き声がどこよりもよく聞こえ、宙にさがったひばまたが揺れてその髪の毛のようなつるから露が玉となって頭上に降りかかった場所もそこだった。船の帆が水平線の彼方に沈むのを目にし、太陽が彼にとって地上のどんな場所よりも暖かく感じられたのもそこであった。

彼はその場所に戻ってきた。その場所とめぐりあえたのである。だがそれは、他人の手に移ってしまっていた。足で無意識に地面を掘りかえしていると、ビンの底やナイフが見つかったからである。きっと、誰かがその場所にピクニックをしに来たことがあるのだ。ご婦人同伴でやってきて、そこで食事をとり、冗談をいっては笑い、ふざけちらしていったのだ。「ひどい話ではないか」と彼は心の中でいった。「自分たちの気に入って、そこで何がしかの時を過ごした結果、それが終生自分のものとなり、自分たち以外の人間の目がとどかないような場所は、この地上には存在しないのだろうか?」と。

そこで彼は窪地をのぼっていった。靴の下でよく石がころがった場所である。その石ころをつかんで、わざわざ力まかせに投げてみて、岩壁にあたる響きや、そのつどむなしく消えてゆくこだまを聞いたりもしたものだった。断崖を見おろす地面に立つと、大気は一段と身を切るようだった。正面の、青くくすんだ空の一角にのぼる月が見えた。月の下の左手には、小さな星が一つでていた。

彼は泣いていた。寒さのせいであったろうか? それとも悲しかったからか? 胸がはりさけそうだった。誰かに話しかけねばいられない。彼は、一軒の居酒屋に入った。そこには、ときおりビールを飲みにいったことがあったのだ。彼は葉巻きがほしいといった。

「ここには昔来たことがある」と給仕にでた女にいわずにいられなかった。「まあ、それはそれは。でも、いまはあいにくの季節でしてね。あいにくのね」と答えた。女はそういって彼につり銭を渡すのだった。

その晩、彼はまた外に出歩きたくなった。彼は猟師たちが鴨をねらう穴に行って身を横たえた。水に映った月が波間に揺れ、まるで巨大な蛇のように海面深くうねり込むのがちらりと目に入った。それから四方八方の空から雲が再びわきあがり、あたりは一面の闇となった。暗さを貫いて、黒々とした波がたゆたい、次から次へと波頭が高まり、無数の大砲の一斉射撃のような響きをとどろかせている。そうしたもの音を、ある種のリズムが耳を聾するようなメロディに仕立てあげていた。砂浜はうちよせる波に震え、沖の鳴動にこたえていたのである。

彼は、ふと、いまが死ぬべきときなのではないかと思った。誰にも見られることはあるまい。とりすがって助けを求める相手もいない。三分間で死んでしまえるのだ。だが、そうした瞬間にありがちな逆の反応から、急に生きていることが楽しいものに思われた。パリでの生活が魅力にとみ未来にあふれたものに映った。なつかしい仕事部屋が、そしてそこでまだまだ過ごしうる静かな日々がそっくり思い出されたのである。だが、そうするうちにも、深淵からの声が彼を呼び続けていた。波が墓のように口を拡げ、すかさず彼をかかえこみ、その流動するひだの間につつんでしまおうと身がまえていた……。

彼はぞっとした。宿に戻った。ひと晩じゅう、吹きすさぶ風の音をおびえながら聞いた。彼は暖炉いっぱいに火を起こし、両足をこがさんばかりにしてからだをあたためた。彼の旅は終わろうとしていた。家に戻ると、窓ガラスいっぱいに霜が凍りついて白くなっていた。暖炉の炭火は消えていた。衣服はベッドの上に脱ぎすてられたままだった。インクは壺の中でひからびていた。壁はひやりとして湿気がしみでていた。

「どうしてあの場所にとどまっていなかったのか？」と彼はつぶやいた。出かけようとしたときの胸のはずみを、苦々しく思い出した。

また夏がめぐってきた。だからといって、浮きうきした気持ちにはなれなかった。ほとんど足を向けることのなくなってしまったポン・デ・ザールの橋に立ってみる。そしてチュイルリー宮の樹々の揺れや、空を真紅に染める夕日の光線が凱旋門の下にさしこむのを眺めるのだった。

とうとう、昨年の十二月に彼は亡くなった。だがその死への歩みは小刻みのゆっくりとしたものだった。まるで、悲嘆のあまり死んでゆくといったふうに、どこの器官が悪いわけでもないのに、ただ想念の動きにつれ死へと至る歩みであった。それは激しい苦痛を体験した人びとには理解しがたいものかもしれないが、小説にあっては、ありうべからざるものへの愛好からまさに許さるべきことなのである。

生きたまま埋葬されることを恐れ、彼は自分を解剖してほしいと申し出た。が、防腐剤の香料を施すことははっきりことわった。

一八四二年十月二十五日

講談社『世界文学全集』版 解説

※以下の文章は、『世界文学全集―17 フロオベエル』（講談社、一九七一年一〇月）のために書き下ろされた「『三つの物語』『十一月』解説」です。同書には、『三つの物語』『十一月』の他に、中村光夫訳『ボヴァリイ夫人』が収録されています。（編集部）

ここにおさめられた『ボヴァリイ夫人』、『三つの物語』、そして『十一月』の三篇は、それぞれ執筆の時期も異なり、作品の風土も、題材も、時代背景もまた文体までがはなはだ違ったものでありながら、フローベールの作品構造の核心ともいえる一点できわだった共通性を示しています。そしてその共通点とは、各々の作品の最後で、主要な作中人物にきまって死が、あるいはそれに類する瞬間が訪れるということでしょう。『感情教育』、『聖アントワーヌの誘惑』、『ブヴァールとペキュシェ』の諸作はその意味で時間の緩慢な流れに埋もれながらも生きのびるという別の系列をかたちづくることになります。

　ところで、誰しも逃れることのできないものが死であり、また世の中にはギリシアいらい悲劇的なるものが存在し、ペシミスティックな魂にもこと欠かない以上、主人公の死が作品をしめくくって何の不思議もありはしない。たとえばスタンダールの『赤と黒』、バルザックの『ゴリオ爺さん』といった一八三〇年代の傑作群にあっては、青年ジュリアン・ソレルの野望も、ゴリオ老の父性愛も、ともども死の到来によってむなしくついえさっていったのではないか。とりわけ、ロマン主義の最盛期に青春を過ごし、いわゆる世紀病の蔓延するさなかに文学に目覚めたフローベールであってみれば、たとえばエンマのロマネスクな夢の終焉《しゅうえん》をその死によって飾るのがむしろ当然だったのではなかろうか。

　しかし、フローベール的人物たちが迎え入れる死を、改めてバルザックやスタンダールのそれと読みくらべてみると、そこには愛憎とか野心、つまりは情念の葛藤がかたちづくる劇的な破局といった印象がきわめて稀薄なように思われます。多少なりともドラマティックな『ボヴァリイ夫人』の最後の、エンマが毒を呷ってから息絶えるまでの一昼夜の描写は、それこそサント＝ブーヴが口にした「外科医のメス」のような鋭さを持ってはいても、張りつめていた糸がふっと切れるといった劇的な終幕とはいいかねるものなのです。エンマが、裏切られた愛によってではなく、金銭的に追いつめられて自殺したという点にこそフローベールの特質があると書いていたアルベール・ティボーデは、そうした一面をみごとにとらえていると思えるのですが、しかし問題はそれだけでもない。いわば他者の存在が障碍となって、彼女がついに世界との調和ある接触を持ちえなかったというより、自分自身の内的論理に従って必然的に死を受けいれるといった自然な流れがそこに感じられる。つまり、エンマをはじめとするフローベールの作中人物たちは、いかなる社会をどのような人びとにとり囲まれて生きたかではなく、どんな場所を生きるかによってそれにふさわしい死を死ぬかという点が重要だと思われるのです。いいかえれば、フローベールにあっては、主人公たちの空間意識がたどる結論として、生きることの究極の姿である死が導きだされてくるのです。

たとえばエンマ・ボヴァリイは、暗く閉ざされたその寝室で、蠟燭の光が黒々と浮きあがらせる人影にかこまれ、長い苦しげな断末魔のはてに死んでゆくのですが、それに反してシャルルは、陽光の降りそそぐ庭先きの木陰で、花の香りにつつまれ、葉虫のうなりを耳にしながら、人目にも触れず一瞬の解放感のようなものを味わって死んでゆきます。そこには、彼らの少年少女時代の感受性を快く愛撫した特権的な空間、つまり修道院の湿ったほの暗い密室めいた雰囲気と、森と野原と耕作地からなるどこまでも開かれた地平線へ回帰しようとする二つの魂の、一貫した歩みが感じられる。作品の全域を通じて、エンマはその存在が保護されていると感じうる閉ざされた場所でしか、そしてシャルルは心ゆくまで呼吸しうる開かれた空間でしか生きられなかったという事実が、最後を飾る二人の対照的な死によって、痛いまでに感じとれるのです。

そうした観点に立ってみると、『ボヴァリイ夫人』の悲劇は、愚鈍な夫への苛立ちと、途方もない夢を追う妻への無意識の怖れによって、たがいに傷つけあう男女の悲劇というより、彼らがついに一つの空間を共有しえなかった悲劇なのだという点が明らかになってくるでしょう。エンマがかりにレオンかロドルフと結婚していようと、彼女の生涯は最終的には同じ流れをたどったことになるでしょう。そして、そうしたフローベールに特有な空間意識の構造を理解しておかないと、『三つの物語』がたんなる三篇からなる中篇小説群ではなく、その総体が一つの自律的な作品をかたちづくるものだという点が、すっかり見落とされてしまう危険があるのです。

『三つの物語』

フローベールが存命中に発表した最後の作品である『三つの物語』は、その文壇への登場を決定的にしたという意味で処女作と呼びうる壮年期の『ボヴァリイ夫人』とともに、読者からも批評家からも等しく好評をかちえた唯一の例外をかたちづくっています。『ボヴァリイ夫人』の爆発的な成功の後は、その記憶が人びとのうちにあまりに鮮明であったため、何を書いてみても読者を失望させることにしかならないという不幸な状況が、フローベールを袋小路に閉じこめる結果になってしまいました。『サラムボー』も、『感情教育』も、『聖アントワーヌの誘惑』も、作者の並々ならぬ自信にもかかわらず、おおむね敵意ある沈黙によって迎えられたにすぎません。『ボヴァリイ夫人』を世に送りだしたとき三十五歳だったフローベールは、三度も稿を改めた生涯の作品『聖アントワーヌの誘惑』を書きあげたときには五十歳になってしまっていました。しかも、バルザック以後最大の小説家がたどったその十五年は、決して栄光への道ではなく、無理解と、離別と、貧困への歩みだったのです。親しい存在が、そして豊かなものが自分からはぎとられてゆく。そして自分ひとりの穴の中へと追いこまれ、徐々に動きを奪われてゆく。フローベールが迎えようとしていた晩年は、そんな感じの日々によって準備されて行きました。

自己の分身とも呼ぶべき親友のルイ・ブイエが、そして母親が他界する。普仏戦争に敗れて、クロワッセの仕事場がプロシャ兵に占領される。ブイエ記念碑設立や、彼の遺作上演もはかばかしく進まない。母親の遺産を相続してからは、生活費も底をついてくる。そして、それを待ちかまえていたように姪夫妻が破産寸前となる。幼年期を過ごした農園を売りはらわねば救うことができない。そのようにして、フローベールは、自分が住まう世界がますます小さくなり、周囲の地平線がせばまってくるのを感知します。彼が、書きかけの『ブヴァールとペキュシェ』の筆をおいて、『三つの物語』にとりかかったのは、まさにそうした時期だったのです。一刻も早く書物にしうるようなものを書いて危機に瀕した財政のたてなおしをはかり、また同時に、青年期の思い出にひたりながら、世界が無限の拡がりでしかなかったころの自分をとり戻したいという気持ちが働いていたことは間違いはありません。一八七五年から七七年にかけて、『聖ジュリアン伝』、『純な心』、『ヘロデア』の順に執筆され、一冊にまとめられる以前に独立して雑誌に発表されていることが、フローベールの貧窮ぶりをあますところなく物語っており、彼はツルゲーネフの手を介してロシア語に翻訳されることまでひそかに期待していたほどなのです。また、フローベール家につかえたジュリー嬢に発想を得たといわれる『純な心』の行間にまでしみわたっている幸福な幼時期の記憶、そして、青年期の小旅行の折り目にしたといわれるステンド・グラスの印象にもとづいた『聖ジュリアン伝』、さらには壮年期にさしかかろうとした時期の中近東旅行の砂漠と舞姫のイメージが結実した『ヘロデア』といった具合に、三篇が三篇とも過去を目指した作品であることも明らかです。しかし、ここで特に重視してみたいのは、ジョルジュ・プーレが鋭く指摘しているように、『三つの物語』の主題が、「収縮するもの」に向けられている点なのです。

事物と存在とに周囲をぎっしり埋めつくされ、動きを失ってゆく作中人物たちの物語は、まさしく当時のフローベールの置かれていた姿を写しだしていると思われますが、ここではそうした空間意識の流れを、彼らの死の瞬間においてとらえ、より深い考察を加えてみたいと思います。

こんにち読みうるかたちでの『三つの物語』は、それぞれが執筆された順序とは異なり、『純な心』、『聖ジュリアン伝』、『ヘロデア』という配列に従っており、これを題材の時代的背景という点からみると、作者にとっての「現代」である十九世紀、そして「中世」、最後に「古代」というかたちになっている。さらに舞台となる土地を考えてみると、フローベールの生まれ故郷であるノルマンディー、南仏もしくはスペインにまでいたるフランス全域、そしてパレスチナの砂漠といった具合になっている。つまり、時間的にいっても、空間的にみても、作者自身にもっとも近く親しいものから遠い周辺地帯へと、ちょうどクロワッセの仕事場を中心にして同心円状に拡がりだしてゆくフローベールの想像力そのままに、拡散してゆく波動のようなものが観察できる。いいかえれば、過去の時代へ、離れた土地へと向かって進んでゆく一つの動きが、徐々に中心を遠ざかる螺旋状の円運動として作品に自律的なフォルムを与えているということなのです。

だが、問題はそれだけではありません。三篇の中篇の二つずつが、それぞれ幾つかの次元で緊密に結ばれながら、総体として一つの塊りをつくっていることが重要です。たとえば『純な心』のフェリシテと『ヘロデア』のアンティパスとは、自分の住む場所がますますせまく限られてゆく存在だという点でもきわめてよく似ています。身よりのないフェリシテを一時は快くつつみこんでくれたオーバン夫人の屋敷も、ヴィルジニーの死と、ポールの結婚、そして甥ヴィクトール、オーバン夫人自身の死、という具合に、愛情をかけていた存在が彼女の周囲から次々に失われ、遂には耳も聞こえなくなって、屋根裏に近い自分の部屋に閉じこめられてしまう。剝製となった鸚鵡《おうむ》の身動きしないさまが、彼女の周辺で地平線が収縮し、彼女から動きをうばってゆくさまをみごとにあらわしています。それとまったく同様に、太守アンティパスは、異民族の侵入と、肉親の裏切りにおびえ、またローマ皇帝の顔色をうかがいながら、その孤立をまもりうる唯一の場所としての城に閉じこもらずにはいられないのです。そして、彼に決定的な誤りを犯させたものが、そのテーブルのまわりを狂ったように舞いまわるサロメの円運動であったことも忘れてはなりません。

そうした意味からすると、オーバン夫人の屋敷とマケルスの城砦とが、それぞれの作品にあってまったく同じ機能を果していることがわかるのですが、それに反してジュリアンは、決して一つの場所に身を落ちつけることができない。両親の城から逃れ、妻の宮殿からも身を遠ざけ、諸国を放浪する『聖ジュリアン伝』の空間的構造は、それ故ほかの二つときわだった対照をなしているということができるでしょう。

ところが、ここで視点をかえて、古代ならびに中世世界における血統の正しさの保証としての城が持つ空間的構造という見地からすると、『純な心』が一挙に残りの二つから離れてゆく。ジュリアンの両親の城も、マケルスの城も、丘の高みからあたりを睥睨《へいげい》しながら、その厚い石壁によって、外界とはまったく異質の特権地帯をかたちづくっているのです。つまり、内面と外面との絶対的な距離を象徴するものとして城壁の存在が『聖ジュリアン伝』と『ヘロデア』を深く結びつけることになる。生きのびるためには、城内にとどまらねばならず、死者は城外に運び出されなければなりません。

外界へと排除される死者のイメージは、もちろん『ヘロデア』の最後における、ファニュエルに運び出されるヨカナンの首が端的に象徴しているものです。だがここで見落としてはならない点は、すでに『聖ジュリアン伝』の中ほどの、オクシタニア皇帝救援の合戦で、殺された回教王の切られた首を、城壁ごしに外に投げすてる場面があって、『ヘロデア』の最後を予言的に示しているということなのです。ジョルジュ・プーレは、こうしたヨカナンの斬首を、一種の収縮として理解していますが、丸い一つの首としてもっとも凝縮しきった存在が、決して円の中心に置かれて動きをとめることなく、かえってその周辺部へと運びさられる移動の流れにそっていることは、さらに重要なように思われます。

では、『純な心』と『聖ジュリアン伝』は、いかなるものを共有しつつ深く結ばれているのでしょうか？　それぞれの作品の最後の部分を読みくらべてみると、そこには、いずれの場合も、地上の生活の肉体の重みを解脱した二つの存在がたどる上昇運動がしめされていることに気づきます。しかも、その上昇運動は、ともども拡張運動をともなっているのに注目しましょう。

聖体節に集まる群衆のもの音を聞き、戸外の祭壇からたちのぼる香のただよう部屋でフエリシテが迎える最後の瞬間は、地上と彼女の部屋との上下の構造でとらえられています。そして、まさに息絶えようとするときに、彼女は頭上を飛翔する大きな鸚鵡を目にしたような気がしたのです。その鸚鵡は、もちろん彼女が可愛がったルルーの記憶が拡大投影されたものにほかなりませんが、剝製となって動きをとめていたものが大空をはばたくイメージに変貌していること、そしてまた、彼女が教会でじっと眺め入る聖霊そのものに鸚鵡が一体化していたことも思い出しておきましょう。何故なら、空中を飛翔しつつ何ものかと一体化し、融合するというイメージが、『聖ジュリアン伝』の最後で、決定的な重要さを獲得することになるからです。

未知の癩者とジュリアンとの裸身の抱擁は、たしかに、地上に横たわっている限りでは奇怪なものですが、不意に世界が歓喜の表情をまとい、川辺の仮小屋の壁と屋根が消滅したあとでは、すべてが無限の拡がりを回復し、透明さと、軽さと、奔放そのものへと変貌しつくします。そしてジュリアンは、救世主キリストと抱きあったまま、空の青さの中を天へ昇ってゆくという、澄みきった解脱のイメージを獲得することになるのです。

以上で、『三つの物語』の個々の作品がたがいにからみあわせている関係の緊密さが理解できたのではないかと思いますが、それと同時に、これが単なる「中篇集」とは異なり、内的必然によって成立した一つの作品だという点も明らかにされたでしょう。そしてその内的な論理とは、フローベールにおける死が、存在の崩壊と不動と沈黙とがかたちづくる生の否定ではなく、それ自身の願望と方向とをそなえた運動として、生の昇華したものだという一貫した構造にほかなりません。あるいは建物の壁をすりぬけ、あるいは城壁を越えて、上へ、遠方へと中心を離れてゆくという、空間意識の構造がそこにあらわれていて、むしろ幸福感に近い世界との無媒介的な合一が可能な場として、死が機能している点に、フローベールの特色があるのです。

ガリラヤの地を目指してマケルスの城砦を遠ざかってゆくヨカナンの首は、ちょうど閉ざされた空間でのエンマの死がシャルルの存在を解放しえたように、その凝縮しきった形態そのものによって、いま一つの豊かな生命の出現を準備していたのです。死は、生涯の結論ではなく、生そのもののうちに流れこんで、新たな力をみなぎらせてゆくのです。

『十一月』

『十一月』は、『狂人の手記』とともに、いわゆるフローベールの「初期作品」のうちでも自伝的要素の濃い作品で、一八四〇年、十八歳のギュスターヴがピレネー、コルシカ旅行の途中で知りあった女性との灼熱的な恋の記憶をもとに、一八四二年に書きあげられ、のちの『感情教育』の下書き的なものと解釈されています。『狂人の手記』が、精神的な愛の象徴たるシュレザンジェール夫人の恋を直接的に反映しながら、『感情教育』のアルヌー夫人像を素描していたとすれば、『十一月』のマリーは、同じ後期の傑作のロザネット像の素描と考えられます。が、ここではそうした現実体験の小説への転位といった観点からフローベールの感情生活にさぐりを入れることより、『三つの物語』との関連において、青年期における空間意識の問題に焦点を絞ってみましょう。

ここにも、開かれたものと閉ざされたものとの弁証法といったものが明らかに感じとれるのですが、それが、死と境を接した歓喜として、いずれも海辺で語り手をとらえていることが特色です。ジャン・ブリュノーも指摘しているとおり、『十一月』は、青年期のフローベールの汎神論的な体験をそっくり作品の中にとりこんでいる点がきわめて特徴的であるといえます。それは、マリーとの遭遇に先立って繰りひろげられる海辺の町X……での、太陽と海と潮風につつまれた亡我の境における、自然界との全身的な合一感の描写のうちにあらわれているものです。存在をつつむいっさいの事物が美と調和と快楽の泉となり、磯の香りと、涯しない青空と、降りそそぐ陽光とのなかに没入したい欲求が襲いかかってくる。そのとき『十一月』の語り手は、自分の魂が宇宙に向かって開かれて、ちょうどシャルル・ボヴァリイが死を迎える瞬間のように、解放と自由とを享受するのです。太陽に目を向けたまま陽光をつらぬいて舞いのぼる鷲のように自分が偉大に感じられるという言葉などからは、『聖ジュリアン伝』の最後にみられたような、上昇運動と拡張運動の結合が見られるではありませんか。

『三つの物語』で二篇がそれぞれ重なりあって、同じ一つの主題を深化発展させていたように、『十一月』でもX……での自然との対話は二度くり返されます。が、作品の最後に描かれる二度目のX……訪問は、暗く吹き荒れた海の光景により語り手を拒絶する。そこで彼が歩くのは、岩のはざまであり窪地の斜面であり、徹底して閉ざされた場所であり、遂に夜が訪れてからは、猟師の掘った落し穴に身を横たえて、墓穴のように口を開いて自分を閉じこめ、波間にまきこもうとするかのような海に眺めいるのです。そのとき語り手は、死を思うのですが、それはまさに、エンマ・ボヴァリイの長い断末魔の舞台装置となった夜と閉ざされた空間そのものではありませんか。

『三つの物語』の空間意識が、最終的に閉ざされた場所から開かれた場所への瞬間的な解脱で統一されていたのにくらべて、『十一月』がその逆の構造を持っているのは、この自伝的な作品を書いた時期のフローベールが、いかにもの憂い表情でペシミストを気どってみても、まだまだその生活に余裕があったことを証明しているのかもしれません。ギュスターヴが真の意味で生きることの困難と出会うのは、『十一月』を書きあげて二年後の一八四四年、彼を終生クロワッセに閉じこめることになった神経症の発作と、その翌々年の、父と最愛の妹カロリーヌのあいつぐ死によってなのです。

『十一月』の語り手の死が、原因もはっきりしない衰弱であること、そして墓の中で目覚めるのを恐れて解剖をいい残していったことは、しかし、劇的要素の欠如した側面と、収縮する地平線への恐怖という側面とで、すでに充分フローベール的空間意識を反映しているとみていいでしょう。

（一九七一年九月二四日）

蓮實重彦

付記

翻訳にあたっては『三つの物語』はベル・レットル版　Gustave Flaubert, *Trois Contes*, Société les Belles Lettres, 1957.『十一月』はコナール版　Gustave Flaubert, *Œuvres de Jeunesse inédites*, Louis Conard, 1910. を用いた。

主要参考文献

ラ・ヴァランド『フローベール』（山田𣝣訳）昭和41年　人文書院
アルベール・チボーデ『フローベール論』（戸田吉信訳）昭和41年　冬樹社
中村光夫『フロオベルとモウパッサン』再刊　昭和42年　講談社（『中村光夫全集』筑摩書房にも収録）
山川篤『フローベール研究』昭和45年　風間書房

なお、『フローベール全集』（筑摩書房）には、『書簡』Ⅰ、Ⅱ、Ⅲ（8、9、10巻）、『フローベール研究』別巻（マルセル・プルースト『フローベールの「文体」について』〈鈴木道彦訳〉ほか二十篇の論文を含む）が収められているので、あわせて参照されたい。

蓮實重彦

本書は『世界文学全集37――フロオベエル』（講談社、一九七五年三月刊）を底本にいたしました。「フロオベエル」の表記は、すべて「フローベール」で統一しました。また、本書には、作品が執筆された一九世紀フランスの社会状況や当時の一般通念から、人種や職業、身体的特徴などについて、今日から見て差別的・非人権的な表現も使用されています。また、現在ではハンセン病と呼ばれる癩病は、今日の常識とはまったく違う解釈で差別の対象となり、患者（本書中では癩者、癩の男）、回復者、およびその家族は長く苦しめられてきました。文学作品はそうした負の部分も含めた「時代の証言」を担うものでもあり、本書中でも当時の文脈を崩すことなく表現を残しております。読者のみなさまのご理解をお願いいたします。（編集部）

Kodansha Bungei bunko

三《みっ》つの物語《ものがたり》｜十一月《じゅういちがつ》

フローベール

蓮實重彦《はすみしげひこ》 訳

2023年2月10日第1刷発行

発行者……………………鈴木章一
発行所……………………株式会社 講談社
〒112-8001 東京都文京区音羽2・12・21
電話 編集（03）5395・3513
販売（03）5395・5817
業務（03）5395・3615

デザイン………………水戸部 功
印刷………………………株式会社KPSプロダクツ
製本………………………株式会社国宝社
本文データ制作………講談社デジタル製作

ISBN978-4-06-529421-5

講談社文芸文庫

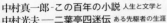

▶解=解説　案=作家案内　人=人と作品　年=年譜を示す。　2023年2月現在

講談社文芸文庫

村山槐多——槐多の歌へる 村山槐多詩文集 酒井忠康編　酒井忠康——解／酒井忠康——年
室生犀星——蜜のあわれ|われはうたえどもやぶれかぶれ　久保忠夫——解／本多 浩——案
室生犀星——加賀金沢|故郷を辞す　星野晃——人／星野晃——年
室生犀星——深夜の人|結婚者の手記　髙瀬真理子-解／星野晃——年
室生犀星——かげろうの日記遺文　佐々木幹郎-解／星野晃——解
室生犀星——我が愛する詩人の伝記　鹿島 茂——解／星野晃——年
森敦——われ逝くもののごとく　川村二郎——解／富岡幸一郎-案
森茉莉——父の帽子　小島千加子-人／小島千加子-年
森茉莉——贅沢貧乏　小島千加子-人／小島千加子-年
森茉莉——薔薇くい姫|枯葉の寝床　小島千加子-解／小島千加子-年
安岡章太郎-走れトマホーク　佐伯彰一——解／鳥居邦朗——案
安岡章太郎-ガラスの靴|悪い仲間　加藤典洋——解／勝又 浩——案
安岡章太郎-幕が下りてから　秋山 駿——解／紅野敏郎——案
安岡章太郎-流離譚 上・下　勝又 浩——解／鳥居邦朗——年
安岡章太郎-果てもない道中記 上・下　千本健一郎-解／鳥居邦朗——年
安岡章太郎-[ワイド版]月は東に　日野啓三——解／栗坪良樹——案
安岡章太郎-僕の昭和史　加藤典洋——解／鳥居邦朗——年
安原喜弘——中原中也の手紙　秋山 駿——解／安原喜秀——年
矢田津世子-[ワイド版]神楽坂|茶粥の記 矢田津世子作品集　川村 湊——解／高橋秀晴——年
柳宗悦——木喰上人　岡本勝人——解／水尾比呂志他-年
山川方夫——[ワイド版]愛のごとく　坂上 弘——解／坂上 弘——年
山川方夫——春の華客|旅恋い 山川方夫名作選　川本三郎——解／坂上 弘-案・年
山城むつみ-文学のプログラム　著者——年
山城むつみ-ドストエフスキー　著者——年
山之口貘——山之口貘詩文集　荒川洋治——解／松下博文——年
湯川秀樹——湯川秀樹歌文集 細川光洋選　細川光洋——解
横光利一——上海　菅野昭正——解／保昌正夫——案
横光利一——旅愁 上・下　樋口 覚——解／保昌正夫——年
吉田健一——金沢|酒宴　四方田犬彦-解／近藤信行——案
吉田健一——絵空ごと|百鬼の会　高橋英夫——解／勝又 浩——案
吉田健一——英語と英国と英国人　柳瀬尚紀——人／藤本寿彦——年
吉田健一——英国の文学の横道　金井美恵子-人／藤本寿彦——年
吉田健一——思い出すままに　粟津則雄——人／藤本寿彦——年
吉田健一——時間　高橋英夫——解／藤本寿彦——年

講談社文芸文庫

講談社文芸文庫

アポロニオス／岡 道男 訳
アルゴナウティカ　アルゴ船物語　岡 道男——解

荒井 献 編
新約聖書外典

荒井 献 編
使徒教父文書

アンダソン／小島信夫・浜本武雄 訳
ワインズバーグ・オハイオ　浜本武雄——解

ウルフ、T／大沢 衛 訳
天使よ故郷を見よ(上)(下)　後藤和彦——解

ゲーテ／柴田 翔 訳
親和力　柴田 翔——解

ゲーテ／柴田 翔 訳
ファウスト(上)(下)　柴田 翔——解

ジェイムズ、H／行方昭夫 訳
ヘンリー・ジェイムズ傑作選　行方昭夫——解

ジェイムズ、H／行方昭夫 訳
ロデリック・ハドソン　行方昭夫——解

関根正雄 編
旧約聖書外典(上)(下)

ドストエフスキー／小沼文彦・工藤精一郎・原 卓也 訳
鰐　ドストエフスキー ユーモア小説集　沼野充義—編・解

ドストエフスキー／井桁貞義 訳
やさしい女｜白夜　井桁貞義——解

ナボコフ／富士川義之 訳
セバスチャン・ナイトの真実の生涯　富士川義之–解

ハクスレー／行方昭夫 訳
モナリザの微笑　ハクスレー傑作選　行方昭夫——解

▶解=解説を示す。　2023年2月現在

講談社文芸文庫

フローベール　蓮實重彦 訳
三つの物語／十一月
生前発表した最後の作品集「三つの物語」と、若き日の恋愛を描き『感情教育』の母胎となった「十一月」。『ボヴァリー夫人』と並び称される名作を第一人者の訳で。
解説＝蓮實重彦
フＤ１
978-4-06-529421-5

小島信夫
各務原・名古屋・国立
妻が患う認知症が老作家にもたらす困惑と生活の困難。生涯追い求めた文学表現探求の試みに妻との混乱した対話が重ね合わされ、より複雑な様相を呈する——。
解説＝高橋源一郎　年譜＝柿谷浩一
こＡ11
978-4-06-530041-1